KB274265

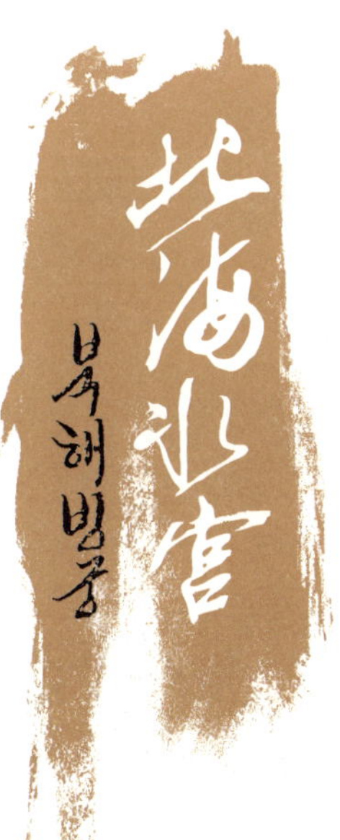

무조 新무협 판타지 소설

북해빙궁 1

무조 新무협 판타지 소설

초판 1쇄 찍은 날 § 2006년 10월 24일
초판 1쇄 펴낸 날 § 2006년 11월 4일

지은이 § 무조
펴낸이 § 서경석

편집장 § 문혜영
편집책임 § 최하나
편집 § 문정흠

펴낸곳 § 도서출판 청어람
등록번호 § 제1081-1-89호
등록일자 § 1999. 5. 31
어람번호 § 제2-1041호

주소 § 경기도 부천시 원미구 심곡1동 350-1 남성B/D 3F (우) 420-011
전화 § 032-656-4452 팩스 § 032-656-4453
http://www.chungeoram.com
E-mail § eoram99@chollian.net

ⓒ 무조, 2006

ISBN 89-251-0370-2 04810
ISBN 89-251-0369-9 (세트)

북해빙궁

북해빙궁

1.

소궁주

목차

대청의 분위기는 싸늘했다.

여덟 명이나 모인 자리지만 누구 하나 입을 여는 사람이 없었다. 입을 열었다가는 그쪽으로 화살이 돌아가는 것은 불을 보듯 뻔했다.

침묵 속에서 모두의 눈길이 향한 곳은 대청 한가운데였다.

대리석으로 만들어진 석관(石棺).

화려한 대청과는 전혀 어울리지 않은 대조적인 풍경.

문제는 그 안에 누워 있는 사람이 현 혈궁(血宮)의 수석장로라는 점이었다.

감히 어느 누가 혈궁의 수석장로를 관에 눕게 할 수 있단 말인가.

사대궁(四大宮) 중 하나인 혈궁을 건드릴 자는 구파일방을 제외하곤 아무도 없었다. 하지만 구파일방이 이유도 없이 혈궁을 공격할 리는 만무했다.

그렇다면 누구의 짓인가.

아무도 원인을 알아내지 못했다.

수석장로 마대양(麻大良)의 시신은 깨끗했다. 병기에 찔린 것도 아니고 독살을 당한 흔적도 전혀 없었다.

그런데 이상한 점이 있다.

마대양이 혈궁에 옮겨지기까지 십여 일 가까이 지났지만 시신은 전혀 부패하지 않았다. 가만히 있어도 땀이 줄줄 흐르는 한여름에 부패하지 않는 시신이라…….

여타 시신들과 다른 점이 있다면 체온이 극히 낮다는 점이었다. 마치 얼음을 만지는 듯한…….

사인이 무엇인지 밝혀내려 아직 장례도 치르지 않았지만 혈궁주 주상요(周祥曜)는 더 이상 앉아서 지켜볼 수만은 없었다.

“시작하게.”

그의 부름을 받고 온 의원은 진땀을 흘렸다.

자그마한 소도(小刀)를 쥔 의원의 손이 부들부들 떨렸다. 하지만 혈궁주의 싸늘한 얼굴을 상대로 감히 명령을 어길 배짱 따윈 존재하지 않았다.

시신에 칼을 대는 것은 금기.

마대양을 두 번 죽이는 일이나 복수를 하려면 어떻게 당했는지 알아내야 할 것이 아닌가.

서걱!

소도로 시신을 저미는 소리가 끔찍하게 들려왔다.

처음과는 다르게 의원은 능숙한 솜씨로 갈라진 마대양의 피부를 들춰냈다. 그런데,

"헉!"

의원이 하얗게 질린 얼굴을 하곤 뒤로 나자빠졌다.

"무슨 일인가?"

의원은 덜덜 떨리는 손가락을 들어 관을 가리켰다.

"내, 내, 내장이 모, 모두 얼음……!"

"뭣!"

"뭣이?!"

앉아 있던 장로들이 자리에서 벌떡 일어났다. 하지만 그들보다 더 빠르게 뛰어든 사람은 다름 아닌 주상요였다.

"……!"

들춰진 마대양의 내장을 본 주상요의 안색이 하얗게 탈색되었다.

"궁주, 어떻게 된 것입니까?!"

주상요는 대답하지 않았다. 초점을 잃은 그의 두 눈동자가 마구 흔들렸다.

뒤늦게 마대양에게 다가간 장로들은 놀람을 금치 못했다.

"이럴 수가!"

그렇다. 마대양의 내장은 모두 녹지 않는 얼음으로 감싸여져 있었다.

관에서 물러난 주상요는 혼이 빠져나간 사람처럼 중얼거렸다.

"돌아왔어… 그가! 그가 살아 돌아왔어!"

"궁주, 그라니, 도대체 누구를 말씀하시는 것입니까?"

"살아났다! 북해빙왕(北海氷王)이 다시 살아났다!"

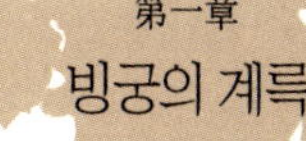

第一章
빙궁의 계륵

1

털썩!

또 한 아이가 무릎을 꿇었다.

이제 사십여 명 중 제대로 서 있는 아이는 손가락으로 셀 수 있을 정도였다.

소년들은 한바탕 혈전이라도 치르고 온 듯했다. 찬바람을 막아주던 두꺼운 털옷과 모자는 여기저기 헤어져 너덜거렸고, 간혹 그 틈새로 보이는 피부는 혈흔으로 얼룩져 있었다.

모두가 지친 듯 가쁜 숨을 몰아쉬며 코와 입으로 하얀 연기를 뿜어냈다.

몸은 지쳤지만 그들의 눈빛은 사나운 맹수와 한 치도 다를

게 없었다. 강한 투지로 똘똘 뭉친 눈동자는 꽁꽁 언 얼음이라도 녹여 버릴 듯 활활 타올랐다.

무거워 떨어지려는 고개를 지탱하며 소년들은 자신들의 맞은편에 서 있는 네 사람을 마주 보려 안간힘을 썼다.

"허허! 저 몸을 이끌고 어찌 북해도(北海島)까지 올라왔을꼬."

"올라오지 못하면 죽는다는 것을 알고 있으니까요. 호호!"

중년인 두 명, 여인, 그리고 청년 한 명이었다. 청년을 제외한 세 사람은 저들끼리 가볍게 농을 건넸다.

마치 극과 극을 보는 듯했다.

새하얀 눈으로 뒤덮여 설원을 연상케 하는 대연무장 공기의 고저가 너무나도 차이가 났다.

한쪽은 말 그대로 아비규환(阿鼻叫喚)이었고, 다른 쪽은 유람이라도 나온 듯 여유로웠다.

그들의 웃음이 잦아들자 멀찌감치 떨어져 있던 젊은 무인이 재빨리 다가가 읍을 취했다.

"청설원(淸雪院) 사십이 명, 수행을 완료했습니다."

"수고가 많았군, 진명(振明). 자네도 청설원 시절엔 겪어보았을 테니… 그래, 이번 수행은 좀 어떻던가?"

"이번 수행은 다른 때보다 비교적 힘들었습니다. 수행이라지만 대부분이 죽음의 고비를 여러 차례 넘겼습니다. 덕분에 유령전(幽靈殿) 무인들 못지않은 투귀들이 되었습니다. 어쩌면 역대 최강의 적설원(赤雪院)이 탄생될지도 모르겠습니다."

"역대 최강? 하하! 수행 책임을 맡은 인물들 모두가 자네처럼 이야기하곤 했지."

진명은 한겨울인데도 식은땀이 흘렀다.

빙궁의 삼각(三閣). 예설각(刈雪閣), 파동각(破凍閣), 냉화각(冷華閣)의 각주들, 그리고 유령전주(幽靈殿主)가 이 자리에 모였다. 너무 차가워 때로는 사람처럼 느껴지지 않는다는 빙궁의 아홉 명 중 네 명이나 모였으니 저절로 긴장되지 않을 수 없었다.

게다가 십 일간 지옥과 같은 풍경을 보고 온 그는 피 냄새만 맡아도 신물이 넘어올 지경이었다.

이 년에 한 번씩 치러지는 청설원의 수행. 열대여섯 살의 소년들이 다음 단계를 밟기 위해 반드시 거쳐야 하는 관문이다.

유령전에서 파견된 다섯 명의 무인은 약 열흘간 아이들을 시험한다. 북해도와 조금 떨어진 묘도(卯島)에서 유령전 무인들은 아이들을 무자비하게 공격했다. 시도 때도 가리지 않고 목숨을 위협했다.

사정 따위는 봐주지 않았다. 수행에 나갔다가 죽임을 당해도 다 제 운명이려니 했다.

북해빙궁은 진정 강한 자들만을 원했다.

팔 하나가 잘려 병신이 될망정 살아남아야 했다. 죽음은 용납되지 못했다. 죽는 순간 몸뚱이는 차고 깊은 호수 속에 던져졌다.

"낙오자는?"

"없습니다."

진명은 이 물음을 기다렸다.

아니나 다를까, 각주들의 얼굴로 의외의 빛이 스쳐 지나갔다. 적어도 한두 명은 시신이 되어 돌아올 줄 알았다는 표정들이다. 그래서 다른 때와는 다르다고 말했던 건데.

"수고했네."

돌아오는 것은 수고했다는 짤막한 격려의 말뿐이었다.

"피곤할 테니 오늘은 이만 들어가 푹 쉬도록 하게."

"아! 저……."

해산 명령만을 던진 후 돌아가려던 각주들이 일시에 동작을 멈췄다.

"무엇 하는가? 가서 쉬라는 말이 들리지 않는가?"

진명은 마른침을 꿀꺽 삼켰다. 불러 세웠으니 말을 건네야 하는데 입술이 쉬이 떨어지지 않았다.

"할 말이 있나?"

"처, 청설원 사십이 명 중 부, 부상자… 사십일 명입니다."

진명은 자신이 말을 더듬고 있다는 사실조차 자각하지 못했다. 각주들도 마찬가지였다. 중요한 것은 진명이 말한 내용이었지 그의 말투가 아니었다.

"…부상자 사십일 명?"

예설각주의 날카로운 눈매가 위로 치켜졌다.

이번 청설원의 인원은 모두 사십이 명. 낙오자가 없고 부상자가 사십일 명이라 하니 그렇다면 나머지 한 명은?

"지금 우리와 장난하자는 겐가?"

파동각주의 얼굴에는 노기마저 어렸다.

"저는 사실만을 보고합니다."

진명의 말투는 어느새 차분하게 가라앉았다.

갑자기 대연무장이 조용해졌다. 각주들의 시선은 진명에게 달라붙어 떨어질 줄 몰랐다.

"청설원 수행 중에 이변이 일어났다는 말인가?"

"그렇습니다."

각주들은 서로 눈빛을 교환했다.

"지금… 우리가 생각하고 있는 그것이 맞는가?"

"아마도 맞을 겁니다."

"털끝 하나 닿지 않고, 상처 하나 없이?"

"예… 털끝 하나 닿지 않고, 상처 하나 없이……."

예설각주는 자신의 두 귀를 의심했다.

유령전 무인들이 어떤 사람들인가.

북해빙궁의 삼전(三殿) 중 가장 잔혹하기로 유명한 자들이 아닌가.

다른 두 개의 전이 온실에서 곱게 자란 화초라면 유령전은 풍파를 이겨내며 꿋꿋이 자라난 잡초다. 다른 두 개의 전이 정종파라 한다면 유령전은 생과 사를 넘나드는 극도의 수련을 거쳐 완성된 투귀들이다.

그런 투귀들이 열여섯 살밖에 먹지 않은 청설원 무인 하나를 털끝도 건드리지 못했다고 한다. 가능한 일인가?

아이들은 백이면 백 큰 부상, 혹은 작은 부상을 입고 돌아왔다. 예외는 단 한 번도 없었다. 싸움에 이골이 난 투귀들을 상대로 멀쩡히 돌아올 사람이 누가 있으랴.

하지만 지금 그 예외가 진명의 입술을 통해 전달되고 있었다.

"허! 허허, 허허허허!"

파동각주의 입에서 흘러나오는 웃음소리가 모두의 넋 나간 정신을 깨웠다.

"어떻게 이런 일이!"

예설각주가 뒤늦게 놀람을 토해냈다. 냉화각주는 너무나 놀라 두 손으로 얼굴을 가린 채 가느다랗게 어깨를 떨었다.

북해빙궁 사상 최초의 이변!

청설원 수행에서 한곳도 다치지 않고 돌아온 아이가 생길 줄이야. 실로 오래간만에 찾아온 빙궁의 경사가 아닐 수 없었다.

놀라움은 차치하더라도 축하를 해줘야 마땅했다.

각주들은 기대에 찬 눈빛으로 그 유일한 아이가 누구일지 저마다 머릿속에 그려보았다.

"그 한 명이 누구인가?"

"그게, 그러니까……."

"어서 말하게."

진명은 잠시 머뭇거린 뒤 힘겹게 입을 열었다.

"단여랑… 입니다."

"……!"

환하던 각주들의 얼굴이 얼음장처럼 굳어진 것은 순식간이었다. 그들의 표정엔 믿지 못하겠다는 기색이 역력했다.

"지금 단여랑이라고 했나?"

"그렇습니다."

각주들은 서로 눈빛을 교환했다.

믿을 수가 없었지만 진명이 거짓을 보고할 리는 없었다. 단여랑이 무공에 탁월한 재능을 가졌다는 사실은 알고 있었지만 설마하니 이변을 만들어낼 줄은 몰랐다.

"……."

잠시 동안 어색한 침묵이 연무장에 맴돌았다.

단여랑이 무리들 사이에서 앞으로 나설 거라는 것은 각주들의 헛된 예상일 뿐이었다.

진명은 각주들의 눈치를 보았다. 어색해진 분위기를 더욱 가라앉게 만드는 역할 역시 그의 몫이었다.

"피곤하다고… 먼저 거처로 돌아갔습니다."

"피곤하다고… 먼저… 들어가?"

예설각주의 날카로운 눈매가 더욱 가늘어졌다. 파동각주와 냉화각주의 안색도 파리하게 변했다.

어느새 청설원의 수행 이변이라는 보고가 무색해질 만큼 연무장의 분위기가 급격하게 가라앉았다. 웃는 것도 우는 것도 아닌 희귀한 표정이 각주들의 얼굴에 그려졌다.

보고도 올리지 않은 채 돌아가 버린 단여랑(端如朗).

그는 북해빙궁의 모든 이들에게 특별했다. 하지만 그 특별함이 좋은 쪽은 아니었다.

단여랑은 인의(仁義)가 부족했다. 무엇이든 자기 멋대로 하는 행동과 예의없는 태도. 보통 수련생이라면 따끔하게 야단을 치겠지만 그러지도 못했다.

무공을 중시하는 빙궁에서 단여랑의 무위는 또래 아이들보다 월등했다. 또한 무공을 대할 때는 그 어느 누구보다도 진지했고, 완벽했다.

그러나 모두가 그를 함부로 대할 수 없는 진정한 이유는 그가 궁주의 세 번째 부인에게서 태어난 아이. 바로 빙궁의 소궁주(小宮主)였기 때문이다.

소궁주이나 서자이기에 눈밖에 벗어난 살에 박힌 가시, 빙궁의 계륵(鷄肋) 같은 존재였다.

그러하기에 그를 고운 눈으로 보는 사람은 손으로 꼽을 정도였다. 직위가 높은 인물들은 대놓고 단여랑을 괄시하기도 했다.

한바탕 폭풍이 휩쓸고 지나간 듯한 분위기 속에서 파동각주는 여태 가만히 서 있던 유령전주 막부동(莫阜桐)에게로 고개를 돌렸다. 단여랑에 대한 화를 안으로 꾹꾹 삼키는 대신 조롱 섞인 음성은 막부동을 겨냥했다.

"유령전도 재정비를 해야겠네. 무패의 신화가 깨어졌으니 말이야."

막부동은 살짝 턱 끝을 치켜올렸다.

"이번 청설원 수행엔 유령전의 말단 무인들만 보냈습니다."

아무런 감정도 실려 있지 않은 건조한 음성이었다. 음성 못지않게 막부동의 얼굴도 무표정이었다.

파동각주의 눈썹이 꿈틀거렸다.

막부동은 각주들보다 나이가 한참이나 어린 젊은 사람이나 단여랑과는 또 다른 의미로 함부로 대할 자가 아니었다.

수염이 얼굴 전체를 덮은 듯한 지저분한 용모에 딱 벌어진 체격. 나이는 겨우 스물여덟. 가진 실력으로만 직위를 얻은 북해빙궁 사상 최연소 수뇌부 일원이 바로 막부동이다.

그는 단여랑이 멀쩡히 돌아왔다는 사실엔 전혀 관심이 없었다. 아니, 관심이 없다면 거짓말이다. 굵은 눈썹 아래 자리한 두 눈동자가 수행에 참여했던 유령전 무인들을 죽일 듯 노려보고 있었으니까.

그러나 지금 막부동이 화가 난 것은 유령전 무인들이 패해서가 아니었다.

각주들조차도 함부로 대하지 못하는 막부동. 하지만 그에게도 적수가 있으니 바로 단여랑이었다.

소궁주라고는 하나 정식으로 후계자가 되기 전까지는 여타 아이들과 같은 대우를 해주는 것이 빙궁의 전통이다. 직위를 막론하고 나이가 많은 사람에게 예우를 취하는 것을 당연하게 여겼다.

하물며 단여랑은 수행의 보고조차 올리지 않고 거처로 돌아가 버렸으니 막부동의 심기가 오죽 불편할까.

제멋대로 행동하는 빙궁의 계륵 단여랑과 불의를 보면 누구를 막론하고 따져야 직성이 풀리는 막부동. 오래전부터 이들의 관계는 견원지간(犬猿之間)이나 마찬가지였다.

파동각주가 일부러 자극하려 하지 않았어도 막부동의 신경은 이미 건드리면 터져 버릴 것 같았다.

"호오! 그러신가? 하나 인정하고 싶지 않으나 무공 면에서만 보자면 단여랑은 빙궁의 기대주일세."

"인간세(人看細), 마간제(馬看蹄)라 했습니다. 될성부른 나무는 떡잎부터 알 수 있다고… 무공을 아무리 잘하면 뭐 합니까, 인간이 되지 않았는데?"

"솔직하군."

"전 제가 느낀 그대로만 말할 뿐입니다."

"하하하!"

각주들은 크게 웃었다.

대하기 껄끄러운 막부동이지만 단여랑에 대한 생각은 그들과 별반 다를 바 없었기 때문이다.

허리까지 젖히며 웃던 예설각주가 지나가는 말로 막부동에게 한마디 툭 내뱉었다.

"그럼 자네가 한번 인간으로 만들어보지 않겠나?"

"……."

막부동의 매서운 눈길이 예설각주에게로 향했다.

"왜 그렇게 보는가? 자네라면 할 수 있을 거라 믿고 있네만. 오십여 명이나 되는 투귀들도 다루면서……. 내 말이 틀렸나?"

막부동에게 단여랑에 대한 모든 책임을 전가하겠다는 의미. 직접 단여랑을 맡아 가르치기 싫은 각주들은 막부동에게 무언의 강요를 가했다.

하지만 막부동은……

"저도 그런 문제아는 싫습니다."

자신을 희생하며 각주들의 기대감을 충족시켜 줄 만큼 어리석지 않았다.

2

쫘악!

경쾌한 소리와 함께 무인의 고개가 홱 돌아갔다.

무인이 고개를 다시 원위치시키는 데에는 촌각의 시간도 소요되지 않았다.

“송구합니다!”

허공을 갈랐던 손의 주인인 밀당(密堂) 부주 탁산(卓山)은 무섭게 무인을 노려봤다. 부들부들 떨리는 손이 그가 얼마나 노하였는지 여실히 증명해 주었다.

책임감이 강하기로 소문난 밀당부주였기에 자신이 맡은 서고(書庫)에서 도난 사건이 일어났다는 사실만으로도 분노를 주체치 못했다.

“어찌 된 영문인지 설명해 봐!”

“잠시 자리를 비우고 돌아왔는데……. 송구합니다!”

“이게 죄송하다고 될 일이야? 다른 것도 아니고, 극음빙한공(極陰氷寒功)이야! 극음빙한공이 없어졌다고!”

“송구합니다!”

무인은 연신 머리를 조아렸다.

“이건 어떻게 설명할 거야?”

탁산은 바닥에 기절한 듯 누워 있는 무인을 발로 툭툭 건드렸다. 따귀를 맞은 사내와 함께 서고를 지키는 무인이었다.

지금 겉으로 보기엔 멀쩡했지만 탁산이 연락을 받고 달려왔을 때는 그리 상태가 좋지 못했다.

무인의 몸은 꽁꽁 얼어 있었다. 오성밖에 되지 않는 위력이나 한빙장(寒氷掌)이 분명했다.

그리고 서고 안의 극음빙한공 비급 두 권이 감쪽같이 사라졌다.

극음빙한공은 북해빙궁을 대표하는 세 가지 무공 중 하나. 게다가 만 열일곱 살 이상의 무인이라면 누구라도 익힐 수 있는, 흔하면서도 귀한 무공이다.

생각해 보면 범인을 추려내는 것은 누워서 떡 먹는 것보다 쉬웠다.

열일곱 살 이상이라면 언제든지 비급을 열람할 수 있기에 굳이 몰래 가져갈 필요는 없었다.

외부의 침입자?

길이 이십이만 장(丈), 너비 이만 육천 장에 육박하는 일호(一湖)의 한가운데인 북해도에 무사히 들어올 수 있는 자가 과연 있을까.

게다가 서고를 지키는 무인 중 하나가 버젓이 한빙장에 당한 모습을 보지 않았는가. 그러므로 자연히 용의자는 청설원 이하의 어린아이들에게 돌아갈 수밖에 없었다.

"야, 청설원 애들 중에 한빙장 익힌 애 있어?"

"……."

“청설원 애들이 한빙장 쓰는 것 본 적 있냐고?!”

“없습… 니다.”

익힌 적이 없으니 펼치지 못하는 것은 당연한 것 아닌가. 한빙장을 익히기에 청설원 아이들은 아직 내공이 부족했다. 게다가 청설원은 방금 수행에서 돌아오지 않았나.

무인은 따가운 시선을 느끼며 고개를 들었다. 탁산이 뚫어져라 자신을 바라보고 있었다.

“뭐 해?”

“네?”

“네가 근무를 소홀히 해서 벌어진 일이니 네가 책임져야지.”

“송구합니다!”

“이게 자꾸 말로 끝내려고 하네?”

“…….”

“범인 찾아와, 범인! 오늘 안으로 못 찾으면 네놈 모가지는 날아갈 줄 알아!”

“네, 네! 알겠습니다!”

무인은 저도 모르게 두 손으로 목을 움켜쥐었다. 성격 더러운 밀당부주는 한다고 하면 정말로 하는 사람이었다. 무인은 범인을 어디로 찾으러 가야 하는지도 모른 채 그저 급한 마음에 몸을 돌렸다.

“야! 너, 비급 잃어버렸다는 사실을 말하고 다니면… 알지?”

“넷!”

무인은 꽁지가 빠져라 도망가듯 뛰었다. 그가 사라지고 나서도 탁산은 한참 동안이나 어질러진 서고 안을 들여다봤다.

'누굴까……'

말만 하면 언제든지 볼 수 있는 비급을 꼭 몰래 가져가야만 했을까? 한빙장을 쓰는 무인은 빙궁에 널리고 널렸으니 누구인지 감을 잡을 수도 없었다. 아무리 머리를 쥐어짜 내도 마땅한 인물이 떠오르지 않았다.

"누군지 몰라도 잡히기만 해봐라!"

탁산은 제비집처럼 쭉쭉 뻗은 머리카락을 손으로 벅벅 긁어댔다.

촤아아―!

오 장여 높이에서 거센 물줄기가 쏟아져 내렸다.

일호의 표면을 죄다 얼려 버린 겨울 날씨도 북해도의 해성폭(諧聲瀑)만은 얼리지 못했다.

오래전, 북해빙궁의 초대 궁주였던 북해빙왕이 만들어낸 인공 폭포. 작은 폭포지만 위력 면에서는 여느 폭포 못지않았다.

평상시에는 청설원 아이들의 수련 장소지만 모두가 수행을 나간 지금의 해성폭은 개미새끼 한 마리 얼씬거리지 않을 정도로 잠잠했다.

폭포의 거무튀튀한 소(沼)에서 조금 떨어진 물 표면에 기포가 방울져 올라왔다. 곧 그 주위로 작은 파동과 함께 사람 머리통 하나가 불쑥 물 위로 들어올려졌다.

"푸하!"

머리카락에서 흩뿌려진 물방울이 정오의 따사로운 햇살에 반사되어 사방으로 비산했다.

이윽고 물속에 잠겨 있던 탄탄한 육체가 수면 위로 모습을 내비쳤다.

실오라기 하나 걸치지 않은 상반신이 드러나고 물 밖으로 나온 소년은 자연스럽게 머리를 쓸어 올렸다.

눈으로 뒤덮인 북해빙궁의 분위기와는 맞지 않게 햇볕에 그을린 담갈색 피부, 알맞게 형성된 근육은 열여섯이라는 나이가 믿겨지지 않을 정도로 발달했다.

단여랑(端如朗)은 눈을 감고 일호로 흘러나가는 물의 흐름을 즐겼다.

어깨까지 내려오는 검은 머리카락, 그 사이로 보이는 우뚝한 콧날. 감겨져 있던 두 눈이 떠지며 맑고 깊은 검은 눈동자가 모습을 드러냈다.

달콤한 정오의 목욕을 방해하며 나타난 사람은 여자들만 있는 냉화각 소속으로 수수한 외모와 달리 서늘한 눈매를 가진 구화용(俱嬅蓉)이었다.

그녀는 단여랑이 옷을 벗어놓은 바위에 걸터앉았다.

"너도 참 대단하다. 이렇게 추운데 폭포에서 목욕이라니……."

두꺼운 털옷을 겹겹이 겹쳐 입은 구화용은 물에서 헤엄쳐 다니는 단여랑을 보며 치를 떨었다.

아무리 추위와 친한 사람들이라고는 하지만 탄탄한 내공이 뒷받침되지 않은 이상 냉수욕은 견디기 어려웠다. 게다가 단여랑은 빙궁으로 들어온 지 겨우 사 년. 그녀의 상식으로는 이해하기가 힘들었다.

"용케 살아 돌아왔네."

"……."

"하긴, 죽어서도 빙귀가 되어 돌아올 녀석이 바로 너지."

단여랑은 피식 웃으며 물밑으로 머리를 들이밀었다.

"지금 궁 안이 너 때문에 시끌벅적해. 빙궁 사상 최초의 이변을 만들어낸 당사자로서의 기분이 어때?"

단여랑은 반대편까지 헤엄쳐 갔다가 돌아오느라 대답할 수 없었다.

"보고도 올리지 않았다며? 유령전주는 그냥 넘어가지 않을 거야. 삼당, 삼전, 삼각주가 모두 찬성해야만 적설원(赤雪院)으로 올라갈 수 있어. 한 명이라도 반대한다면 계속 청설원에 남아야 해. 게다가 지혜원주(智慧院主)의 눈 밖에 벗어나면……."

"구화용 너, 오늘 말 많다?"

"……."

단여랑은 물 밖으로 고개를 내밀어 구화용을 직시했다.

“내가 왜 너랑 친구가 되었는지 알아? 넌 계집애치곤 비교적 말수가 적기 때문이야. 쓸데없는 말, 더는 입 밖으로 내밀지 마. 내 성격 알지?”

구화용은 입을 다물었다.

그랬다. 구화용은 단여랑의 몇 안 되는 친구 중 하나였다. 마음 같아서는 친구고 뭐고 등을 돌리고 싶었지만 그러지 못했다. 단여랑도 구화용의 몇 안 되는 친구 중 하나였기 때문이다.

“그래서 하고 싶은 말이 뭐야?”

“수행을 무사히 마치고 돌아온 것 축하해.”

“단지 그것뿐?”

“사실은 충고하러 왔어.”

“거절하겠어.”

“사람 말 좀 진지하게 들어봐.”

“충고? 무슨 충고? 수뇌부 영감들 앞에서 꼬리 흔들며 재롱 부리라는 충고?”

“너도 이제 곧 열일곱이야. 게다가 넌…….”

“북해빙궁의 소궁주란 말이지.”

구화용은 뒤통수부터 안면까지 싸해지는 느낌을 받았다.

단여랑의 기분은 눈빛을 통해 전달된다. 사람의 눈은 거짓말을 못한다는 이야기를 수도 없이 들어봤지만 단여랑처럼 솔직한 눈을 가진 사람은 본 적이 없었다.

따뜻하다가도 장난스럽고, 때론 슬프게 보이다가도 오금이 저릴 정도로 서늘하게 변하기도 하고…….

소궁주라는 말을 꺼낼 때마다 단여랑은 차가운 눈빛을 던져 왔다. 딱히 그 말이 듣기 싫어서는 아닐 게다. 그저 심적인 문제.

그녀가 알고 있는 단여랑은 빙궁을 항상 못마땅하게 여겼다.

"그 늙은이들이 정말 내가 소궁주라서 아무런 행동도 못하고 있는 줄 알아?"

"……."

"빙궁에 내 편이 누가 있을 것 같아?"

"같은 빙궁 사람이야! 네 편 내 편이 어디 있어?!"

구화용은 참다못해 빽! 소리를 질렀다.

눈과 눈이 허공에서 부딪쳤다.

"이제 막 소리도 지르네?"

"…미안."

"그럼 나랑 내기하자. 난 오 년 안에 반드시 내분이 생긴다에 걸지."

내분이라니? 내분은 곧 빙궁의 와해와도 같은 말이지 않나.

"말도 안 되는 소리 하지 마. 입 밖으로 뱉으면 다 말이야?"

"자신없으면 하지 않아도 돼, 겁쟁이."

구화용은 인상을 찌푸렸다. 단여랑이 놀려서 기분이 나쁜 게 아니었다.

빙궁의 미래가 어쩌니 저쩌니 얼마든지 말할 수 있지만 그런 말을 한 사람이 소궁주라는 점이 문제였다.

해서 되는 말이 있고 안 되는 말이 있다. 단여랑이 자신의 직위를 조금이라도 의식한다면 그런 말을 해서는 안 되는 것 아닌가.

"좋아. 하자."

구화용은 어쩔 수 없이 고개를 끄덕였다. 단여랑을 설득시키려면 우선 그의 방식대로 할 수밖에 없었다.

"내기 성립! 후후! 조금만 더 신경 써서 들여다보면 내가 옳다는 걸 알 수 있을 텐데……."

"길고 짧은 건 대봐야 알지."

"그래, 구화용. 오 년 후 네가 이기면 너랑 혼인해 줄게. 하하하!"

구화용이 무어라 반박할 새도 없이 단여랑은 폭포 한가운데로 헤엄쳐 들어갔다.

'알긴 제대로 알고 있는 거야?'

구화용은 무릎을 붙이고 두 팔로 감싸 안았다.

폭포 근처에만 있어도 이가 저절로 딱딱 부딪칠 정도로 추운데 물속에서 즐겁게 놀고 있는 단여랑이 정말 이해가 되지 않았다.

사 년 전, 단여랑과 처음 만났던 장소도 바로 이곳 해성폭이었다. 한밤중에 집이 그리워 울고 있던 구화용에게 냉정하게 쏘아붙이던 꼬마가 바로 단여랑이었다. 그때 그가 소궁주였다는 걸 알았다면 머리를 때리는 바보 같은 행동은 하지 않았겠지.

사 년이 지난 지금도 단여랑은 변함이 없었다.

말투나 행동도 달라지지 않았다.

괴팍한 성격이긴 하나 친구라 생각되는 사람에게는 눈빛부터가 달랐다. 겉으로 표현하지 않아도 속정은 깊었다.

차가운 아이이지만 불쌍하기도 했다.

어릴 적 빙궁에 납치되어 온 구화용과 마찬가지로 단여랑에게는 돌보아주는 사람이 없었다. 정 붙일 곳이 없다고 해야 바른말일 게다. 두 사람 다 외로웠고, 그래서 더욱 친해질 수 있었다.

'바보…….'

여자의 직감이랄까? 구화용은 단여랑이 자꾸만 빙궁을 떠나게 될 것 같은 불안한 기분이 들었다.

'그래도 네 뜻대로는 안 될 거야. 빙궁을 우습게 보면 안 돼. 내분이라니… 말도 안 돼.'

혼자서 고개를 설레설레 젓던 구화용의 눈길이 폭포 쪽으로 돌아갔을 때다.

"……!"

그녀의 동공이 서서히 팽창됐다.

폭포 밑에는 분명 단여랑이 낙수를 맞고 있었는데,

파파파팡!

단여랑을 향해 쏟아지던 폭포가 하늘로 되튕겨졌다.

물보라가 허공에 비산하며 구화용의 시야를 가렸다. 단여랑을 중심으로 솟구치던 물줄기 덕분에 그의 모습은 온데간데없었다.

핑! 핑!

귓가를 간질이는 맑은 소리.

"엇! 저건!"

구화용은 앉은 자리에서 벌떡 일어났다. 그녀는 자신의 눈을 믿을 수가 없었다.

하늘로 치솟던 물줄기가 허공에서 그대로 굳기 시작했다.

물이 굳는다? 삽시간에 언다는 표현. 북해빙궁에서는 전혀 불가능한 일이 아니었다.

수정처럼 얼어버린 물줄기, 그리고 그 사이에 젖은 머리를 흩날리는 단여랑의 모습이 보였다.

"아!"

한 폭의 그림과도 같은 신비로운 모습에 구화용은 순간 넋을 잃고 단여랑을 바라봤다.

그리고 잠시 후,

쩌저적……!

얼음이 깨어지는 소리가 들렸다.

팡!

얼음으로 변해 버린 공기가 깨어지며 파편이 사방으로 쏟아져 나갔다.

"아앗!"

구화용은 급히 팔을 들어 날아오는 얼음 조각들을 막았다.

'뭐, 뭐야, 방금?'

잠시 빠져나갔던 넋이 돌아오고 나니 제일 먼저 찾은 것은 의문이었다.

방금 자신이 본 것은 무엇인가? 빙궁에서 몇 년을 살았지만 방금과 같은 장면을 본 적은 단연코 한 번도 없었다. 하지만 꼭 본 적이 없다고 하기에도 뭐했다. 물을 얼릴 수 있는 무공은 빙궁이 아니면 할 수 없기에.

그렇다면 뭔가? 단여랑에게 저 정도의 실력이 있었던가?

"단여랑, 너… 끼악!"

폭포 쪽으로 휙 고개를 돌리던 구화용이 비명과 함께 손으로 눈을 가렸다.

어릴 적부터 알고 지냈다지만 물속에서 걸어나오고 있는 다 큰 남자의 알몸을 볼 배짱은 없었다.

"내 걸 봤다고 네 것을 보여달라는 말은 안 할게."

단여랑은 느긋하게 팔을 뻗어 바위에 얹힌 옷가지들을 집어 들었다.

구화용은 두근거리는 가슴을 진정시키려 애쓰며 힘겹게 입을 열었다. 두 눈은 아직도 감고 있는 상태였다.

"너 방금 폭포 속에서 뭐, 뭐 한 거야?"

구화용의 물음에 단여랑은 씩 웃었다.

"아, 그거? 너 오기 전에 익힌 것."

"그, 그게 뭔데?"

옷을 입던 단여랑이 행동을 우뚝 멈추곤 의미심장한 미소를 지었다.

"극음빙한공."

第二章
욕하지 마, 다 들려

1

"청설원 수행 이야기 들었어?"

"그 망나니가 일낼 줄 알았지."

"그래도 실력은 인정할 만하잖아."

"솔직히 우리끼리 있으니까 하는 이야기지, 그 녀석이 궁주가 된다면… 으! 생각만 해도 끔찍하군."

두 사람 이상만 모이면 온통 단여랑 이야기였다.

소문은 빠르게 퍼져 북해도를 제외한 다른 열두 개의 섬에도 단여랑의 이야기가 전해졌다.

오히려 조용한 곳은 수뇌부였다. 이번에 대해 조금은 다른 반응을 보일 줄 알았건만 아무 일도 없는 것마냥 잠잠했다.

"궁주는 아무나 하나?"

"그렇지? 아직 구 년이나 남았는데. 그 안에 단태붕(端太鵬)이나 단우인(端優仁)으로 결정될 수도 있겠지."

"난 단태붕을 지지하겠어. 아무리 전통이라지만 역시 대는 맏아들이 물려받아야지."

"단우인은 머리가 있잖아. 왠지 믿음이 간단 말이야."

"그러면 뭐 해, 무공 실력이 형편없는걸."

"하긴, 아무튼 단여랑만 아니면 돼. 그 망나니는 빙궁을 말아먹을 거야."

"그리고 보면 태상궁주님도 너무하셔. 그런 녀석이 어디가 좋다고……."

"쉿! 온다, 온다!"

적설원 무인 두 명은 재빨리 하던 말을 멈췄다. 단여랑이 십 장 너머에서 터벅터벅 걸어오고 있었다.

빙궁 곳곳에 흩어져 있던 무인들의 시선이 단여랑에게 집중되었다. 하지만 단여랑을 바라보는 그들의 얼굴엔 놀라거나 신기해하는 표정은 찾을 수가 없었다.

무표정한 얼굴 뒤엔 질시와 경멸이 숨겨져 있었다.

단여랑보다 나이가 많은 적설원 무인들. 하지만 단여랑이 그들보다 월등한 실력을 갖췄으니 질시할 만도 했다. 거기다 단여랑이 첩의 자식인 데도 불구하고 후계자로 거명되었으니 경멸의 대상이 되기 충분했다.

게다가 중요한 것은 모두들 직접적으로나 간접적으로 단여랑 때문에 피해를 본 경험이 있었다. 그래도 태상궁주가 총애하니 뭐라 말도 하지 못했다.

어두운 얼굴들, 미움이 가득 담긴 눈빛을 받으면서도 단여랑은 아무렇지도 않게 걸었다. 쉽게 주눅 드는 소심한 성격도 아니었지만 그런 눈빛들을 대함에 있어 너무나 익숙했던 탓이다.

"오랜만이네?"

툭하고 반말을 내뱉는다.

단여랑의 반말은 하루 이틀이 아니었다. 아무리 나이가 많더라도 반말을 할 사람과 하지 말아야 할 사람은 구분했다. 그 구분의 기준엔 미묘한 차이가 있었고, 모두 첫 만남에 결정되었다.

눈싸움.

첫 대면에서 시선을 먼저 피한 자에겐 반말을, 그렇지 않은 자에겐 존대를.

빙궁에서 단여랑에게 존대를 받는 사람은 몇 되지 않았다.

무인들은 단여랑과 눈도 마주치려 하지 않았다.

결코 두려워서가 아니었다. 마치 더러운 벌레를 피하기라도 하는 듯한 행동.

'후……!'

의도치 않은 한숨이 흘러나왔다.

"설마 내가 수행에서 죽기를 바랐던 건 아니지?"

들려오는 대답은 없었다.

"정말 죽기를 바랐던 모양이네. 이거 미안해서 어쩌지? 이렇게 멀쩡히 살아서 돌아왔으니."

단여랑은 한술 더 떴다.

"그리고 욕하려면 숨어서 해. 이 망나니한테는 다 들리니까. 알았지?"

한순간 무인들의 얼굴이 일그러졌다. 웃는 것도 우는 것도 아닌 괴상한 표정이 그들의 얼굴에 그려졌다.

단여랑은 그들의 표정 변화를 즐겼다. 그들이 자신을 어떻게 생각하든 개의치 않았다.

빙궁의 소궁주로 내정되어 있지만 그건 어디까지나 그의 조부인 태상궁주만의 생각이었다.

아버지인 빙궁주 단영찬(端瑛燦)이 죽은 지 오 년. 노쇠한 태상궁주는 하루빨리 후계자를 정하려 했다.

얼굴 한 번 본 적 없는 조부가 무얼 믿고 자신을 소궁주로 삼으려 생각했을까. 자신이 아니더라도 빙궁을 물려받을 수 있는 형이 두 명이나 있는데.

'단태붕, 단우인……'

누가 궁주가 되든 상관없었다. 단여랑은 빙궁을 물려받을 마음이 눈곱만큼도 없었으니까.

그저 하루라도 빨리 무공을 배워 빙궁을 나가는 것이 그의

목표였다. 애초에 이곳에 정을 주지 않은 것도 그 때문이었
다.

'조금만 참아라. 언젠간 사라져 줄 테니까.'

"그럼, 수고들 해."

단여랑은 손에 감정을 실어 그들의 어깨를 토닥였다.

무인들의 분노 어린 얼굴을 뒤로하고 저만치 걸어가던 단
여랑이 다시 몸을 돌려 되돌아왔다.

"아! 깜박 잊을 뻔했네."

단여랑은 오른손을 품에 찔러 넣었다.

긴장하던 무인들은 단여랑의 품에서 꺼내어지는 두툼한
서책 두 권을 보며 고개를 갸웃거렸다.

"글씨 잘 쓴다며? 이거 밀당부주가 삼 일 후에 찾으러 온다
고 필사 좀 부탁한대. 그럼 나, 간다."

무인들은 엉겁결에 단여랑이 내민 서책을 받았다. 겉면에
'극음빙한공' 이라고 쓰여 있는 빛바랜 글자가 눈에 들어왔다.

호화로운 방 안에 두 명의 사내아이.

눈꼬리가 쭉 찢어져 날카로운 인상을 가진 단태붕과 툭 치
기만 해도 쓰러질 것처럼 유약해 보이는 단우인.

단우인에게서 단여랑의 이야기를 듣던 단태붕은 어이없다
는 표정으로 실소를 배어 물었다. 그리고 그의 웃음이 걷히는
순간,

쾅!

나무 탁자가 거칠게 밀쳐졌다.

탁자 위에 있던 술병이 쓰러지고 그 안에 담겼던 액체가 바닥으로 흘렀다. 중원에서 가져온 여아홍(女兒紅) 주향이 방 안에 퍼지며 후각을 자극했다.

단우인은 얼굴에 튀긴 술을 소매로 닦아냈다.

"대가리에 피도 안 마른 것이… 후후! 그래서 내가 어떤 반응을 보일지 궁금해서 말해주는 게냐?"

형이긴 하지만 고작 한 살밖에 차이가 나지 않는 단태붕은 단우인을 항상 애 취급했다.

적설원과 청설원의 차이, 그리고 본처의 아들과 두 번째 부인의 아들이라는 점이 그 둘 사이를 극명하게 갈라놓았다.

"자극을 받아야 하긴 하지. 형도 그렇고 나도 그렇고."

단태붕은 탁자 위에 엎어진 술병을 들어 남아 있는 술을 모두 입 안에 들이부었다. 열일곱 살의 나이인 데도 불구하고 제법 술을 마셨다.

무공에선 현재 적설원 중에 단연 독보적이지만 술과 여자를 너무 좋아했다. 결정적으로 단태붕이 차기 궁주로서 자격이 없는 까닭은 그가 가진 그릇이 너무 작아서였다.

"너 많이 컸다, 단우인?"

단태붕의 얼굴에 한가닥 비소가 어렸다.

"네가 언제부터 나한테 훈계하는 위치가 되었지?"

"훈계가 아니라 조언이지."

"……."

"……."

"단우인, 네가 오늘 내 손에 죽고 싶은 모양이로구나?"

단우인은 전신을 옭아오는 차가운 살기에 식은땀을 흘렸다. 의도대로 단태붕의 신경은 송곳처럼 뾰족하게 세워졌다.

감정을 극도로 끌어올려 놓았으니 이제는 한번에 터뜨려 줄 계기가 필요했다. 그리고 그 계획은 바로 단우인의 세 치 혓바닥 위에 있었다.

왜소한 체격, 중간 수준밖에 미치지 못하는 무공.

하지만 신은 공평했다.

궁주의 피를 물려받은 단우인에게 비록 무공 실력은 주어지지 못했지만 남들보다 조금은 더 발달한 두뇌를 가졌다.

"형은 빙궁의 장남이야."

"그래, 넌 그 장남에게 이제부터 맞아야 하는 불운의 차남이지."

"중원에선 장남이 가문을 물려받는다고들 해."

단태붕의 눈썹이 꿈틀거렸다.

단우인은 그가 제일 싫어하는 부분을 건드렸다.

단태붕이라고 해서 어찌 빙궁을 물려받고 싶지 않겠는가. 하지만 단여랑이 나타난 후론 항상 뒷전이었다. 장남이 궁을 이어받지 못한다면 얼마나 손가락질을 받을지는 상상만 해도

절로 고개가 저어졌다.

"네가 정말 죽으려고 환장했구나!"

단태붕의 으르렁거리는 목소리는 경각심을 일깨우기에 충분했다. 천천히 들어올려지는 그의 쌍수엔 어느새 새하얀 연기가 피어오르고 있었다.

한마디만 더한다면 그대로 단우인을 쳐낼 기세였다. 그리고 단우인은 그 틈을 노렸다.

"빙궁을 물려받을 수 있는 사람은 한 사람밖에 없어."

"이 새끼가 죽으려고!"

"단여랑은 아니야!"

"……!"

단태붕의 손이 허공에서 우뚝 멈췄다.

치이이이!

하얗게 뿜어져 나오던 장력이 거짓말처럼 순식간에 사그라졌다.

일촉즉발의 순간이었다.

이마에서 흘러내린 굵은 땀방울이 단우인의 눈꺼풀을 뒤덮었다.

손은 거뒀지만 단우인을 노려보는 단태붕의 두 눈은 아직도 살기로 가득했다. 단태붕이 다시 손을 쓰는 것은 기분이 좋아지느냐 나빠지느냐에 따른 시간문제다. 충분히 그럴 인간이고.

가늘게 호흡을 내쉬는 단우인의 눈에 단태붕의 얼굴이 들어왔다. 단우인은 눈을 피하지 않았다. 눈을 피하는 즉시 장력이 들이닥칠 것만 같은 불길한 기분이 들었다.

단태붕은 피식 웃었다.

"단여랑이 아니면?"

'걸렸어!'

단우인은 이제야 부담스러운 시선을 피할 수 있었다. 속으로는 쾌재를 불렀지만 애써 담담하게 말했다.

"단여랑이 궁주가 되는 것을 원하는 사람이 몇 명이나 된……."

"내가 한 질문에 대답만 해라. 단여랑이 아니면?"

단우인은 잠시 고민하는 듯했다.

"나하고 형, 둘뿐이지."

"그래서?"

"나는 궁주가 될 수 없어. 궁주가 되려면 기본적으로 무공이 갖추어져야 해."

무공뿐만이 아니었다. 지(智)와 의(義)도 겸비해야 했다.

궁주는 무조건 강해야 한다. 오천여 명이나 되는 북해빙궁 무인들을 다스리는 왕이 되어야 한다.

강한 궁주 밑에 강한 무인들.

북해빙궁이 강해진 이유다.

"난 단여랑이 궁주가 되는 것을 원치 않아."

"그래서 날 찾아왔다?"

"……."

"네 모친이 시키던?"

"어머니와는 이미 이야기를 끝냈어."

"호오! 지체 높으신 야(冶) 부인께서 순순히 물러나셨다? 그 말을 나보고 믿으라는 것이냐?"

단태붕은 단우인의 모친인 야현(冶玄)을 절대 작은어머니라 부르지 않았다.

"믿지 못하겠다면 단여랑이 적설원이 되는 날부터 보여주지."

단태붕의 의심스러운 눈길이 단우인에게 꽂혔다.

"그래서 날 찾아온 목적이 뭐냐?"

'끝났다.'

저 한마디 물음을 토해내게 만들려 얼마나 노력했는가. 상황은 단우인의 예상대로 착착 진행되고 있었다.

"머리가 필요할 거야."

"머리?"

"사 년 후에 차기 궁주를 선택하는 빙옥조(氷玉鳥)를 알고 있을 거야. 형이 궁주로 정해지는 날까지 내가 머리 노릇을 하지."

"네놈 잔머리를 써먹을 곳이나 있을까?"

말은 저렇게 했지만 단태붕의 눈에 호기심이 스치는 것을 단우인은 목격했다.

"난 단여랑, 그 망나니 같은 새끼보다 네놈이 더 껄끄러워. 꼭 뭐 누고 뒤도 안 닦은 기분이 들거든."

"생각할 시간은 많아."

단우인은 자리에서 일어섰다.

"네 대가리 속에 뭐가 들었는지는 모르겠다만 네 뜻대로는 안 될 거다. 단우인, 목숨이 아깝거든 알아서 잘 행동해."

단우인은 들은 척도 않고 방을 나섰다.

먹음직스러운 미끼를 던져 놓았으니 이제는 기다리기만 하면 된다.

미끼를 물지 않으면 단태붕은 영원히 타락한 인생을 살게 될 것이고, 미끼를 문다면 단우인의 계획대로 될 게다.

어차피 단태붕에게는 선택의 여지가 없었다.

'단태붕… 네가 머리 나쁜 것은 내가 잘 알고 있지. 후후!'

단우인은 하얗게 웃었다.

2

북해빙궁을 대표하는 무공을 꼽으라면 단연 빙백신공(氷魄神功)이다.

빙백신검(氷魄神劍), 빙백신장(氷魄神掌), 빙백신권(氷魄神拳), 빙백한지(氷魄寒指) 모두 빙백신공을 바탕으로 펼쳐지는 무공들이다.

그 빙백신공이 대표가 된 이유가 있다. 유명해질 수밖에 없었다.

북해빙왕이 창안한 빙백신공은 일인비전(一人秘傳), 비인부전(非人不傳).

궁주가 아니라면 익힐 수 없다. 비급도 없다.

구결(口訣)을 구두(口頭)로써만 전수한다는 것은 개방(丐幫)의 타구봉법(打狗棒法)과 같다.

북해빙궁이 세외 무력 집단이면서도 중원에 널리 알려진 것은 모두 빙백신공 덕분이다. 단 한 번도 패해본 적이 없는 절대무공. 북해빙왕이 살아생전에 전 무림을 공포에 떨게 했던 그 무공이다.

일인비전이 된 데에도 이유는 있다.

풍문이지만 오래전 빙백신공이 일인비전이 아니었을 당시, 많은 빙궁 사람들이 심마에 든 적이 있다 한다. 잘못 익힌 까닭이다. 사인은 아직도 밝혀지지 않았고, 그때의 무인들은 모두가 북해빙왕의 손에 명을 달리했다.

그리하여 궁주를 제외한 일반 궁도들은 음한기공(陰寒氣功)을 익혔다. 제일 먼저 배우고 가장 기본이 되는 심법이다.

빙궁 삼각에 들어가려면 적설원에서부터 극음빙한공을 익힌다.

극음빙한공을 열일곱 살 이상이라야만 배울 수 있는 이유는 극한의 기운을 받아들일 수 있는 최소한의 나이이기 때문이다. 무공을 통해 몸 안에 축적되어 있는 한기를 발출시키는 토대가 되는 심법이다.

그리고 마지막, 빙궁의 최대 전력이라고 할 수 있는 삼전. 유령전, 빙령전(氷靈殿), 귀령전(鬼靈殿).

삼전 무인들이 익혀야 하는 무공이 바로 현음한빙공(玄陰寒氷功).

극음빙한공과 현음한빙공.

이 두 가지 심법은 비슷한 듯하지만 분명 다른 차이가 있다.

내기 방사를 목적으로 한 것이 극음빙한공이라면 현음한빙공은 철저히 빙귀(氷鬼)가 되게 만드는 심법이다.

몸을 움직일 때도, 잠을 잘 때도, 숨을 내쉴 때도, 들이마실 때도……. 마치 얼음 귀신마냥 행동해야 한다.

아(我)를 버린 무아(無我)의 상태가 될 때 현음한빙공의 성취를 이뤄냈다고 말할 수 있다. 득공을 해내면 진정한 삼전 무인으로 거듭나게 된다.

"후아암!"

"그… 래서 삼 개월 후 너희가 올라가게 될……."

"후아아암!"

"음… 극음빙한공은……."

"하아암!"

청설원주는 말을 잇지 못했다.

옆에서 단여랑이 하품을 해대는 소리가 신경을 거슬리게 했다. 끓어오르는 화를 간신히 누르며 그를 바라보자 그 모습이 가관도 아니었다.

하품하는 것도 모자라 눈을 비비고, 턱을 괴고… 자세도 반쯤 누운 상태였다.

북해도의 지하 연공실.

북해도는 호수 면을 기준으로 표고(標高) 이십오 장에 달하는 섬이다. 사방은 도저히 올라갈 수 없게끔 깎아지른 절벽으로 되어 있고, 섬 정상으로 올라가려면 딱 한 군데 길밖에 없다.

이백구십이 죽음의 계단.

계단 너비 삼 장. 특수 제작한 신발을 신지 않는 이상 한 발만 잘못 디뎌도 황천길로 직행할 수밖에 없는 얼음 계단.

얼음 역시 무공으로 만들어졌기에 쉬이 녹지 않았다. 그야말로 북해도는 철옹성(鐵甕城)이었다.

그 얼음 계단에 기관으로 연결된 지하 연공실이 세 곳이 있고, 지금 가장 위의 상실(上室)에 청설원이 있었다.

말이 연공실이었을 뿐 실상은 동굴이나 마찬가지였다. 빛한 점 들어오지 않는 어두컴컴한 동혈을 비춰주는 건 천장에 붙어 있는 야명주(夜明珠)뿐이었다.

연공실은 추웠다.

사방이 막힌 것 같은데 바람은 어디서 불어오는지 차디찬 한기가 자꾸만 옷섶을 파고들었다. 반 각만 머물러 있어도 추위에 온몸이 덜덜 떨렸다.

청설원 아이들은 벌써 두 시진째 가부좌를 틀고 앉아 있었으니 그 추위의 고통은 이루 말로 할 수 없을 정도일 게다.

아이들은 끊임없이 진기를 운용하며 추위와 맞서 싸웠다. 하지만 시간이 지날수록 고통은 점점 커져만 갔다.

딱딱딱.

추위에 못 이겨 이빨이 쉴 새 없이 부딪쳐 왔다. 입술은 보랏빛을 띤 지 오래다. 옷으로 가려진 부분을 제외한 손과 얼굴은 이미 혈색을 잃어 파랗다 못해 창백하다. 천장에서 떨어진 물방울 때문에 축축이 젖은 머리카락은 한데 뭉쳐 푸석푸석한 얼음 덩어리가 되어버렸다.

이건 약과다.

갓 심법을 배웠을 때는 알몸으로 물속에 들어가 하루종일 있었다.

수많은 아이들이 죽어나갔다.

상상할 수 없는 추위는 정신을 마비시킨다. 숨 쉬기가 고르지 못하고 온몸의 체온이 급속도로 내려가며 호흡 기능과 장기 기능이 저하된다. 어느 순간 신경이 마비되고 온몸이 나른해지며 한없이 잠이 쏟아진다. 동사(凍死)의 예다.

동상에 걸린 아이들도 그 다음날부터는 보이지 않았다. 빙궁은 동상에 걸린 아이들을 재기 불능으로 판단하고 가차없이 죽였다.

그때를 생각하면 지금은 편한 축에 속했다.

그런 청설원 아이들이 이를 악물고 있는 데 반해 단여랑은 마치 놀러 오기라도 한 듯 편안해 보였다. 그 모습이 청설원주의 심기를 건드렸다.

"단여랑, 똑바로 앉아라."

단여랑은 움직이지 않았다. 하긴, 청설원주의 말을 들으면 단여랑이 아니지.

청설원주는 낮게 한숨을 내쉬며 말을 이어나갔다.

"극음빙한공과 현음한빙공은……."

"아, 지겹다, 지겨워! 원주님, 이제 그만 좀 하면 안 돼요?"

"으음!"

"극음빙한공이건 현음한빙공이건 다 똑같잖아. 결국엔 모두 얼리는 거 아니에요? 나무도, 바위도, 강도, 심지어는 사람까지 얼리는데 이 심법이면 어떻고 저 심법이면 어때? 극음빙한공으로 한기를 발출하고, 현음한빙공으로 자아를 잊는다? 다 개소리지."

"…말을 삼가라."

청설원주가 나직이 읊조렸다. 화를 안으로 삼키고 또 삼키고……. 단여랑 덕분에 북해빙궁 수뇌부 일원의 인내심이 한층 발달했다고 해도 과언이 아니었다.

단여랑은 입을 다물지 않았다.

"솔직히 까놓고 말해보자고요. 목숨이 경각에 달했는데 극음빙한공을 끄집어내고, 현음한빙공으로 진기를 돌리고……. 그러는 사이에 목은 몸통과 분리되어 있을 텐데? 바보가 아니고서야 누가 그런 미련한 짓을 해요?"

"한마디만 더하면 장로회에 올리겠다."

"에이, 내가 언제 장로회 무서워했어요? 내 성격 알면서 왜 그래요? 내가 하고 싶은 말은 그거지. 아무리 지식만 많으면 뭐 해, 실전에 부딪치면 어떤 걸 써먹어야 할지 모를 텐데? 마음이 일면 몸이 인다. 굳이 머릿속으로 생각하지 않아도 몸은 움직여. 머리가 아닌 마음에서 명령하니까. 그게 무공이죠."

"……!"

청설원주는 둔기로 머리를 후려맞은 듯한 충격을 받았다.

단여랑이 버릇없어서가 아니었다. 어렴풋이 떠오르는 기억 때문이었다.

방금 단여랑이 한 말은 어디선가 들어본 적이 있다. 청설원주의 기억이 틀리지 않다면 그것은 분명 구전으로 내려오는 누군가의 이야기와 똑같았다.

"심기기기(心起己起). 일부러 끌어내려 하지 않아도 마음이 일면 몸이 일어난다. 빙공이라고 해서 여타 무공과 다를 게 뭐가 있는가. 무인들이 바라는 무공의 경지가 무엇인지 아는가. 무초(無招), 초식에 얽매이지 않는 것. 무기(無氣), 심법에 얽매이지 않는 것. 그저 마음이 이는 대로……. 그것이 무공이지.”

그 말은 북해빙왕의 것이었다.

피는 속일 수 없는 것일까, 아니면 정말 우연인 것일까.

북해빙왕이 타계한 지 벌써 백오십 년이 훌쩍 넘어버렸다. 그런데도 청설원주는 순간 아찔했다. 얼굴을 보지 않았다면 북해빙왕이 다시 현신했다고 믿어도 좋을 뻔했다.

“원주님, 내 말 듣고 있어요?”

“……?”

청설원주는 그제야 정신을 차렸다.

“그러니까 내 말은 그거죠. 빙궁에도 새로운 무공이 필요해. 빙백신공은 궁주들밖에 익히지 못한다면서요? 아니지. 빙백신공도 어차피 얼리는 무공인걸, 뭐. 또 모르지. 좀 다른 게 있을까나?”

“빙백신공을 모욕하지 마라. 용서하지 않겠다.”

진심이었다.

청설원주는 빙백신공을 본 적이 없다. 현 태상궁주가 익히고 있겠지만 그가 싸우는 모습 또한 본 적이 없다.

하지만 믿었다. 빙백신공이 지금의 빙궁을 만들었다 믿었고, 아무도 이기지 못할 절대적인 무공이라 생각했다. 그것은 청설원주를 비롯한 빙궁 사람들의 자부심이자 자존심이었다.

단여랑이 아무리 소궁주라 하여도 헛바닥 위에서 빙백신공을 가지고 놀게 내버려 둘 수는 없었다.

"이해할 수 없어. 극음빙한공, 현음한빙공 따위로 어떻게 북해빙궁이 절대 세력이 되어버린 거지? 결론은 둘 중 하나네. 중원무림이 엄청난 겁쟁이이거나, 아니면 북해빙궁 사람들이 무시 못할 거짓말쟁이거나."

"그러는 네 녀석도 빙궁 사람이 아니더냐?"

청설원주의 얼굴에 조소가 떠올랐다. 그들의 이야기를 듣고 있던 아이들의 얼굴에도 비웃음이 맺혔다.

단여랑은 결국 제 얼굴에 침을 뱉어버린 꼴이 되고 말았다. 하지만 그는 주위를 둘러보며 한쪽 입술을 슬그머니 말아 올렸다.

"아! 깜빡했군. 나도 빙궁 사람이었지? 난 또… 하도 나를 무시하고 경멸하기에 여태껏 불청객인 줄 알고 있었지 뭐야?"

모두의 얼굴에 웃음이 뚝 멈췄다.

"후후! 왜 아무도 반박하지 않지? 사실이라서 그런가? 불청객……. 그래, 나는 불청객이었어. 겉모습은 빙궁 사람이지만 사실은 불청객이었단 말이지. 크크!"

자조 섞인 웃음이 단여랑의 입술을 비집고 흘러나왔다.

그 누구도 말을 하지 못했다. 청설원주 역시 딱히 어떤 말을 해야 좋을지 몰랐다. 단여랑이 이러는 게 하루 이틀이 아니었기에 애써 침착함을 유지하며 그냥 지켜만 봐야 했다.

"그럼 빙궁 사람들끼리 잘해보시라고, 불청객은 이만 퇴장해 드릴 테니까."

단여랑은 미련없이 몸을 돌렸다. 아무도 말리지 않았다.

지긋지긋한 빙궁 생활. 지금은 그냥 몸을 돌리는 것뿐이지만 언젠가는 꼭 벗어나리라 다짐했다.

단여랑은 동혈 밖으로 빠져나가지 못했다.

덩치가 산만 한 사내가 입구에서 굳은 얼굴로 단여랑을 노려보고 있었기 때문이다.

유령전주 막부동이었다.

막부동과 단여랑은 동혈을 빠져나오면서도 아무런 말도 하지 않았다.

동혈을 나오고, 얼음 계단을 올라가 오 장 높이의 성문을 통과하여 그들의 발길이 향한 곳은 단여랑이 자주 찾는 해성폭이었다.

촤아아아!

해성폭은 여전했다.

북해도를 떠받들고 있는 거대한 호수 일호는 십일월부터 표면이 얼기 시작하여 해빙이 되려면 다음해 오월이나 되어야 한다. 실상 북해의 겨울은 일 년 열두 달 중 아홉 달이다.

나머지 석 달도 겨울이 아니라고 하기엔 기온이 너무 낮다.

그런데도 해성폭만은 그대로다. 물이 떨어지는 모습을 보면 다른 폭포에 비해 그리 거센 것도 아닌데 얼지 않는 게 이상하다.

"누군가에게 들었어. 해성폭이 얼면 빙궁에 재앙이 불어닥친다고. 난 여기에 살면서 해성폭이 어는 건 보지 못했는데, 형은?"

"전주라 불러라."

"아저씨보단 낫잖아? 나이 차이도 얼마 나지 않으면서⋯⋯. 알았어. 전주라 하지."

막부동의 두 눈이 단여랑을 흘겼다. 단여랑은 그의 눈 흘김에 장난스런 미소로 답했다.

두 사람 사이에 떠도는 기류는 삭막함이 아니었다. 모두가 생각하는 견원지간도 아니었다.

막부동이 단여랑을 대하는 눈빛은 다른 이들의 그것과 달랐다. 마치 막내 동생을 바라보는 듯한 얼굴에서는 걱정과 근심이 가득 묻어 나왔다.

"그 무뚝뚝한 성격은 사 년 전이나 지금이나 똑같네. 세상에서 가장 한결같은 사람을 꼽으라면 전주를 꼽아주지."

"극음빙한공, 네가 가져갔었느냐?"

"어? 벌써 걸렸나? 적어도 반나절은 더 있다 걸릴 줄 알았는데."

"적설원 무인 두 명… 많이 다쳤다."

"밀당부주라면 가능해. 불같은 성격에 이야기도 들어보지 않고 다짜고짜 주먹부터 휘둘렀을 테니까."

"……."

"그 사람들이 먼저 내 욕을 했다고."

단여랑을 노려보던 막부동은 나직한 한숨과 함께 고개를 돌려 폭포를 바라봤다.

그에게 있어 단여랑의 존재는 특별했다.

태상부인과 궁주의 두 부인의 계략으로 단여랑의 어미인 자옥련(慈玉蓮)은 빙궁에서 쫓겨나 홀로 단여랑을 키웠다.

궁주가 죽고 태상부인마저 죽어 줄초상을 치른 빙궁. 태상궁주는 단여랑을 수소문하여 종적을 찾아냈다. 그때 중원으로 나간 사람이 막부동이었다.

막부동이 그 마을에 도착하였을 땐 피죽도 못 얻어먹은 듯한 비쩍 마른 아이가 그를 맞았다. 두 눈엔 독기를 가득 품고서.

그 아이가 바로 단여랑이었고, 그의 모친 역시 이미 죽은 후였다.

막부동이 단여랑을 데려오지 않았더라면 지금쯤 죽어 있을지, 아니면 거지 소굴에 들어가 있을지는 아무도 모를 일이었다.

그러나 문제는 단여랑이 제 어미의 일을 모두 알고 있다는 것이었다.

사 년이 지난 지금도 빙궁을 혐오했다. 마음속에 맺힌 응어리는 쉽게 풀릴 성질의 것이 아니었다. 막부동은 그런 단여랑의 마음을 이해하지만 궁주가 되어야 할 몸. 강하게 키울 필요는 있었다.

"뜸들이지 말고 빨리 본론을 말해. 이미 마음의 준비는 되어 있으니까 걱정하지는 말고."

단여랑은 팔짱을 끼고 상체를 앞뒤로 흔들었다.

이제는 청년이라 불러도 손색없을 정도로 자랐다. 건장한 체격에 남자답게 생긴 얼굴. 간혹 장난스런 미소를 지을 때면 죽은 궁주와 너무나도 흡사했다.

"회의가 치러졌었다."

막부동의 짧은 대답으로 단여랑은 모든 상황을 파악해 냈다.

"그리고 난 적설원으로 올라가지 못하고?"

"맞다."

"빙궁 최초의 이변을 만들어낸 주인공이 적설원으로 올라가지 못한다니… 어떤 안목없는 인간이 반대했담?"

"…나다."

"그럴 줄 알았지."

단여랑은 웃었다. 반대한 사람이 막부동만은 아닐 게다.

"잘됐네. 어차피 궁주가 될 생각이 없으니까. 청설원에 남아서 놀지, 뭐."

"너도 이제 곧 열일곱 살이다. 좀 신중하게 생각해라."

"신중하게 생각하라니? 원수들이 득실거리는 이곳에서 평생을 살라는 건 좀 너무한 것 아니우?"

"그렇다면 애초에 왜 날 따라온 게냐?"

"좀 얻어먹을 게 있을까 싶어 따라온 거지. 그리고 말은 바로 합시다. 거의 반강제로 끌고 온 거잖아?"

막부동은 아무 말도 안 했다. 이런 식의 말다툼은 하루 이틀이 아니었다. 끌고 온다고 끌려올 단여랑도 아니었지만 따라가겠다고 해서 데려갈 막부동도 아니었다.

두 사람은 한눈에 서로를 알아봤다. 알 수 없는 끈끈한 무언가가 마치 운명인 듯 그 둘의 사이를 엮었다.

"상승 무공을 배우려는 게 네 목적이 아니더냐?"

"목적이었지."

막부동은 의아함을 느꼈다. 목적이었다니……. 그렇다면 지금은 아니란 말인가. 빙궁을 벗어나고 싶어하는 단여랑의 발목을 붙잡은 것은 오로지 무공이었는데.

"한빙장을 사용할 줄 알더군. 배운 적이 없을 텐데?"

"꼭 배워야만 익힐 수 있는 건 아니지. 원리만 깨우치면 뭐든 가능하지 않겠어? 빙공… 결국 같아. 음한기공, 극음빙한공… 다를 게 뭐가 있어. 지겹다고."

"흐음!"

막부동은 안도의 한숨을 내쉬었다.

단여랑에게 무공에 대한 권태가 밀려온 줄 알았는데 아니었다. 현재 단여랑이 원하는 것은 색다른 무공이다.

"현음한빙공은……."

"흥미없어."

"그래, 네 말이 맞다. 다 똑같아. 모두 같은 무공이지."

"……?"

지루한 듯 반쯤 감겨져 있던 단여랑의 두 눈이 동그랗게 뜨였다. 막말을 해서라도 훈계할 줄 알았던 막부동의 입에서 나온 말은 뜻밖이었다.

"왜 그래, 전주답지 않게?"

"그래도 계속 그 무공들을 익힐 수밖에 없어. 왜냐고? 무인이니까."

막부동의 얼굴을 본 단여랑은 대꾸할 말을 찾지 못했다. 그의 진지한 모습은 단여랑에게 생소했다.

"지금 가장 화가 나는 게 뭔지 아느냐? 북해의 진정한 무공은 빙백신공. 그건 오로지 궁주 한 사람만이 익힐 수 있다. 우리 같은 궁도들에게는 살아 평생 기회조차 주어지지 않아. 그 기회는 지금 내 눈앞에서 빙궁의 무공을 조롱하는 너에게 주어졌다."

"……."

"넌 궁도들의 염원을 너무나도 쉽게 내팽개쳤어. 네가 그럴 자격이 있다고 생각하느냐? 마음 같아선 일장에 널 때려죽이고 싶구나.”

“빙백신공이라고 해서 뭐 다른 게 있⋯⋯.”

“다르다!”

“⋯⋯.”

“함부로 말하지 마라. 북해빙왕은 전설이다. 감히 너 따위가 함부로 거론할 분이 아니란 말이다.”

“미쳤어, 다들. 신을 숭배하는 원주민들도 아니고.”

파앗―!

“엇!”

단여랑은 놀라 뒤로 펄쩍 뛰었다.

잠자코 서 있던 막부동이 왼손을 휘두름과 동시였다.

치이이⋯⋯!

목표물을 잃고 공중에서 흩날리는 하얀 서리가 마치 꽃가루를 연상케 했다.

“뭐야? 한번 해보자는 거야?”

“그렇게 못 믿겠으면 직접 배워!”

단여랑은 인상을 찌푸렸다. 항상 나직하게만 말하던 막부동이 큰 소리를 내다니⋯⋯.

“몇 년 안 남았다. 그렇게 떠나고 싶으면 빙백신공을 배운 후 떠나라. 그때 떠나도 늦지 않아.”

단여랑은 오늘 여러 번 놀랐다.

막부동이 딱딱한 인간이라는 것은 오래전부터 알고 있었

지만 오늘처럼 진지한 모습을 보는 건 처음 있는 일이었다.

빙궁의 무공은 다 똑같은 것이라고 치부하던 단여랑의 생각이 막부동의 행동에 조금씩 흔들리는 것은 사실이었다.

궁도들은 모두 마음속으로 북해빙왕을 숭배하고 있다. 그의 영향력이 어느 정도인지 단여랑은 모른다.

모두의 염원인 빙백신공이라니……. 정말 빙백신공에 무언가 있기는 한 것일까.

"반대 의견이 있었기 때문에 넌 적설원으로 올라가지 못해. 하지만 한 가지 대응책은 만들어뒀다."

"병 주고 약 주고."

"내일 아침 오도(午島)에 가서 홍(弘) 노인을 만나라. 석 달간 그와 함께 있다 온다면 널 적설원으로 올려주마."

"홍 노인은 또 누구고, 삼 개월간 남자랑, 그것도 노인네랑 동거하라고? 그런 어이없는 계획은 누구의 머리에서 나온 거야?"

"지혜원주."

"흐음, 지혜원주……."

지혜원.

문일지십(聞一知十)의 기재들을 선출하여 모아놓은 최정예 소수 집단.

빙궁의 대소사를 관여하며 그들 열 명의 입김이 작용하지 않은 적이 없다. 한마디로 빙궁의 핵심 두뇌라 할 수 있었다.

“사 년 동안 여기에 살면서 식솔들을 제외하고 보지 못한 사람이 딱 두 명 있지. 한 명은 태상궁주라 불리는 조부, 다른 한 명은 지혜원주. 얼마나 고귀하신 분들이기에 얼굴조차 안 보이는지 몰라. 게다가 홍 노인이라니, 그건 또 누구야?”

“백문불여일견. 내일 가면 알게 될 게다.”

“……”

정적이 맴돌았다.

막부동과 단여랑은 서로 아무 말 없이 쏟아지는 폭포를 감상했다. 반 각 동안 지속되던 침묵을 깬 사람은 막부동이었다. 그는 간다 만다 말 한마디 없이 몸을 돌려 궁 쪽으로 걷기 시작했다.

“한 가지만 물어도 돼?”

“……?”

등 뒤에서 들려오는 단여랑의 목소리에 막부동은 걸음을 우뚝 멈췄다.

“내가 이곳에 남아 있길 원해?”

대답은 바로 들려오지 않았다.

잠시간의 침묵. 고개를 숙이고 무언가를 생각하던 막부동의 입술이 천천히 열리며 탁한 음성이 흘러나왔다.

“난… 강한 궁주를 원한다.”

막부동은 뒤도 돌아보지 않고 휘적휘적 걸었다.

‘강한 궁주라…….’

단여랑은 씁쓸하게 웃었다.

막부동이 자신의 마음을 십분지 일이라도 이해하고 있으면 다행일 텐데.

'그나저나 홍 노인이라고?'

단여랑은 막부동이 이미 사라져 버린 곳을 바라보며 눈살을 좁혔다.

第三章
얼음 깎는 노인

1

일호(一湖)는 북해빙궁의 터전이다.

북동쪽에서 남서쪽으로 길게 뻗었으며, 용이 하늘로 승천하는 모습 같다 하여 승룡호(昇龍湖)라고도 한다.

호수의 정 가운데에 북해도가 있고, 북해도를 중심으로 스물여섯 개의 크고 작은 섬들이 자리한다. 사람이 살고 있는 섬은 모두 열두 개. 각각 십이지신의 이름을 따서 부른다.

일호 안에 사는 빙궁도의 수는 식솔들을 합하여 만 명에 조금 못 미친다. 하지만 실질적인 북해의 전력은 오만 명에 육박한다.

중원으로 따지면 해남파(海南派)와 같은 맥락이다. 각기 다른 남해십이문파가 하나의 해남파로 불리듯, 일호 연안의 부족들도 모두가 북해빙궁도라 할 수 있다. 빙궁을 중심으로 두며 보호막처럼 진을 구축한 형태다.

교류 등은 활발하게 진행된다. 간혹 중원에서 물건을 들여오기도 하지만 대부분은 호수 연안에 거주하는 삼십여 개의 북해 부족들에게서 식량을 조달한다.

촤아아악……!

배가 호수 면을 부드럽게 밀쳤다.

수로는 따로 있었다. 표면이 최대 석 자 두께까지 얼기 때문에 미리 길을 뚫어놓지 않으면 고립되게 된다.

아침 해가 뜨는 일호의 풍경은 장관 중의 장관이었다.

단여랑은 갑판에 올라서 멀어져 가는 북해도를 바라봤다. 섬 둘레에 이제 막 얼기 시작한 호수 물이 태양에 반사되어 수정처럼 빛났다.

'오도의 홍 노인이라…….'

"오도의 홍 노인?"

"들어본 적 있어?"

구화용은 고개를 저었다.

"너도 알다시피 나는 함부로 돌아다닐 수가 없잖아."

구화용은 북해도에서 일어난 일에 대해선 빠삭하게 알지만 그 외의 섬에 대해서는 몰랐다.

무기를 만드는 냉화각이기 때문이다. 무기에 대한 정보가 조금이라도 새어 나가면 안 되기 때문에 냉화각 여인들은 일평생 북해도를 벗어나지 못한다. 북해에서 가장 불쌍한 여인들이다.

"나, 나는… 나는 들어본 적 이, 있어."

단여랑과 구화용의 눈길이 한곳을 향했다.

팔(八) 자 모양의 눈썹을 가져 잔뜩 주눅 들어 보이는 인상의 공소명(恭昭明)이 조심스럽게 입을 열었다.

"예전에 오, 오도에 갔을 때… 얼핏 들었는데 어, 얼음 깎는 노인……."

"얼음 깎는 노인?"

"저, 정말 모, 몰라?"

못 믿겠다는 표정의 공소명을 향해 단여랑과 구화용은 어깨를 으쓱했다. 구화용은 그렇다 치더라도 단여랑마저 모르고 있었다니. 그가 북해의 일에 신경 쓰는 걸 워낙 싫어했기에 모르는 게 당연했다.

"그, 그러니까 그, 그게……."

공소명의 말투는 듣는 사람이 못 견딜 정도로 답답했다. 선천적인 말더듬이에 성격도 소심하고 적극적이지 못했다.

"나, 나도 자, 잘은 몰라. 그, 그냥 거기 들어간 아, 아이들… 사, 살아……."

"살아 돌아온 사람이 없다고?"

“어, 으응.”

“······!”

세 사람의 눈이 마주쳤다.

“어째서?”

“드, 듣기론 모, 모두 다 죽여… 조, 조각으로 마, 만든다고·······.”

“공소명, 정말 그 말을 믿는 건 아니겠지?”

“저, 정말이야!”

구화용이 짐짓 눈을 부라리자 단여랑이 그들 사이에 끼어들었다.

“아, 됐어. 어떤 노인인지는 가보면 알겠지.”

공소명도 직접 본 것이 아니니 그의 말로 홍 노인에 대한 정체를 파악하는 것은 불가능했다. 사람을 죽여서 조각으로 만들어 버린다는 건 물론 이야기 지어내기 좋아하는 사람들이 꾸며낸 말일 게다.

“어쨌거나 나 다녀올 동안 둘 다 잘 있어. 특히 공소명, 넌 태붕이가 괴롭히면 몇 대 맞았는지 기억해 둬. 알았지?”

단여랑은 공소명의 머리를 한 대 쥐어박고는 뒤돌아서려다 움찔했다.

“뭘 그렇게 쳐다봐?”

단여랑은 얼굴을 들이밀며 자신을 뚫어져라 바라보고 있는 구화용을 밀쳐 냈다.

“단여랑, 너 이상해.”

“뭐가?”

“네가 언제부터 유령전주의 말을 들었다고⋯⋯. 정말 갈 거야?”

“유령전주 때문에 가는 게 아니야. 그리고 구화용, 너 요즘 정말 말 많아졌다?”

‘그래, 유령전주 때문에 가는 건 아니지.’

단여랑은 갑판에서 내려가 배 한구석에 주저앉았다.

빙궁을 나가겠다는 계획은 변함이 없었다. 단지 방향을 조금 틀었을 뿐.

모두가 갈망하는 빙백신공이 얼마나 대단한 것인지 알아내기 위해서 어쩔 수 없이 한 선택이니까.

삐걱, 삐이걱⋯⋯!

단여랑은 털모자를 깊게 눌러쓴 채 노 젓는 소리를 들으며 잠을 청했다.

오도는 빙궁을 둘러싼 열두 개의 섬 중 가장 작았고 가장 가까웠다. 가깝다고 해도 배로 두 시진 거리에 있는 섬이다. 북해도에 비하면 섬이라 하기에도 민망할 정도로 초라한 곳이었다.

북해도처럼 절벽으로 이루어지지도 않았고, 얼음 계단도

없었으며, 철옹성 같은 방어 벽도 없었다. 그냥 중원의 여타 섬들과 같았다.

배가 섬에 대어지고, 단여랑은 오도 땅에 발을 디뎠다.

눈 밟는 감촉이 신발을 통해 생생하게 전달되었다.

단여랑이 배에서 내리자마자 그를 데려다 준 무인은 다시 노를 저어 오도에서 멀어져 갔다.

혼자 남은 단여랑은 섬을 둘러봤다.

섬은 황량했다. 흰 눈이 드넓게 펼쳐진 섬의 언저리에 몇 채의 집이 보일 뿐 사람의 그림자는 눈을 씻고 찾아봐도 없었다.

"죽어 있는 섬인가?"

느낌이 그랬다. 섬 자체는 북해도와 다를 바 없이 아름다웠지만 생기가 느껴지지 않았다.

"왠지 기분 나쁜 섬이군."

"오도주(午島主)에게는 알렸지만 나오지 말라고 했다. 그 편이 네게도 편하겠지. 섬의 북쪽을 따라서 계속 올라가다 보면 송림(松林)으로 둘러싸인 빙옥(氷屋) 한 채가 나올 게다. 그 집이 바로 홍 노인이 머무는 곳이다."

단여랑은 떠나오기 전, 막부동이 했던 말을 곱씹으며 섬의 북쪽으로 발걸음을 옮겼다.

"아무리 그래도 그렇지, 사람이 왔는데 나와보지도 않고! 이건 너무하잖아?"

단여랑은 연신 투덜거리며 높게 쌓인 눈을 밟아 나갔다.

끼이익, 끼이익!

마치 날카로운 무언가로 쇠를 긁어댈 때 나는 듯한 소름 끼치는 소리가 고막을 자극했다.

북쪽으로 계속 따라가면서 길이 바뀌었다. 푹신푹신하던 설원은 온데간데없고 물을 퍼부은 듯 빙판길이 눈앞에 펼쳐졌다.

쇠갈고리가 밑창에 박혀 있는 신발을 신고 오지 않았더라면 한 발자국도 못 나아갈 뻔했다.

얼음 계단은 발로 디뎌 올라가면 그만이지만 이것은 빙판길이 넓게 펼쳐져 있으니 조금만 미끄러져도 형편없는 모습으로 나뒹굴 게 뻔했다.

단여랑은 짜증스러웠지만 참으며 걸었다.

끝이 보이지 않을 것만 같던 긴 빙판길이 끝나고 그의 눈에 들어온 것은 막부동이 말한 대로 백송(白松)이 가득한 송림이었다.

단여랑은 유람이라도 나온 듯 뒷짐을 지고는 편안하게 송림을 향해 걸었다.

'느낌이 좋지 않아.'

시선은 송림 안쪽으로 고정시켰지만 온몸의 신경을 바짝 곤두세웠다.

십여 장쯤 송림을 파헤치고 들어가자 저 끝에 새하얀 빙옥 한 채가 모습을 드러냈다.

빙옥은 특이했다. 대부분의 북해 가옥들은 목재나 석재를 이용해 짓곤 하지만 홍 노인이 거주한다는 빙옥은 온통 얼음 덩어리였다.

얼음이라고 해서 생소한 것은 아니다. 빙궁은 건물 외부가 모두 얼음으로 되어 있다. 물론 얼음 계단처럼 무공을 사용해 인위적으로 만든 얼음이지만 내부는 그래도 웬만한 집의 형태는 띠었다.

'특이하군.'

송림을 지나 정원에 발을 들이민 단여랑은 두 다리가 제자리에 꽁꽁 얼어붙은 듯 움직이지 못했다.

외부에서는 보이지 않았건만 정원을 가득 메운 것은 모두 얼음을 깎아 만든 조각상들이었다.

단여랑의 두 눈이 반짝였다.

모두 여인의 모습을 본뜬 조각이었다.

조각들은 정교했다.

사람의 모습을 그대로 갖다 찍었다고 할 정도로 똑같았다. 얼굴 생김새 하나하나, 팔과 다리의 관절까지. 얼음일 뿐이지만 생명을 불어 넣어주면 금방이라도 살아날 듯 생동감이 있었다.

섬은 죽었지만 조각들은 살아 있었다.

단여랑은 자신이 이곳에 무엇을 하러 온지도 까맣게 잊은 채 조각들 사이를 누볐다.

그에게는 지금 이곳이 새로운 세상인 것만은 틀림없었다. 빙궁에만 갇혀 지냈으니 언제 이런 것을 구경할 새나 있었던가. 조각들은 단여랑에게 신선한 자극을 주기에 충분했다.

홍 노인이 어떤 사람인지는 몰라도 대단한 장인인 것만은 틀림없었다.

조각들을 감상하는 단여랑의 표정이 시시각각으로 변하고 있을 때였다.

"네놈은 누군데 내 집에서 마음대로 돌아다니느뇨?!"

"……!"

단여랑은 그대로 몸이 굳어지는 듯했다.

노인의 까랑까랑한 목소리는 바로 등 뒤에서 들려왔다.

'어느 사이에……!'

방심이 아니었다.

청설원 수행에서도 투귀들이라 불리던 유령전 무인 다섯 명을 손도 못 대게 한 장본인이지 않나. 항상 몸이 긴장하는 것을 늦춘 적이 없었다.

아무리 정신이 조각상에게 팔려 있었다 하지만 누가 다가

오는 것조차 모를 정도로 단여랑의 무공은 약하지 않았다.

만약 목숨을 노리는 적이었다면 벌써 차가운 고깃덩어리가 되어 있을 게다.

단여랑은 등 뒤에 식은땀이 흐르는 것을 느끼며 천천히 몸을 돌렸다.

“……!”

노인이었다.

허리는 구부정했고 머리는 하얗게 샜으며, 가느다란 뼈에 축 늘어진 피부는 검버섯이 가득했다.

“넌 뭐냐, 애송이?”

“나는… 음!”

단여랑은 말을 하려다 신음성을 토해냈다.

눈과 눈이 허공에서 부딪쳤다.

노인은 힘이 없어 보였다. 툭하고 건드리기만 해도 쓰러질 것 같았다. 하지만 웃고 있었다. 코와 입은 그대로인데 단여랑을 바라보는 눈동자가 웃고 있었다.

‘뭐, 뭐지… 헉!’

가슴이 턱 막혀왔다.

천 근 무게의 쇳덩이로 짓누르는 듯 갑갑하고 숨 쉬기가 곤란했다.

“나는 뭐? 말을 했으면 끝까지 해봐라, 애송아.”

노인의 얼굴은 점차 웃음으로 번져 갔다. 반면 단여랑의 얼굴은 당혹함이 서리기 시작했다.

쏴아아—!

노인에게서 뻗어 나온 한기가 단여랑을 덮쳐 왔다. 아니다. 두 눈으로는 보이지 않지만 단여랑은 분명 그렇게 느꼈다.

'무, 무형지기(無形之氣)……!'

노인에게서 보이지 않는 기운이 터져 나왔다.

"나는……!"

말이 나오지 않았다. 입술이 꽁꽁 언 듯했다.

추웠다. 손을 들 기운도 없었다. 졸음이 밀려왔다. 난생처음으로 느껴보는 추위는 내장이 찢겨지는 듯한 고통을 동반했다. 지하 몇천 장 깊이 낭떠러지에 떨어져 있는 기분이 들었다.

한겨울의 해성폭 목욕도 마다하지 않던 단여랑이었는데…….

부르르!

단여랑은 끝내 서리를 맞은 듯 몸을 떨었다.

몸에서 뜨거운 기운이 솟아오르는가 싶더니 코에서 뜨겁고 비릿한 액체가 흘러나왔다.

노인의 얼굴은 미소로 가득했다.

"애송이, 말하다 말고 왜 급살 맞은 놈처럼 몸을 흔들어? 코피까지 쏟아내면서. 낄낄낄!"

단여랑은 감기려는 눈에 억지로 힘을 주어 부릅떴다. 시선을 먼저 피하게 되면… 이런 늙은이한테까지 존댓말을 하기엔 자존심이 허락지 않았다.

"누, 누가 먼저… 눈 피할 줄… 알고……?"

그러나 힘이 없었다.

털썩.

결국 단여랑의 신형은 무너지고 말았다.

"변태 같은… 노인네……!"

"뭐? 낄낄낄낄!"

"이런… 제길……!"

희미하게 들리는 노인의 웃음소리와 함께 단여랑은 두 눈을 부릅뜬 채 의식의 끈을 놓고 말았다.

촤악!

"끄으……!"

단여랑은 허연 김이 모락모락 나는 물동이를 뒤집어쓰며 눈을 떴다.

처음에는 살갗이 화끈 달아오르는 것 같았다. 마치 펄펄 끓는 용광로에 빠지는 듯한 기분. 생살이 일그러지는 듯했다.

"젊은놈이 자빠져선 어떻게 하루 꼬박 잠만 퍼질러 자냐? 일어나, 임마!"

카랑카랑한 홍 노인의 목소리는 단여랑이 쓰러지기 직전

의 일들을 다시금 실감케 만들었다.

누워 있는 곳은 빙옥 안이었다.

실내는 단여랑의 짐작대로 얼음 굴이었다. 하지만 이상하게도 춥지 않았다.

살림은 없었다. 중앙에 지펴놓은 모닥불 위에 물이 펄펄 끓는 솥 하나와 벽에 걸어놓은 투박하게 생긴 칼들이 전부였다.

고개를 돌리니 홍 노인이 벽에 편하게 기대앉아 한 손에는 술병을 들고 다른 한 손에는 물통을 들고 있었다. 그는 간간이 물통에 담긴 물을 곳곳에 뿌렸는데, 그럴수록 실내의 온도가 점점 높아져 갔다.

"보통 기절한 사람을 깨울 때면 찬물을 사용하지 않나? 뜨거운 물로 익혀 죽일 일 있수?"

단여랑은 대충 물기를 털며 자리에서 일어났다.

침상은 없었다. 지푸라기를 수북히 쌓아놓은 거적때기와 다름없는 잠자리였다.

"크… 냄새! 겉은 그럴싸한데 속은 완전 거지 움막이네. 웬만하면 좀 치우고 살지?"

"이놈이… 언제 봤다고 반말이야! 이 어린 놈이!"

"내가 이겼잖아, 눈싸움. 기절하기 직전에 영감님이 눈 피한 걸 봤거든."

"눈싸움? 오호라! 네가 그 유명한 버르장머리없고 무식하다는 빙궁의 망나니로구나."

단여랑의 눈이 호기심으로 반짝였다.

"날… 알아?"

"빙궁의 망나니를 모르는 사람도 있냐? 별로 알고 싶진 않았지만."

"내가 소궁주라는 것도?"

"왜, 소궁주라고 생색내려고? 흥! 내 앞에선 어림도 없다! 궁주가 별거야? 어차피 다 같은 인간."

"……!"

단여랑에게는 신선한 충격이었다.

빙궁에서 자신을 이렇게 대하는 사람이 있었나? 언제나 멸시와 무관심을 받기 일쑤였다. 막부동조차도 어느 정도의 거리감은 두었다. 인간 대 인간의 만남이라면 모르겠지만 신분의 차이라는 점을 항상 염두해 두고 있기 때문이다.

홍 노인은 달랐다.

단여랑의 존재를 알고 있음에도 일부러 잘 보이려 하거나 아첨하려 하지도 않았다. 딱히 미워하는 것 같지도 않았다. 툭툭 내뱉는 말투엔 정감이 묻어 나왔다. 마치 오랫동안 외롭게 지내다가 말상대를 찾았을 때의 그 심정이랄까.

"뭘 봐, 이놈아! 늙은이 얼굴 처음 봐?"

"내가 쓰러지기 전, 나한테 도대체 무슨 짓을 한 거지?"

"짓? 짓은 무슨 짓?"

단여랑의 의심 가득한 눈초리가 홍 노인을 쓸었다.

"영감님, 대체 누구요? 이런 곳에 있을 만한 사람은 아닌 것 같은데… 아니면 내가 잘못 본 건가?"

"안목이 없으면 안목을 먼저 키워. 누구냐니, 남의 집에 쳐들어와서 한다는 소리가 누구냐고? 보면 몰라? 늙어 꼬부라진 노인네지."

단여랑은 홍 노인을 한참이나 바라보다 한숨을 길게 내쉬었다.

"역시 빙궁엔 떠도는 헛소문이 너무 많아. 완전 미친 노인네인 줄 알았는데……."

홍 노인의 두 귀가 쫑긋 세워졌다. 단여랑이 하는 말이 혼잣말이지만 자신의 이야기를 하고 있다는 건 알 수 있다.

"미친 노인네인 줄 알았는데 아니었다?"

"응, 미친 노인네는 아니고……."

"아니고?"

"변태 노인네."

"…클클클!"

가래 끓는 소리와 함께 홍 노인의 목 울대에 잔 떨림이 일었다. 축 처진 얼굴 가죽이 웃는 것인지 우는 것인지 모를 정도로 구겨졌다.

"애송이, 네 말투를 보아하니 왜 이곳으로 보내졌는지 대강 알겠군."

"보내? 누가 날 보내? 나한테 이래라저래라 할 사람은 없어. 내가 원해서 온 것이지.”

“낄낄낄! 아무래도 좋아. 여기서 살아 나간 사람이 없다는 건 알고 있겠지?”

음충맞게 웃는 홍 노인의 얼굴은 흡사 야차와도 같았다.

단여랑은 공소명이 했던 말을 떠올렸다. 누가 지어낸 이야기인 줄로만 알았는데 어쩌면 그것이 사실일지도 모르겠다는 생각이 문득 스쳐 지나갔다.

하지만 이유는?

“모두… 다… 내가… 죽였지…….”

어떻게?

“다… 조각으로… 만들어… 버렸지……. 낄낄낄낄!”

카랑카랑한 음성 대신 가래 끓는 목소리가 홍 노인의 입에서 흘러나왔다. 가늘게 좁힌 두 눈에서 번뜩이는 안광은 섬뜩하기까지 했다.

급기야 홍 노인은 단여랑의 앞으로 얼굴을 바짝 들이밀었다.

“그만 일어나. 따라와라, 애송이. 낄낄낄!”

단여랑에게 주어진 것은 날이 투박한 소도(小刀) 한 자루였다.

그리고 커다란 얼음 덩어리 하나.

“뭐야, 이게?”

“눈깔 뒀다 뭐 해? 보면 몰라? 앞으로 네가 석 달간 해야 할 일이지."

단여랑은 기가 찼다.

"영감님, 지금 나보고 영감님처럼 저런 이상한 조각들을 만들라고 하는 거요? 나 그렇게 하릴없는 놈 아닌데? 차라리 그럴 시간에 무공이나 더 수련하는 게 낫지."

"그럼 뭐 하러 왔어?"

"뭐 하러 오다니, 그걸 나한테 물음 어떻게 해?"

"그럼 잔말 말고 얼음이나 깎아."

홍 노인은 등을 돌리고 앉았다.

그의 손에 들린 조각칼이 몇 번 공중에서 돌더니 곧 앞에 놓인 얼음 덩어리에 부딪쳐 나갔다.

스스슥―!

무 하나도 제대로 베지 못할 것 같던 투박한 칼이 얼음에 부딪치며 예리하게 베어 나갔다.

사사사삭!

천천히 움직이던 홍 노인의 손이 점점 빨라지더니 나중에는 보이지 않을 정도로 신랄하게 움직였다. 그런 홍 노인의 모습은 시큰둥해 있던 단여랑의 시선을 단번에 사로잡았다.

비록 조각이지만 인간의 손에서 새 생명이 탄생되는 순간, 단여랑은 몰입할 수밖에 없었다.

반 각여 정도 칼을 놀리던 홍 노인의 손이 우뚝 멈췄다. 그러자 그의 앞에는 뭉뚝한 얼음 덩어리가 아닌 통통하게 빠진 여인의 허벅지와 종아리가 정교하게 만들어져 있었다.

'조각 실력 하나만은 인정할 만하군.'

단여랑은 혀를 내둘렀다.

어느 정도 예상은 하고 있었지만 홍 노인의 솜씨는 그가 생각했던 것보다 훨씬 더 훌륭했다.

"애송아, 어떠냐? 쉬워 보이지? 네가 하면 더 잘할 수 있을 것 같지?"

홍 노인의 조롱 섞인 말에 단여랑은 비소로 답했다.

"그런 것 좀 한다고 밥이 나와 떡이 나와. 이런 좁아 터진 섬에서 누구 하나 알아주는 사람도 없고. 헛된 짓 그만 하쇼. 보기 안타까우니까."

"말본새하고는… 꼭 할 줄 모르는 것들이 말만 많지."

"난 가서 잠이나 잘라요. 이게 뭐야? 뭐 좀 하나 했더니 석 달 동안 조각만 하라고? 막 전주가 드디어 미쳤군."

단여랑은 투덜거리며 빙옥 쪽으로 몸을 돌렸다.

"야, 애송이!"

"……?"

"거긴 내 집이야. 네가 머물 곳은 저 뒤, 저거야."

홍 노인의 손가락을 따라 시선을 돌린 곳은 송림에 가려져 있는, 빙옥이 아닌 석재로 만들어진 아주 작은 석옥이었다. 칙칙한 빛깔에 음침해 보이는 석옥은 보기만 해도 기분이 나빴다.

단여랑이 재차 확인하려 홍 노인을 바라보자 홍 노인은 턱짓으로 들어가라는 시늉을 했다.

"뭐, 얼음집보단 낫지."

"잘 자라, 애송이."

터덜거리며 석옥을 향해 걸어가는 단여랑. 그를 바라보는 홍 노인의 두 눈이 예사롭지 않게 빛났다.

2

한번 잠에 취하면 업어 가도 모를 사람이 있다더니, 지금 단여랑이 딱 그 짝이었다.

식사도 하지 않고 점심 나절부터 석실에 들어가더니 밤이 되도록 나오지 않았다. 밖에 나와봤자 얼음 조각들에다 홍 노인까지 있어 나오기 싫었는지도 모른다.

홍 노인, 홍자경(弘紫瓊)은 만반의 준비를 갖췄다.

석옥을 내어줬지만 단여랑은 불평 한마디 안 했다. 석옥을 잘 알고 있는 홍자경으로서는 이해할 수 없는 일이었다.

석옥, 아니, 석실이라는 말이 더 잘 어울릴 게다.

석실은 좁다. 꼭 해우소(解優所:변소)만큼이나 좁다.

문을 열면 돌 침상 하나가 놓여 있고, 침상을 제외한 곳은 사람 몸 하나 들어갈 공간조차 없다. 침상으로 올라가는 계단이 네 개로 되어 있는, 조금은 특이한 구조의 방이나 마찬가지다.

말 그대로 딱 잠만 잘 수 있는 공간.

하지만 언제나 그렇듯이 보이는 것이 전부는 아니다.

석실을 따뜻하다.

벽이 온통 돌로 되어 있으니 찬바람이 들어갈 틈이 없다. 하지만 그저 따뜻하기만 하면 석실의 효용이 없지 않겠나.

사람을 익혀 죽일 정도의 온도라면 그 효능은 충분히 이뤘다고 봐야 한다.

홍자경은 단여랑이 들어간 석실의 좌측으로 다가갔다.

그리고 땅과 맞닿아 있는, 석실 벽 맨 아래쪽에 튀어나온 돌멩이를 움켜쥐었다. 그것을 우측으로 비틀자 놀라운 일이 벌어졌다.

구르릉—!

작은 굉음과 함께 석벽이 시커먼 아가리를 드러냈다. 그 어둠 속에 자리한 것은 다름 아닌 평범한 아궁이였다.

홍자경은 망설임없이 아궁이를 막아놓은 나무판자를 치웠다. 그의 팔에 들려 있던 미리 준비된 땔감이 아궁이로 우르르 쏟아졌다.

그리고 홍자경은 불을 붙였다.

반 시진, 한 시진…….

시간은 빠르게 흘렀다.

홍자경은 석실 앞에서 꼼짝도 하지 않았다. 아궁이의 불씨가 사그라질 때쯤이면 어김없이 땔감을 집어넣었다.

서서히 열이 가해지면서 석실이 조금씩 달아오르리라. 그리고 몇 시진 지나지 않아 안에 있는 단여랑의 운명도 결정나게 된다.

"완전 미쳤어. 빙궁을 그렇게 모욕하고선 또 들어온 이유가 뭐래? 궁주도 너무하시지. 저런 사람을 다시 받아들이다니!"

"사람을 불로 달궈? 그게 무공이라고? 허허! 세상 사람들 붙잡고 한번 물어나 보지. 빙궁 무공을 익히려면 사람을 불에 달궈야 한다고? 아니, 이게 말이나 되냐고!"

눈을 뜨면 자신을 능멸하는 사람들의 눈동자가, 귀를 열면 자신을 향해 쉬지 않고 퍼부어대는 욕설이…….

홍자경은 눈을 감고 귀를 막았다.

오랜 시간 세상과 동떨어져 생활했다. 그 편이 마음 놓였다.

빙공의 심오한 진리? 묘리?

과연 어느 누구의 말이 맞는가. 빙공이면 모두 북해빙궁의 무공이라는 법이라도 있는가.

중원에서도 빙공을 사용하는 무인은 간혹 있다. 그런 사람들 중에는 대부분이 극한의 음기를 타고난 사람들이다. 그들은 자신들 나름대로 빙공을 연마하고 나름의 조예를 갖추게 된다.

여기서 하나의 모순이 작용한다.

누구를 막론하고 빙공을 사용하면 북해빙궁이라 치부해 버린다는 것이다.

빙궁도가 아닌 데도 빙궁도로 오인받으며, 빙궁의 무공이 아닌 데도 빙궁의 무공으로 단정지어 버린다.

북해빙궁은 어떻게 대응하는가.

내버려 둔다.

한 마리 피라미 따위가 뛰놀든 말든 신경 쓰지 않는다. 그들이 빙공을 사용해도 그런가 보다 한다. 빙공을 사용하는 집단이 아직까지는 북해빙궁밖에 없다는 데에서 비롯된 생각이며, 북해빙궁이 최고라고 생각하기 때문이다.

그들은 좀 더 나은 빙공을 개발하려 하지 않는다. 나태하다. 게으르다. 무인으로서의 긍지보다는 명성에 의존하려 한다.

젊은 시절, 홍자경은 목마름을 느꼈다.

새로운 것을 창안하려 했지만 그럴 때마다 수뇌부들과 부딪쳤다. 그의 갈증을 해소시키기엔 빙궁 사람들은 적절치 못했다.

그는 결국 북해를 뛰쳐나갔다. 그리고 오래전 다시 돌아왔다.

북해도가 아닌 이곳 오도에. 그것도 이상한 무공법을 들고. 그날은 현 태상궁주인 단학설(端鶴雪)이 궁주에 오른 날이었다.

궁도들의 비난이 연이어졌지만 단학설은 홍자경을 다시 받아들였다. 단학설과 홍자경 사이에 무언가 암묵적인 계약이 성립되었는지도 모른다.

그러던 것이 어언 사십여 년.

딱 다섯 명의 아이가 홍자경을 찾았고, 모두 죽었다.

조각으로 만든 것은 소문일 뿐이지만 홍자경이 죽인 것은 사실이었다.

그것도 지금의 단여랑처럼 석실에 가둬 불로 달궈 죽였다.

홍자경은 무엇을 원하는 것일까. 어떤 무공을 원하는 것인가.

그의 생각은 달랐다.

빙공은 음(陰)의 무공. 음의 무공을 익히려면 양(陽)의 무공도 접해야 한다는 것이 그의 생각이었다.

음 하나만으로도 막대한 위력이 양과 조합하는 순간 어떻게 변할 것인가.

낮은 온도도 아닌데 얼음이 그냥 만들어지는가?

천만에!

따뜻한 공기와 차가운 공기가 만나야 물이 생겨나고, 그것을 얼릴 수 있게 되는 것.

물론 북해에 널리고 널린 것이 눈과 얼음이지만 정작 사람들은 모른다. 북해에 있을 때와 중원에 나갔을 때 빙공의 위력이 엄청난 차이를 보인다는 것을.

아무도 믿지 않았다. 단 한 사람, 단학설을 제외하고는.

아직 성공하지는 못했다. 하지만 홍자경은 믿었다. 자신의 생각이 틀리지 않음을.

홍자경은 느긋하게 기다렸다.

타닥! 타닥!

나무는 잘도 타 들어갔다.

'이상한데……'

홍자경은 조금씩 엄습해 오는 불안감을 떨치지 못했다.

모두가 미친 영감이라 불러도 눈 하나 깜짝하지 않는 자신이건만 도대체 이 불안감의 정체는 무엇인가.

해는 뉘엿뉘엿 사라진 지 오래다. 별 하나 보이지 않는 검은 밤하늘은 금방 눈이라도 내릴 듯 우중충했다.

오로지 불빛이 보이는 곳은 석실 아궁이뿐이었다.

'이 자식이 정말……'

이상했다.

지금쯤이면 펄펄 끓는 가마솥에 앉아 있는 기분이 들 게다. 그걸 증명하기라도 하듯 석실 주위에서 뜨거운 김이 모락모락 일어나고 있었다.

빙궁 사람들은 열에 약하다.

태어나서 혹은 납치되어 와서 평생 얼음을 안고 살아가는 사람들이라고 해도 과언이 아니다. 어린 나이에 빙궁에 들어온 단여랑이라고 해서 다른 점이 있을까.

정상이라면 뛰쳐나와야 한다.

뜨거움에 못 이겨 문을 박차고 뛰어나와 빙판에 뒹군 뒤, 욕설을 퍼부어야 마땅하다. 그래서 일부러 석실의 문도 잠가 두지 않았다.

홍자경은 혹시나 싶어 자신이 문을 잠갔는지 재차 확인까지 했다.

상상을 초월하는 열 속에서 사람이 언제까지 버틸 수 있을까.

'이거 정말 이러다가 잘못되는 것 아냐?'

단여랑을 이곳으로 불러들인 것은 자신과 태상궁주가 계획한 일이지만 불안감은 더욱 커져만 갔다. 만약 실패한다면 단여랑은……

'진기로 버틸 수 있다지만 지금까지는 불가능해.'

단여랑은 지금 무엇을 하고 있을까.

그동안 유령전주에게서 단여랑에 대한 이야기를 귀에 못이 박히도록 들었다. 무공에 대한 열정이며, 오기, 자신감. 그의 성격으로 미루어보면 석실이 뜨거워지기 시작했을 때부터 이상한 낌새를 눈치 챘으리라.

그리고 홍자경이 자신을 시험하려 한다는 것도 알아차렸겠지. 그렇다면 단여랑은…….

'더 이상은 무리야!'

홍자경은 날아가듯 석실 입구로 뛰었다.

머릿속엔 아무런 생각도 나지 않았다.

쿵쿵쿵!

심장 박동 소리만 귀에 울려 퍼졌다.

이번이 마지막이라 했다. 태상궁주는 이번이 마지막 기회라 했다. 홍자경이 죽인 아이들에 대한 죗값을 치를 수 있는 마지막 기회. 그것이 단여랑에게 달려 있는데!

치이익!

진기를 주입해 하얗게 변해 버린 손이 석실 문의 손잡이를 잡아갔다.

끼이익!

"쿨럭!"

홍자경은 안에서 확! 하고 뿜어져 나오는 연기에 기침을 토해냈다. 한없이 뿜어져 나오는 연기를 보는 그의 눈이 절망으로 물들기 시작했다.

실내는 너무 뜨거워 한 발자국도 디디지 못할 정도였다.

단여랑이 이곳에서 용케 살아남을 수 있다고 생각하는가? 아무리 촉망되는 후기지수라지만 불가능한 일인 것을…….

‘끝났어! 역시… 북해무공은 더 이상……’

홍자경은 허탈함에 온몸의 힘이 쭉 빠져나가는 것 같았다.

평생을 연구에 몸바쳤으나 모두 부질없는 짓이었다. 태상궁주에게 심판을 받을 필요도 없이 지금 이 자리에서 혀를 깨물어 자진하고 싶은 생각이 간절했다.

그 누구도 홍자경을 이해할 수 없을 것이다. 그 누구도……. 그런데,

“캑! 캑!”

“……!”

뿌연 연기를 보며 망연자실해 있던 홍자경의 눈이 화등잔만 하게 떠졌다. 그리고 반나절 만에 그리도 듣고 싶었던 목소리가 새어 나왔다.

“영감님… 쿨럭! 정말… 컥! 변태 맞지……?”

홍자경은 성급히 판단한 자신을 원망했다.

그랬다. 생살이 문드러지고 뼈가 녹아 일그러진 데도 오기로 버틸 녀석이 바로 이 못 말릴 소궁주인데…….

단여랑은 칠 일 동안 일어나질 못했다.

다행히도 진기로 몸을 보호해 그리 심한 화상을 입지는 않았다. 그러나 붕대가 살에 닿을 때마다 흘러나오던 작은 신음은 듣는 사람에게 고통을 안겨줬다.

홍자경은 밤낮으로 단여랑을 정성껏 간호했다. 붉게 달아오른 피부를 진기로 어루만지고 구하기 힘든 약재인 빙옥초(氷玉草)를 곱게 빻아 전신에 발라주기도 했다.

단여랑의 회복 속도는 놀라울 정도로 빨랐다. 하나 홍자경은 초조한 마음으로 기다렸다. 한가닥 희망. 태음양화(太陰陽火)의 성공 여부는 단여랑이 깨어나야 알 수 있다.

그렇게 칠 일이 다 지났을 때, 단여랑은 자리를 털고 일어났다.

쓰슥! 사삭!

홍자경은 말없이 조각칼을 놀렸다.

우측에서 자신을 바라보고 있는 단여랑의 시선을 느끼고 있었지만 짐짓 모른 체 조각에만 열중했다.

반나절 동안 서로 오가는 대화 한마디 없었다. 홍자경은 조각만 하고, 단여랑은 바라만 보고. 하지만 둘 사이의 침묵이 어색하지만은 않았다.

오랜 시간 동안의 정적을 깬 것은 단여랑이었다.

"그거… 재밌어?"

쓰슥!

홍자경의 손길이 우뚝 멈췄다.

조각은 더는 손댈 곳이 없어 보였다. 빠르면 밥 한 끼 먹을 동안 하나의 조각을 만들어내는 홍자경이다. 그런 그가 반나절 동안 얼음 덩어리 하나에만 매달렸으니 오죽할까.

"재미? 재미라……. 재미있지."

홍자경은 독백하듯 중얼거렸다.

또다시 침묵이 찾아들었지만 이번엔 달랐다. 단여랑이 몸을 일으켜 옆에 있던 조각칼을 잡아갔다. 그리고는 건드리지 않은 얼음 덩어리 앞에 앉았다.

"영감님 하는 것을 보니까 왠지 재미있어 보인단 말이야. 이게 뭐가 재미있을까나?"

"사람이 한 가지 일에 열중하면 그것보다 멋있어 보이는 것은 없지."

"멋있다는 소리는 하지 않은 것 같은데? 그냥 재미있어 보인다는 거지. 내가 서고 무인에게 한빙장을 날려 짜릿한 쾌감을 얻은 것처럼."

"네 녀석은 무공을 재미로 하느냐?"

"물론."

툭 던진 질문에 단여랑은 망설임없이 대답했다. 홍자경이 별로 놀라지 않는 걸 보니 그도 이런 대답이 튀어나올 줄 미리 알고 있었던 듯하다.

"재미없으면 무공도 안 해. 뭐 하러 해? 얼마 살지도 못할 인생 즐기다가 가야지."

"그렇게 즐기다간 아무것도 이루지 못하고 허무하게 가버린다."

"상관없어. 열심히 살면 뭐 하나. 누구 좋으라고."

"……."

조각칼을 쥔 홍자경의 손이 부르르 떨렸다.

소궁주이나 궁주가 될 마음이 전혀 없다고 하던 막부동의 말이 믿기지 않았는데 사실이다. 오만의 무리를 거느리는 북해의 왕이 되길 거부하는 인간이 있다니…….

"그런데 말이야……."

단여랑은 한 손으로 턱을 괴고 다른 손으로는 조각칼을 빙글빙글 돌렸다.

"그 재미있던 무공, 이제는 지루해지려고 해."

"다 똑같아서?"

단여랑은 대답하지 않았다. 그냥 피식 하는 코웃음이 대답을 대신했다.

"그래, 애송이. 네가 생각하는 무공은 무엇이냐?"

"글쎄……."

홍자경은 단여랑의 표정에서 예전의 자신의 모습을 보았다. 더 나은 무공을 갈구하고 목말라 하던 자신의 모습을. 뜨거운 무언가가 목구멍에서 확 솟구치는 듯했다.

"흥! 다 똑같은 것? 웃기고 앉았네. 무공? 진짜 무공이 뭔지 가르쳐 줘? 네 앞에 있는 얼음 덩어리, 그게 무공이다, 애송아!"

홍자경의 조각칼 끝이 단여랑의 앞에 놓여 있는 커다란 얼음 덩어리로 향했다.

"애고 어른이고 다 무공을 배울 수 있어. 못 배우는 사람? 그게 병신이지. 기회가 주어지는데 배우지 못할 이유가 뭐 있어. 마찬가지다. 네 앞에 있는 얼음 덩어리. 손가락이 있는 이상 누구나 다 조각칼을 손에 쥐고 얼음 덩어리 앞에 앉아 있을 수 있다는 말이다. 무슨 뜻인지 자세히 설명해 줘?"

단여랑의 눈썹이 미미하게 꿈틀거렸다. 홍자경의 말이 계속 이어졌다.

"무공? 조각과 다를 게 뭐 있어. 얼음에 손을 대는 순간 네 자신만의 작품이 탄생되는 게야. 무공이라고 해서 다를 게 있어? 똑같아. 지금 네 무공은 그 얼음 덩어리와 같단 말이다. 아직 무공에 손도 대지 않아 놓고 재미있느냐, 지루하냐를 논해? 이 어리석은 애송이 녀석아!"

"……!"

홍자경은 단여랑의 두 눈이 번쩍 뜨이는 것을 보았다.

홍자경이기에 가능한 말이다. 단여랑과 똑같은 경험을 해보았기에 할 수 있는 말이다. 다른 점이 있다면 홍자경은 이미 깨달았다는 것이고, 그 깨우침을 단여랑에게 줄 수 있다는 것.

태음양화를 시전했으니 반은 준 셈이다.

"알고 싶으면 조각해! 멍청히 있지 말고. 그렇게 손놓고 있는다고 누가 대신해 주지 않아."

"몇 명이나… 죽였어?"

홍자경은 고개를 들어 단여랑을 직시했다.

강하게 타오르는 눈동자. 단여랑이 무슨 의미로 물은 것인지 알고 있다.

"몇 명이나 죽였어?"

홍자경이 대답을 않자 단여랑이 재차 물었다.

"다섯."

"모두 태워서?"

홍자경은 고개를 저었다.

"날 찾아온 녀석들은 다섯. 모두 빙궁에서 난다 긴다 하던 녀석들이었지. 그중에는 네 숙부도 있었다. 세 명은 석실에서 타 죽었고, 두 명은 뛰쳐나오는 걸… 내가 죽였다."

"확실히 이상한 영감님이군. 만약 내가 석실에서 죽었다면, 아니, 뛰쳐나왔다면 나도 죽였겠군."

"그래."

"그래?"

"너도 죽이고 나도 죽었을 게다. 네가 마지막이었으니까."

"마지막이었다?"

"현 태상궁주인 네 조부와의 약속이다. 네 조부가 널 여기로 보내자고 했으니."

"이상한데? 듣기론 날 이리 보내자 결정한 사람이 지혜원주라고 하던데……."

“내가 지혜원주다.”

“……!”

단여랑의 얼굴에 어이없는 실소가 그려졌다. 빙궁 사람들조차 몇 명을 제외하고선 얼굴도 모르는 지혜원주의 정체가 홍 노인이라니……. 문일지십의 기재들을 거느린 홍 노인? 북해빙궁의 두뇌? 정말 믿겨지지 않았다.

“왜, 안 믿겨지냐?”

“믿으라고 하는 것 자체가 무리지. 영감님이 어딜 봐서 지혜원주야?”

“믿기 싫으면 믿지 마!”

“하하하!”

단여랑은 통쾌하게 웃었다.

홍 노인이 지혜원주라는 것이 믿어지지 않아서 웃은 것일 수도, 아니면 허파에 바람이 들어가서 웃은 것일 수도. 하지만 분명한 것은 홍 노인이 갑갑하게 막혀 있던 단여랑의 마음을 뚫어줄 유일한 사람일지도 모른다는 점이었다. 아니, 어쩌면 벌써 반은 뚫어주었는지도.

기뻤다. 후련했다. 십 년 묵은 체증이 썰물처럼 빠져나가는 듯 시원했다.

“어리석은 빙궁도들은 날 경계했지만 태상궁주는 날 믿었어. 그는 내 머리를 원했고, 나는 내 무공을 시험할 아이들이 필요했지. 웬만한 아이들로는 안 돼. 적어도…….”

“이름이 뭐야?”

“……?”

“영감님이 만든 그거, 날 불에 달궈 죽이려 했던…….”

“태음양화.”

“태음은 달… 밝은 불이라? 보통 사람들은 달을 음에 비유하는데 굳이 양에 비유하는 이유는?”

“네 자체가 음이다. 빙궁 사람들은 어려서부터 음한기공을 익혀 양이 부족하지. 겉으로 보면 아예 없는 것처럼 보인다. 그래서 나이가 들수록 인간들이 차가워져. 태음양화는 소진되어 있는 양의 기운을 끌어내는 것.”

“가능하다고 생각해?”

“극음과 극양. 가장 자연스러운 것은 음양의 조합. 이것보다 나은 건 없다. 내 생각이 맞다면 가능하다.”

“크크크!”

단여랑은 양손으로 배를 움켜쥐며 웃었다.

웃음은 한참 동안이나 계속됐다. 뭐가 그리 웃긴지 아무것도 모르는 사람이 보면 미친놈인 줄 알리라.

영문을 모르긴 홍자경도 마찬가지였다. 하지만 왜냐고 묻지 않았다. 이상하게도 묻고 싶지 않았다. 어차피 비웃음이라면 수도 없이 많이 당해보았으니까.

“크크! 영감님, 역시 지혜원주야. 이번엔 영감님 생각이 맞은 듯한데?”

“……!”

홍자경의 고개가 빛보다 빠르게 돌려졌다.

불신의 눈빛. 그는 단여랑을 향해 손을 뻗었다.

“만지지 마!”

“……?”

“온몸이… 뜨거워 죽을 것 같단 말이야…….”

“단여랑!”

홍자경은 너무 놀라 저도 모르게 단여랑의 이름을 크게 외쳤다.

고통에 겨운 듯, 그러나 희열에 들뜬 미소가 단여랑의 얼굴 가득 퍼졌다.

“이제 알겠어. 내 조각… 이제 내 무공을 조각할 거니까… 영감님이 도와줘…….”

“…애송이 녀석!”

홍자경은 붉어진 눈시울을 소매로 문질렀다.

第四章

태음양화

1

"으음!"

홍자경은 신음성을 토해냈다.

단여랑의 명문혈(命門穴)을 통해 장심으로 뜨거운 기운이 전해졌다. 단여랑의 말대로 전신이 화신이라도 된 듯 후끈거렸다.

"자다가 말이야, 갑자기 더워지는 거지. 영감님이 뭔가 수를 쓴다는 것은 알았지만 얼마 지나지 않아 그렇게 뜨거워지리라 상상이나 했겠어?"

"……."

"가부좌(跏趺坐)를 틀고 운공조식을 하니까 어느 정도는 참을 수 있었는데 점점 정신이 혼미해지더군. 이래 봬도 내공 하나는 청설원 최고라고 자신하는데. 흐흐! 꾹 참았지. 그래, 영감님이 이기나 내가 이기나 한번 해보자고. 정신이 오락가락하고 유체이탈을 하려는 순간, 영감님이 문을 연 거야."

"말하지 마라. 고통스러운 거 안다."

"알면 진작에 말하지 그랬어. 말 다하니까 그만 하라네."

"말하지 말고 운기해라."

"영감님답지 않게 너무 진지하잖아?"

홍자경은 빠르게 손을 놀렸다.

천주(天柱), 현추(懸樞), 척중(脊中)……. 진기는 이상 없이 흘렀다. 다만 너무 뜨거워 손을 대기조차 힘들다. 홍자경이 그럴진대 말을 하고 있는 단여랑은 오죽하겠나. 애써 고통을 참고 있는 모습이 더욱 안쓰러웠다.

단여랑은 눈을 반개하고 정신을 내부로 집중시켜 운기를 시작했다.

극음빙한공이 아닌 음한기공. 단여랑이 열두 살 때부터 해온 운공이다. 음한기공을 익히는 것이 빙궁에 발을 들여놓는 처음 과제다. 목숨과 바로 연관된.

음기를 충만하게끔 하려면 양지보단 음지에 있어야 하는 법. 내공의 수련은 대개 그늘진 곳이나 어둠, 북해도의 동혈과 같은 차갑고 빛이 들어가지 않는 곳에서 진행됐다.

특히 여아들보다 남아들의 경우는 더욱 심했다. 음기가 충족되지 않은 아이들은 동혈 안에서 자라는 이끼와 설련초(雪蓮草)를 섞어 만든 빙옥환(氷玉丸)을 복용시켰다.

그래도 되지 않으면 쥐도 새도 모르게 처리되었다.

북해빙궁은 무공을 모르는 사람이 없다.

금전만 관리하는 회계당(會計堂)도, 무기를 만드는 냉화각도 모두 무공을 할 줄 안다.

그중 반 이상이 빙옥환을 복용했다. 단여랑도 마찬가지였다. 하지만 무슨 일인지 효험이 다른 이들보다 몇 배는 뛰어났다. 대부분의 사람들은 단여랑을 보고 그저 운이 좋아서 혹은 재질이 조금 특출하기 때문이라고 여겼다.

“…….”

반 시진가량 운공에 몰두하던 단여랑의 어깨가 조금씩 떨려왔다. 코로는 가늘고 긴 숨이 새어 나왔다.

음한기공의 한기와 몸 안에 축적된 태음양화의 기운이 부딪치며 한데 뒤엉켰다.

특별한 고통은 없었다. 잘못 운기하면 주화입마(走火入魔). 하지만 단여랑의 등에 장심을 얹은 홍자경이 그의 운공을 도왔다.

기운이 역으로 흐르지 않게 한 뒤 뒤섞인 두 기운이 길을 잘 찾을 수 있도록 안내자 역할을 했다.

백회에 이르러 격한 떨림을 보이던 단여랑의 운공이 몇십여 회쯤 반복된 후 점차 편안한 모습을 보이기 시작했다. 어느새 호흡도 안정되고 울긋불긋하던 안색도 정상으로 되돌아 왔다.

"좀 어떠냐?"

"뭐… 죽을 것 같진 않아."

"복통이나 두통이 일지는 않으냐?"

"음… 처음엔 그런 것 같았는데 지금은 또 괜찮네."

"몸의 뜨거운 기운은?"

"그건 아직 잘 모르겠어. 지금도 뜨겁긴 한데 아까보단 많이 누그러들었어."

홍자경의 얼굴에 두 가지 감정이 교차했다.

하나는 기쁨.

놀랍게도 단여랑은 태음양화를 성공시킴으로써 홍자경의 기대를 만족시켜 줬다. 홍자경의 평생 과제를 이루어낸 결정체라고도 할 수 있다. 가슴속에서부터 끓어오르는 희열과 기쁨은 이루 말할 수 없을 정도로 컸다.

그러나 다른 하나의 감정은 의아함이었다.

의아함.

무언가 잘못된 듯하다. 석실에서 용케 열기를 이겨낸 것은 그렇다 치고, 태음양화의 기운을 이리도 쉽게 다스릴 수 있는가.

대답은 '아니오' 다.

그리도 쉬운 무공이라면 어느 누가 익히지 못하랴.

그런데 단여랑은 운공 몇 번 만에 음한기공과 태음양화를 조화시켰다. 극과 극인 두 기운이 충돌할 때의 고통도 만만치 않았을진대……

결론은 두 가지로 나뉘게 된다.

하나는 홍자경의 생각대로 정말 무언가가 잘못되었다는 것이고, 다른 하나는 단여랑의 체질이 남달리 특이할지도 모른다는 것.

홍자경은 혹시나 후자일지도 모른다는 생각에, 이미 손댄 것 점검이나 해보자는 생각에 오른손을 단여랑의 정수리로 가져가 가볍게 얹었다.

‘……!’

단여랑의 백회에 손을 댄 홍자경은 흠칫 놀라 저도 모르게 주먹을 말아 쥐었다가 다시 폈다.

갓난아기들은 백회로 숨을 쉰다. 말랑말랑한 백회를 통해 우주의 기운을 충분히 받아들이며 하단전(下丹田)을 채운다.

나이가 들면 상단전이 채워지기 마련이고, 백회는 점차 굳어지며 호흡이 얕아진다.

이제야 이유를 알 수 있었다.

단여랑의 백회는 갓난아이의 상태와 같았다. 정순한 영혼을 떠나 상단전이 퇴보하지 않았다면 태음양화를 받아들이는 데 그리 어려운 것이 아니리라.

‘상단전과 본원진기라……. 설마설마 했는데 역시… 피는

속이지 못하는 것인가.'

"영감님, 뭐 해? 왜 남의 머리를 쓰다듬고 그래? 내가 강아지야?"

홍자경은 재빨리 상념에서 벗어났다.

"전에 물어봤었지? 내가 너를 처음 만났을 때 너에게 무슨 짓을 했느냐고."

단여랑을 처음 만났을 때 홍자경이 사용했던 무공.

"무형지기?"

"현음한빙공."

단여랑의 눈에 불신의 빛이 스쳤다.

"…현음한빙공이 아닌 것 같은데?"

그럴 게다. 단여랑이 알고 있는 현음한빙공과 다르다. 엄밀히 말하자면 홍자경이 펼친 현음한빙공은 극음빙한공과의 조합이라고 할 수 있다.

"극음빙한공을 익혔다고 했지?"

"반나절 만에."

"…그래. 내 몸에서 뿜어져 나온 한기, 극음빙한공을 익힌 자들 중에 몇 명이나 그 한기를 느낄 수 있을 것 같으냐? 내 단언하건대 단 한 명도 느낄 수 없을 게다."

"하하! 그렇다면 나는 무슨 괴물이라도 되는 모양인가 보지?"

"그래."

"……."

홍자경은 두 입을 꾹 다물고 있는 단여랑을 다시 꼼꼼히 살펴보았다.

겉으로 보면 여타 아이들과 다른 점이 없다. 그 나이다운 외모, 단단한 근육이 꽤나 부지런히 움직였다는 증거로 남아 있을 뿐이다. 아래에서 위로 천천히 이동하던 홍자경의 시선이 단여랑의 얼굴에 가서 뚝 멈췄다.

단여랑의 눈동자.

생기 가득한 눈동자. 투지와 의욕으로 번뜩이는 맑은 눈동자가 호기심을 가득 담고 홍자경을 마주했다. 눈은 마음의 바다. 중단전과 연결된다.

'설마 중단전이……? 아냐, 아직은. 자신을 다스리기 전은 아니야.'

홍자경은 경련이 일어나는 눈썹 끝을 가볍게 눌렀다.

"괴물이라……. 그래도 변태가 아닌 것에 고마워해야 하나?"

"시끄럽다, 애송이."

"영감님 말씀대로라면 나는 다른 이들과 다르다는 말인데, 구체적으로 어떻게?"

"그건 나도 모르겠다."

홍자경은 답을 말하지 않았다.

상단전이 굳어지지 않았다는 것, 본원진기가 마음껏 활개 치고 다닌다는 것. 그래서 외부에서 받아들인 기운, 심법으로 인한 내공이 일반 무인들과는 극심한 차이를 보인다는 것.

무공을 익히기에 더없이 적합하다. 모든 무인들이 꿈꾸는 체질이기도 하다.

만약 무인이 되지 않았더라면 상단전이 발달했기 때문에 분명 무당 혹은 광대가 되어 있을 확률도 높다.

단여랑은 아직 자신이 어떤 체질인지 모르지 않나 싶다. 그리고 홍자경은 사실을 말해주기 싫었다.

지금 단여랑에게 무엇보다 필요한 것은 무인의 긍지와 끊이지 않는 노력이지 자만 따위가 아니기 때문이다.

"현음한빙공은 멋지긴 한데 무형지기 자체는 나도 할 수 있어. 비록 몸에서 무언가가 뿜어져 나가지는 않겠지만."

"……?"

"기세로 상대를 제압하는 거지. 기선 제압. 애초부터 싸울 의지가 생겨나지 않게 하는 거야. '움직이면 죽는다' 라는 생각을 하게끔 만드는 것."

"……."

"그렇게 따지면 영감님은 나한테 아무것도 하지 못한 거야. 몸이 따라주지 않았을 뿐 투지를 잃지는 않았거든. 차라리 내 바로 뒤까지 기척도 내지 않고 다가온 것, 그건 인정해 주겠어."

"크크큭!"

“어? 웃지 마. 나도 진지하다고.”

“해보고 싶으냐?”

홍자경의 두 눈이 장난스럽게 빛났다.

“뭘?”

“현음한빙공과 극음빙한공의 조화.”

단여랑의 한쪽 입꼬리가 천천히 위로 올라갔다. 대답은 그 것으로 됐다.

“오늘 밤에 가르쳐 줄 테니 내일 써먹어봐. 반가운 손님들이 올 게다.”

손님이라고 해봤자 어차피 북해의 사람들. 홍자경의 말을 곧이곧대로 해석하면 안 된다. 그러니 반가운 손님은 아닐 게다.

“영감님, 가장 중요한 걸 빼먹으셨어. 태음양화의 위력, 이제 말씀해 주서야지?”

“그건 네 녀석이 직접 알아내.”

단여랑의 얼굴이 순식간에 일그러졌다.

“뭐야, 책임감없이! 그러니까 영감님은 친구가 하나도 없는 거라고!”

“하하하!”

2

스스스…….

옷깃 스치는 소리도 없었다. 마치 귀신처럼 움직였다.

눈 위에 발자국을 남기지 않는다 하여 붙여진 답설무흔(踏雪無痕)이라는 이름의 신법은 북해에서 통하지 않는다. 지고한 경지에 오른 장로쯤 되는 사람이라면 답설무흔이 가능하겠지만 그들 역시 잘 사용하지 않는다.

한풍신비(寒風神飛)가 있기 때문이다.

―강이 있다면 강을, 바다가 있다면 바다를, 바람이 있다면 바람을 얼리리라.

앞을 가로막는 모든 것, 나아가는 데 장애가 될 만한 것들은 무엇이든 얼린다. 튼튼한 장벽이 아닌 이상 빙궁도들에게는 막힌 길이 없다. 얼릴 수 있는 건 모두 얼린다. 하다못해 공기까지. 발을 디딜 수만 있다면 그 무엇이든.

한풍신비로 포기(布氣:외기 발사). 발을 디딘 곳은 순식간에 녹아내린다. 흔적은 없다. 녹아내려 액체가 남는다 해도 반 각의 거리만 벌려놓으면 모두 증발한다.

멀리서 바라보면 꼭 허공을 걷는 듯 보인다. 물론 그 정도의 경지에 오르려면 그것을 뒷받침하는 내공이 반드시 있어야 한다.

눈도 마찬가지다. 눈 위를 걷는 것은 한풍신비를 펼칠 수 있는 무인이라면 누워서 떡 먹는 것보다 쉽다.

스스스!

단여랑은 눈 위를 날다시피 빠르게 움직여 적당한 크기의 소나무 아래에 자리를 잡았다.

오도는 유독 소나무가 많다.

북쪽 홍 노인의 거처에만 송림이 있는 것은 아니라 섬 전체가 침엽수림이라 할 정도로 소나무가 많았다.

어둑어둑할 때 홍 노인의 거처에서 출발했는데 벌써 해가 일호 한쪽에 얼굴을 내밀고 있다.

날씨가 좋지 않았다. 오경(五更)부터 내리던 눈발이 점점 거세지고 있다. 눈발이 시력을 저하시키지만 급습을 하기에는 더없이 좋은 날씨다.

온도가 급격히 떨어져 숨을 쉴 때마다 코와 입으로 허연 김이 연신 뿜어져 나왔다. 단여랑은 숨을 가늘게 내쉬며 전방을 주시했다.

섬의 남서쪽으로 퍼져 있는 오십여 가구가 오도 도민의 전부이고 가장 남단에 있는 커다란 집이 오도주의 거처다. 그리고 오늘은 오도주의 절친한 지기인 해도주(亥島主)가 달포마다 한 번씩 찾아오는 날이었다.

"원한이 있어?"

"원한은 무슨!"

"오도 무인들도 있는데 왜 하필이면 해도주지?"

"눈여겨볼 만한 녀석이야. 나머진 네가 직접 겪어봐."

밤새도록 홍 노인에게서 현음한빙공을 구두로 전수받았다. 빙궁의 내공법은 비슷비슷하여 익히기에는 쉬웠다. 다만 그 효용이 어느 정도인지, 노인이 말한 정도까지 펼칠 수 있는지는 아직 알 수 없다.

휘이잉―!

바람이 옷섶을 파고드는 한기 속에서 단여랑은 차분히 운기했다. 태음양화의 기운이 남아 있어 조금만 운기해도 몸이 절로 따뜻해져 왔다. 자칫하면 목숨이 위험한 수련법이지만 홍자경은 그에게 큰 선물을 안겨줬다.

삐걱! 삐이걱!

해가 반 정도 얼굴을 비췄을 때, 저 멀리서 소선(小船) 두 척이 모습을 드러냈다. 비조선(飛鳥船)처럼 폭이 좁고 길이가 긴 소선 두 척은 빠른 속도로 오도에 다가왔다.

단여랑은 안력을 돋워 배에서 내리는 사람들을 살폈다.

첫 배에서 다섯 명, 두 번째 배에서 다섯 명, 모두 열 명.

북해빙궁 특유의 털 가죽으로 되어 있는 무복을 입은 아홉 명의 사내와 그들보다 훨씬 덩치가 큰 사내 하나.

'해도주 류선(柳善)……'

단여랑은 해도주를 한눈에 알아볼 수 있었다. 보통 사람들보다 배는 큰 덩치. 홍 노인에게 미리 듣긴 했지만 그래도 막 부동 정도이겠거니 했는데 예상보다 더 컸다.

겉으로 보아도 엄청난 장사다. 가히 역발산기개세(力拔山氣蓋世)라 불릴 정도다. 주먹으로 바위를 두부 으깨듯 부순다고 해도 믿겨질 것 같다.

그리고 그의 성명병기인 등 뒤에 메달려 있는 대도(大刀). 큰 몸집 덕에 둔해 보일 것 같은 움직임. 아니다. 그는 자신의 단점을 장점으로 바꾸어놓은 사내다. 엄청난 힘과 빠른 속도로 대도를 휘두르는 사람이 바로 류선이다.

류선은 배에서 내려 직접 마중을 나온 오도주와 함께 그의 거처로 발걸음을 옮겼다.

단여랑은 류선에게서 눈을 떼고 그와 함께 온 아홉 명의 사내들을 주시했다.

"해도구귀(亥島九鬼)라고 불러. 해도주와는 개개인이 각별한 사이야. 단 한시도 떨어지려 하지 않아. 그들이 있는 한 해도주에게 접근하기는 불가능해."

특이한 점은 그들 모두가 류선처럼 도를 등 뒤에 메고 있다는 것이었다.

도귀들. 북해도 귀령전 검귀들에 못지않은 실력을 가졌다는 소문도 떠돈다. 다만 해도구귀는 류선에게 충성할 뿐 빙궁에 충성하지는 않는다. 류선이 빙궁을 등진다면 해도구귀는 미련없이 류선을 따르리라.

단여랑은 저런 무인들이 목숨을 맡기며 섬기는 해도주 류선에 대해 진한 호기심을 느꼈다. 그는 과연 어떤 사내일까.

해도구귀 중 다섯 명은 류선을 따라 안으로 들어갔고, 네 명은 오도주의 거처 주위 동서남북 네 방향에 섰다. 땅을 굳건히 디딘 그들의 두 다리에서 상당한 위압감이 느껴졌다.

이상하다. 오도 역시 북해의 섬인데 사방을 예의 주시하며 경계할 필요가 있는가. 해도구귀가 빙궁의 사람들조차 믿지 못한다는 증거였다.

단여랑은 천천히 그곳을 향해 다가갔다.

"해도구귀를 죽여."

홍자경은 그들을 죽이라고 했다.

"무조건 현음한빙공으로 만이야. 네가 그들이 눈치 채지 못할 정도로 가까이 가서 틈을 노린다면 그들은 죽은 목숨이야."

하나, 정말 죽이라는 소리가 아니다. 단여랑이 홍 노인에게서 느꼈던 무형지기로 죽이라는 말도 아니다.

은밀하게 접근해 틈을 노린다. 틈을 발견할 수 있느냐, 그것은 오로지 단여랑에게 달려 있다.

단여랑이 느낀 해도구귀는 한 명 한 명이 유령전과 비등한 실력을 갖추고 있었다. 청설원 수행에서 유령전 무인 다섯이 단여랑의 털끝조차 닿지 못한 데에도 다 이유가 있었다.

숨었다, 아무도 눈치 채지 못할 정도로.

십 일간의 수행은 유령전 무인들에게도 피로를 가져왔고, 단여랑은 그 틈을 노렸다.

하지만 이번은 다르다. 해도구귀의 상태는 너무나도 멀쩡하다. 게다가 아홉 명이나 되니……. 만약 들키기라도 한다면 고전을 면치 못할 게다.

단여랑은 복면을 깊숙이 눌러썼다.

복면 사이로 비치는 단여랑의 눈동자가 오도주의 거처 앞, 양옆에 서 있는 두 무인에게로 향했다. 밖에 있는 네 명을 다 처리할 필요는 없다.

해도주에게 가기 위해선 저 두 명의 경계망을 뚫고 무사히 안으로 들어가기만 하면 되니까.

문제는 한 명을 건드리면 양쪽의 다른 두 무인이 보게 된다는 것이다. 현 위치에서 지붕으로 바로 뛰어들 수도 없다. 이목을 가리고 들어갈 수 있는 유일한 방법은…….

'피하는 것이 아니지. 죽이는 것.'

단여랑은 숨죽이며 소나무 뒤로 몸을 가렸다.

숨을 죽였다. 몸도 죽였다.

호흡은 최대한 가늘게. 살아 있지만 죽어 있는 몸.

귀식대법(龜息大法)은 아니다. 귀식대법이라면 지금처럼 움직일 수 없으니까.

현음한빙공을 펼치며 자리를 옮기는 단여랑의 입술이 퍼렇게 죽어갔다. 몸의 기능마저 정지시켜 시체와도 같이.

눈 색과도 같은 새하얀 위의(僞衣)를 머리부터 발끝까지 뒤집어쓴 단여랑의 움직임은 극히 조심스러웠다. 만약 기척이라도 낸다면 도귀들에게 도륙당할 각오는 해야 한다.

이목을 따돌릴까 생각도 해보았지만 해도구귀는 옆에서 사람이 죽는다 해도 자신의 자리를 뜰 인간들이 아니다.

현재 믿을 수 있는 유일한 것은 위의. 단여랑은 문의 좌측에 서 있는 무인을 향해 굼벵이와 같은 속도로 꿈틀거리며 다가갔다.

답답하다. 위의를 덮고 있기 때문에 상대가 어떠한 행동을 하고 있는지 전혀 알 수가 없다.

어느 순간에 멈춰야 하며, 어느 순간에 다시 움직여야 하는지, 혹시 시선을 이곳에 고정시키며 움직이는 모습을 보고 있는 것은 아닌지.

앞이 보이지 않는 대신 두 귀를 활짝 열었다.

소리로 듣는다. 숨 쉬는 소리, 움직이는 소리.

몸으로 느낀다. 공기의 미세한 파랑까지도……. 극도로 곤두세운 촉각에 여지없이 걸려든다.

현음한빙공은 상대의 아주 작은 움직임까지도 파악할 수 있게 한다.

오도주의 거처까지 오 장밖에 안 되는 거리가 몇백 리라도 된 듯 멀게만 느껴진다. 눈 한번 감았다 뜨면 도착할 거리가 벌써 반 시진이 다 되어가는 데도 한없이 남은 듯하다.

저벅.

단여랑은 움직임을 멈췄다.

무인이 발을 옮기는 소리다. 어느새 지척까지 다가온 듯하다. 무인의 또 다른 움직임은 없었다. 호흡도 전과 같은 걸 보니 단여랑이 다가온 걸 전혀 모르는 듯했다. 등 뒤로 식은땀이 흘러내렸다.

'현음한빙공…….'

그대로 무인의 발목까지 다가간 단여랑은 그의 등 뒤에서 조심스럽게 몸을 일으켰다.

순간 빠르게 손을 뻗었다.

파앗!

"흠!"

무인에게서 짤막한 신음이 터져 나왔다. 그의 좌측과 우측에 있던 무인들이 고개를 돌려 그를 바라봤다.

"……"

아무런 이상이 없음을 확인한 그들의 고개는 촌각도 되지 않아 다시 원위치로 돌아갔다. 그들은 동료의 신음을 기침 소리로 착각했다.

무인은 땅바닥에 꼿꼿이 섰다. 마혈(痲穴)에 아혈(啞穴)까지 짚였으니 말도 못한다. 그 옆에서 위의를 덮은 단여랑이 몸을 일으켰다.

무인의 당황한 눈동자가 단여랑에게 향했고, 단여랑은 눈웃음으로 화답했다.

한쪽 경계가 텅 비어버린 자리.

단여랑은 벽에 붙은 채 재빨리 오도주의 집으로 몸을 들이밀었다.

'바닥에 둘, 좌우측에 하나씩, 그리고 뒤에 하나.'

류선을 따라 들어온 다섯 명의 무인. 다행히도 천장에 숨어 있는 자는 없었다.

기와를 들고 들어가 대들보에 몸을 바짝 밀착시킨 단여랑은 내부를 빠르게 둘러봤다.

갖가지 음식과 술로 가득한 탁자에 마주 앉은 두 사람.

오도주와 해도주.

멀리 있을 때는 몰랐는데 가까이서 보니 오도주는 류선과 정반대였다. 덩치와 외모 등 모든 면에서 달랐다. 오도주는 손에 책만 쥐어주면 서생이라고 해도 믿을 정도로 연약해 보였다.

그리고 그 앞에 두툼한 입술을 꾹 다물고 있는 류선. 둘은 절친한 지기라 알고 있는데 어쩐지 류선의 얼굴엔 어두운 그림자가 가득했다. 오도주는 류선의 잔이 비워질 때마다 말없이 술을 따랐다.

단여랑은 그들의 모습을 가만히 바라보다가 조금씩 움직였다.

홍 노인의 말대로 해도구귀를 모두 건드리지는 않았다. 틈을 노린 건 입구를 지키던 한 명으로 족했다. 다른 인간들은 필요없다. 어차피 목적은 류선. 그의 주위를 밀착 호위하는 다섯 명의 무인을 뚫지 않아도 된다.

지금 이 자리에서는 류선을 공격하지 못한다.

그를 공격하려는 목적은 현음한빙공의 효과를 알아보기 위한 것일 뿐.

단여랑은 류선이라는 인물에 대해 치미는 호기심을 이기지 못했다. 그래서 움직이지 않았다. 그와 오도주가 무슨 이야기를 하는지 들으려 두 귀를 쫑긋 세웠다.

두 사람은 오래도록 말을 않았다. 입을 꾹 다문 류선의 얼굴은 좀처럼 풀리지 않았다. 그저 오도주가 주는 술잔을 연거푸 받아 마실 뿐 그를 바라보려 하지도 않았다.

묘한 분위기 속에서 그들의 대화를 기다리던 단여랑의 얼굴이 굳어진 것은 순식간이었다. 류선의 입에서 전혀 예상치 못한 이야기가 튀어나왔기 때문이다.

"그래서… 단여랑을? 그것만은 안 되네."

'……?'

단여랑은 자신의 두 귀를 의심했다.

곱씹어보아도 류선의 입에서 나온 말은 자신의 이름이 확실했다.

"조금 더 멀리 내다보게나."

오도주의 음성은 단호한 류선의 음성과는 달리 차분했다. 류선이 신경질적으로 술잔을 비웠고, 오도주는 다시 그의 술잔에 술을 따랐다.

"조금 더 멀리 내다보나마나, 다시 들으나마나. 자네, 도대체 무슨 생각을 하고 있는 겐가?"

류선은 불쾌한 기색을 감추지 않았다. 어릴 때부터 한 번도 다퉈본 적 없는 오랜 지기가 오늘은 영 못마땅했다.

"끌려다니고 싶은 생각은 없네. 앞가림은 자기 스스로 해야지. 미래를 볼 줄 안다면 좀 더 깊게 생각해 보시게."

"미안하지만 난 미래를 볼 줄 모르네."

"나는 주군을 보좌하는 능력은 없지만 어떤 사람이 주군이 되어야 하는지는 알고 있네."

"흥! 그래서 단우인이 주군으로서 부족함이 없다는 소리를 하는 겐가?"

"태붕이는 그릇이 작아. 단여랑은… 이야기를 들어서 잘 알고 있지 않나. 궁주는 실력이 좋아야만 되는 건 아니네. 머리가 있어야지.”

“자네 지금… 이게 반역을 꾀하는 행동이라는 것은 알고 있는가?”

오도주는 대답하지 않았다. 그저 차 마시듯 술을 홀짝거리기만 하고 있다.

“계획적이었군.”

“…….”

류선의 짙은 검미(劍眉)가 바르르 떨렸다. 그가 알고 있는 오도주는 이런 사람이 아니었다.

학문에 뜻을 많이 두어 무엇이 옳고 무엇이 그른지는 확실하게 아는 사람이다. 북해빙궁에 대한 자부심이 남들보다 높았고, 궁주 대하기를 하늘과도 같이 하던 사람이다. 그런 올곧은 모습이 좋아 평생지기가 되려고 마음먹지 않았던가.

“누군가? 누가 자네를 이렇게 만들었는가?”

류선은 격정이 치미는 것을 간신히 억눌렀다.

“궁주가 없는 지금, 내분이 생길 것이라는 것은 자네도 짐작했을 걸세. 얼마 남지 않았어. 오 년 안에 반드시 한곳에는 정착해야겠지.”

“그래서 선택한 게 단우인이던가? 어찌 태상궁주의 뜻을 저버리려 한단 말인가!”

“공식적으로는 단여랑이 차기 궁주로 정해졌지만 확실한

건 빙옥조 시기가 되어야 알지 않겠나.”

“허, 허허! 그래, 빙옥조. 그때 가봐야 알겠지. 그런데 뭐라고? 단여랑을 처리하는 데 동조하라고 했나? 허허허!”

류선은 기막힌 듯 웃었다. 내분이라는 단어는 중원 땅의 중소 문파에서나 들을 수 있는 말인 줄 알았다. 북해빙궁에는 전혀 관계없는 이야기인 줄로만 알았다.

감히 궁주의 명을 거스르고 그가 정한 소궁주마저 처리하려고 하다니, 당연히 기막힐 수밖에!

류선의 두 눈이 활활 타오르고 있는 와중에도 오도주는 눈썹 한 올 까닥하지 않았다.

“개인이 지도자를 정한다는 것은 오래전 일일세. 지도자는 그를 따를 사람들이 정해야 마땅하지.”

“야현 부인이 시켰나?”

“빙궁의 미래를 놓고 본다면 가장 가능성있는 곳은 둘째 부인의 가문이네.”

“…….”

설마 하고 던진 질문이었지만 오도주가 이렇게 솔직히 말할 줄은 몰랐다.

류선은 이제 오도주의 마음을 다시 되돌릴 수 없다고 판단했다. 월영문(月影門)에서 이미 손을 써놔도 깊게 써놓은 상태일 것이다.

도대체 무슨 수를 썼기에 기개를 잃지 않던 오도주를 이렇게까지 만들 수 있단 말인가.

"자네, 달포 만에 온 친구에게 정말 너무하는구먼."

류선은 자리에서 일어섰다. 더는 머물 이유가 없었다. 이로써 오도주와의 오랜 인연을 끝맺게 된다 하여도 후회는 없을 듯했다.

오도주는 류선이 자리에서 일어나든 말든 빈 잔을 다시 술로 채웠다. 류선은 그의 여유있는 행동이 이해가 가지 않았지만 곧 이유를 알 수 있었다.

"단여랑이 지금 이곳에 와 있네. 홍 노인이라고 알고 있지 않나? 그 제정신 아닌 늙은이 말일세. 그자에게 간 아이들 중 살아남은 아이가 없었지. 만약 단여랑이 살아남아 북해도로 돌아간다고 해도 생활하기 힘들어질 걸세."

"그것도 단우인이 계획한 일인가? 정말 지긋지긋하군, 그런 영악한 꼬맹이 녀석은."

오도주는 대답하지 않았다. 다만 여태껏 숙이고 있던 고개를 들어 류선을 바라봤다.

"지금은 자네를 잡지 않네. 어차피 다시 돌아올 것을 알기 때문에. 이것 하나만 알아두게. 단여랑은 눈엣가시. 움직이고 있는 사람은 단우인 쪽만 아니라는 점을."

"……!"

그렇다. 단우인만이 단여랑에게 악감정을 가지고 있지 않다. 하나가 더 있다.

단태붕, 그의 모친 능가연(凌佳妍)과 외가인 성검문(聖劍門).

류선은 할 말을 잃었다.

그가 모르는 많은 것들이 진행되려 한다. 아니, 이미 진행되고 있을지도 모른다.

성검문이 북해를 노린다. 월영문도 북해를 노린다.

누가 궁주가 되느냐에 따라 북해를 지배하는 자들 또한 바뀌리라. 누구와 누구의 싸움인가. 배다른 형제들의 피 튀기는 혈육전이 되려는 것인가.

분명한 것은 그들의 첫 번째 희생양으로 단여랑이 지목되었다는 점이다.

류선은 머릿속이 혼란해짐을 느꼈다. 비단 그만 그런 것이 아니었다.

또 한 사람, 천장에서 그들의 대화를 엿듣고 있는 단여랑 역시 둔기로 머리를 후려친 듯한 충격을 입었다.

단태붕과 단우인의 이야기는 어렴풋이 눈치 채고 있었지만 도주들도 이미 한통속이 되어가고 있는 줄은 몰랐다.

도주들마저 저럴진대 북해도의 수뇌부들은…….

'북해는 썩었어.'

매번 생각해 보아도 치가 떨렸다.

의외인 것은 해도주였다.

'영감님이 눈여겨볼 자라고 하더니만.'

단여랑 자신이 이 자리에 있게 된 것은 우연이 아니라 홍 노인이 일부러 만남을 제공한 듯싶다.

물론 지금 류선이 중요한 것은 아니다. 자신이 그들의 표적이 되었다는 것이 중요한 사실이고, 단여랑은 이제 해야 할 일이 무엇인지 알았다.

씩씩거리며 오도주를 응시하던 류선의 호흡이 갑작스럽게 멈춘 것은 단여랑이 낮게 숨을 내쉼과 동시였다.

"자네… 이건 또 뭔가? 어떠한 의미의 선물이지?"

류선의 목소리는 지극히 낮았다.

"선물이라니?"

의아한 표정으로 묻는 오도주를 보자 류선은 살기가 치밀었다.

"오랜 지기로 지내왔건만 자네가 나한테 이럴 줄은 몰랐군."

"뭐……?"

쉭—!

오도주는 말을 이을 수 없었다.

날이 시퍼런 도 다섯 자루가 다섯 방향에서 오도주의 목에 겨누어졌다.

"후후! 해도구귀의 명성은 익히 들었지만 이 정도일 줄은 몰랐군."

진심 어린 감탄이었다. 오도주도 오랜 기간 무인으로 살아

왔지만 도 다섯 자루가 그의 목전에 닿을 때까지 기척을 잡아
내지 못했다.

"하지만 선물이라니? 난 자네에게 선물을 준비한 적이 없
네만, 무슨 소리인지 도통 모르겠으니……."

"은신술(隱身術)이 꽤 쓸 만한 자군. 하나… 내가 모를 것
같았던가! 타앗!"

팟!

류선은 힘껏 바닥을 박차며 공중으로 뛰었다. 등 뒤에 걸려
있던 대도는 어느새 그의 손아귀에 들렸다.

'위험!'

단여랑은 자신을 향해 곧장 찔러 들어오는 대도를 보며 몸
을 띄웠다.

쉬잉! 퍼걱!

사나운 도기(刀氣)와 함께 대들보가 부서져 나갔다. 동시에
단여랑은 지붕을 뚫고 밖으로 뛰쳐나왔다.

쉬시싱!

서늘한 한기가 바닥에서 몰아치며 회오리를 일으키자 단
여랑은 한풍신비를 이용해 허공으로 높게 치솟았다.

'다섯 숨!'

공중에 떠오를 수 있는 시간은 고작 호흡 다섯 번.

해도구귀에 류선까지. 일 대 다수인 상황에다 첩첩산중 격
으로 가장 불리한 위치 선점.

허공에 몸을 띄운 자는 반드시 땅으로 떨어지게 되어 있다.

한풍신비로 버틸 수 있는 시간 동안 단여랑은 빠르게 떨어질 위치를 봐둬야 했다.

'셋, 둘, 하나… 지금!'

채채챙!

섬뜩한 도 아홉 자루가 단여랑의 착지 지점을 향해 동시에 쏘아졌다.

왼발이 그들의 도에 부딪치려는 찰나, 단여랑은 몸을 둥글게 말았다가 재빨리 펼쳤다.

두웅―!

구부러진 활대가 팅기는 듯 단여랑의 신형이 삼 장여 가까이를 날았다.

타닥!

바닥에 착지. 하지만 단여랑은 금세 해도구귀에게 둘러싸였다. 단여랑의 마지막 도움닫기를 직접 목격한 그들의 눈에 놀람이 떠올랐다가 빠르게 사라졌다.

단여랑은 우뚝 선 채로 천천히 한 바퀴를 돌며 해도구귀 아홉 명을 살폈다.

하나같이 만만한 자들이 아니다. 정말 유령전 무인들과 붙여놓아도 승부를 장담할 수 없는… 이자들은 도귀들이다.

하지만 단여랑은 자신을 향해 겨누어져 있는 시퍼런 도신(刀身)들을 무심한 눈으로 바라봤다.

그리고 어느새 단여랑을 쫓아 지붕 위로 솟구쳤던 류선이 그를 향해 뚜벅뚜벅 걸어왔다. 도를 밑으로 늘어뜨려 눈밭을 쓸며 걸어오는 류선을 정면으로 보니 흡사 거인이라도 만난 듯했다.

류선은 단여랑과 이 장여 사이를 놓고 걸음을 멈췄다.

"웬 놈이냐?"

류선의 예리한 눈이 단여랑을 훑었다. 하지만 복면 사이로 보이는 눈동자만으론 누구인지 구별할 수 없었다.

"웬 놈이냐?"

우웅―!

처음과는 달리 가슴이 울리는 중후한 음성이었다.

'……?'

내공을 실은 음성에도 단여랑이 끄떡 않자 류선의 두 눈에 이채(異彩)가 떠올랐다.

그사이 단여랑은 재빨리 퇴로를 훑었다.

'없다.'

퇴로가 막혔다. 무인들과의 사이는 반 장이 채 못 되지만 얼마든지 뚫고 나갈 수 있는 거리다. 하지만 공간이 없다. 한 곳을 뚫지 않는 이상 탈출을 시도하였을 때 날아오르는 아홉 자루의 도에 온몸을 난자당하리라.

"해도주는 설빙수류검(雪氷水流劍)을 도법으로 만든 녀석이야.

녀석이 도를 휘두를 땐 도를 보지 마. 어디선가 쏟아질 빙탄을 피할 준비를 단단히 해.”

단여랑은 두 손을 모아 가슴 앞으로 가져갔다. 선택은 하나밖에 남지 않았다. 숨을 크게 들이킨 그는 오른손을 허리춤으로, 왼팔을 앞으로 쭉 뻗어 손가락 끝 부분으로 류선을 겨냥했다.

손가락에 시선을 고정시킨 류선의 얼굴 근육이 미미하게 꿈틀거렸다. 무기를 가지지 않은 복면인의 행동이 의아하기만 했다.

모두의 시선이 집중된 가운데 단여랑의 손바닥이 천천히 하늘을 향해 뒤집어졌다. 그리곤 손가락을 움직였다.

까닥.

“와.”

“……?”

류선은 당황했다.

복면을 비집고 흘러나온 목소리는 의외로 젊었다. 게다가 손가락을 까닥이며 오라는 건방진 태도는 가히 도발적이었다.

류선은 어이없다는 웃음을 흘렸다.

“자객인가?”

질문과 함께 격기(擊氣)를 시작했다. 기로 기를 난자하듯 전신을 훑었다.

“그건 오도주한테 물어봐.”

복면인이 재미있다는 듯이 말했다.

‘으음!’

격기로도 복면인의 정체를 알 수 없었다. 오히려 복면인의 조롱 섞인 말에 류선은 오도주의 거처를 무섭게 노려봤다.

“네놈은 빙궁 사람이냐?”

“잔말 말고 오라면 와. 어차피 길도 비켜주지 않을 거잖아?”

복면인은 서두르고 있었다. 일 대 다수의 싸움이기에 속전속결로 끝내려든지, 아니면 틈을 노리고 도주하려 할 게다. 류선은 신경전을 포기했다. 고작해야 어린 녀석에게 심기를 소모하기에는 아깝다는 생각이 들었기 때문이다.

“훗!”

그냥 가볍게 웃었다.

그것이 신호이기라도 한 듯 해도구귀 중 한 사람이 소리없이, 그리고 빠르게 움직였다.

쉬익—!

도가 횡으로 그어지며 단여랑의 몸을 베어왔다. 허리를 베는가 싶더니 작은 포물선을 그리며 가슴을 노려왔다.

환도(幻刀).

해도구귀는 처음부터 빙궁 사람이 아니라더니 북해무공이

아니다.

환검을 쓰는 사람은 많지만 환도를 쓰는 사람은 드물다. 무인의 본래 무공은 환도인 듯하다. 빠르면서도 눈을 현혹시키는 도법.

"흡!"

단여랑은 허리를 젖혀 가슴을 베어오는 도를 아슬아슬하게 피했다. 그러나 도는 그가 숨 쉴 틈을 주지 않았다. 기이한 각도로 꺾여 다시 복부를 찔러왔다.

타닥!

힘차게 발을 구른 단여랑은 하체를 공중으로 띄웠다.

쉬웅―!

도가 애꿎은 허공을 갈랐지만 무인은 침착했다.

스치기만 해도 살갗이 달라붙어 뜯겨져 나갈 것 같은 차가운 한기를 머금은 도는 단여랑의 몸을 영사처럼 따라붙었다.

스스스……!

도병(刀柄)에서부터 새하얀 연기를 발하는 음향은 전신을 오싹하게 만들었다.

'극음빙한공으로만 상대하시겠다?'

단여랑의 짧은 판단은 곧 행동으로 이어졌다.

쉭!

그는 양팔을 좌우로 쫙 벌린 뒤 무방비 상태로 가슴을 활짝 열며 무인에게 달려들었다.

“……!”

단여랑의 돌발적인 행동에 무인은 뒤로 주춤했지만 곧 얼굴에 승리의 미소가 그려졌다. 그는 한기를 가득 머금은 대도를 단여랑을 향해 있는 힘껏 휘둘렀다. 아니, 휘두르려 했다. 그 순간,

“컥! 커헉!”

무인은 도를 휘두르지 못했다. 그의 두 눈은 흡사 유령이라도 본 듯 부릅뜨였다.

언제였나. 어느 틈에 복면인의 손이 공간을 비집고 들어와 자신의 목을 움켜쥐었는가.

단여랑의 손에 힘이 들어가고 무인의 안색은 점점 탈색되어만 갔다.

“…….”

류선은 두 눈을 가늘게 좁혔다.

복면인의 움직임을 포착하지 못한 게 아니다. 다만 보통 무인들이 육안으로 식별하지 못한 만큼의 속도로 움직인 것은 틀림없다.

또 하나 알아낸 것은 있다. 복면인은 무공을 숨기려는 듯했지만 의도치 않게 기운을 흘려냈다. 그것은 현음한빙공과 극음빙한공을 섞어놓은 듯한 미묘한 기운이었다.

빙궁의 젊은 무인들 가운데 저 정도의 실력을 가진 자가 있었던가.

“해도구귀 말고 당신!”

단여랑은 류선을 가리켰다.

“길을 비키든지, 아니면 직접 설빙수류도를 보여주든지!”

슈슉—!

단여랑을 감싸던 나머지 여덟 자루의 도가 그의 육신을 노리며 날아들었다.

“그만!”

순간 여덟 자루의 도는 마치 누가 막기라도 한 듯 단여랑과 일 촌 간격의 거리를 놓고 우뚝 멈췄다.

류선이 손을 들어올리자 무인들이 동시에 썰물처럼 일 장여 거리를 물러섰다.

“캑! 캑캑!”

단여랑은 손으로 꽉 쥐고 있던 무인의 목을 놓아줬다.

“어린 듯한데 무공이 뛰어나군. 해도구귀를 상대로 그 정도의 실력을 드러내다니… 어디 소속이냐?”

“알고 싶으면 오도주에게 물어봐.”

“음, 무슨 목적으로 접근했는지 바른대로 말하면 목숨만은 보존해 주겠다.”

“난 두 번 말하지 않아.”

“…….”

류선은 이마의 혈관이 울퉁불퉁 튀어나오는 듯했다.

뒤늦게 나와 복면인의 말을 들은 오도주는 당황한 기색을 감추지 못했다.

오도주는 류선을 바라봤다.

"자네, 정말 저 녀석의 말을 믿는 건 아니지?"

"나야말로 묻고 싶군. 자네는 나와 해도구귀를 너무 무시했어. 기껏 저런 어린 녀석에게 당할 줄 알았나?"

"난 정말 모르는 일일세!"

여태 평온한 신색을 유지하던 오도주가 얼굴까지 벌겋게 물들이며 고함을 내질렀다.

류선은 고개를 갸웃했다. 오랜 지기는 눈빛만 봐도 서로 통한다고, 오도주의 지금 행동은 가식이 아니었다.

그런데 이번엔 복면인이 오도주를 향해 도도함이 가득 깃든 음성을 내뱉었다.

"영원불멸(永遠不滅) 월영추종(月影追從). 월영문을 위해서라면 지기도 버릴 각오가 되어 있다. 동조하지 않으면 발본색원(拔本塞源), 삭초제근(削草除根). 오도주, 궁지에 몰리니 나 몰라라 하겠다는 건가?"

"뭐, 뭣이?!"

단정히 정리되어 있던 오도주의 머리카락이 한 올 한 올 일어서기 시작했다.

"오도주는 지독하게 한빙장만 파고들었어. 한빙장이 흔하긴 하다만 극성으로 익힐 경우 현음한빙공에 못지않은 위력을 자랑해.

소매 속에 감춰진 오도주의 손이 꺼내어질 때를 조심해라.”

단여랑의 시선은 소매에 가려진 오도주의 손목 부근에서 떨어지지 않았다.

그리고 그를 자극시키는 것을 멈추지 않았다. 일 대 다수의 불리한 상황에서 적을 오도주 한 명으로 일축시키는 편이 빠져나가기 훨씬 수월하지 않겠는가.

“감히 그따위 배짱으로 한몫하겠다고 나섰단 말인가? 선택해라. 월영이냐, 빙궁이냐? 아니지. 너에겐 이미 선택권이 없군. 네가 자초한 일, 탓하지 마라!”

부우우웅―!

머릿속이 자르르 울렸다.

단전에서 끌어당긴 기운이 백회를 향해 빠른 속도로 치달렸다.

극음과 극양. 두 가지 융합된 기운은 봇물 터지듯 전신을 활개 치기 시작했다.

“약점이다. 극음과 극양의 무공을 익힌 사람들, 정공(正功)과 마공(魔功)을 예로 들면 되겠군. 음양의 조화가 된 무공이 정공이라면 극음과 극양 둘 중 하나로 치우친 무공이 마공. 마공이 순간적인 위력은 강할지 모르나 천하제일이라 칭하진 않지. 같은 이치다. 그걸 끌어내. 몸 안에 잠재되어 있는 음양의 기운. 한번만 끌어내면 돼. 그럼 태음양화가 무엇인지 알 수 있어."

찰나의 시간이 유수처럼 느껴지며 수없이 많은 생각이 뇌리에 떠올랐다.

"만약 처음이 실패로 끝날 경우엔… 삼십육계 줄행랑이다."

호흡이 가빠온다. 전신이 물먹은 솜처럼 축 늘어지는 듯하다. 지독한 한수(寒水)에 빠진 듯 차갑게 식기도, 불구덩이에 들어가 앉은 듯 뜨겁게 달아오르기도…….
본신진기와 어우러진 태음양화의 기운이 길 잃은 어린아이처럼 혈맥 곳곳을 누볐다. 꼭 피가 역류되는 기분이다.
단여랑은 호흡을 멈추고 두 눈을 꼭 감았다. 머릿속으로 항상 자신이 읊조리던 무공의 정의를 떠올렸다.
'정해진 것은 없다. 기가 중요하지 않아. 심기기기. 몸이 일면 마음도 이는 것. 내 무공은 내가 만드는 것!'
따닥다다!
신경이 하나하나 일어나는 기분이다.
쏴아아―!
머리가 시원하다. 몸속을 마구 헤집던 기운이 완벽히 결합되는 느낌.
'됐어!'

단여랑의 눈이 번쩍 떠졌다. 동시에 소매에서 빠져나오고 있는 오도주의 손을 목격했다.

'지금!'

단여랑은 가볍게 손을 떨쳤다.

파바바방!

손에서 무수한 얼음 조각이 가공할 속도로 뻗어 나갔다. 아니다. 손만이 아니다. 전신이다. 고슴도치가 가시를 뾰족이 세우듯 매미 날개 같은 얼음 조각이 단여랑의 전신을 뒤덮는 듯싶었다. 순간, 번쩍임과 함께 얼음 조각들이 사방으로 쏘아져 나갔다.

"엇!"

"헛!"

놀람과 경악성이 터져 나왔다.

단여랑의 주위에 서 있던 열한 명은 자신들을 향해 날아오고 있는 얼음 조각들을 막기에 급급했다. 뾰족한 얼음 세례가 우박처럼 쏟아지는 장면은 직접 겪어보지 않으면 모를 게다.

가공할 위력이 담긴 암기와 다를 게 없는, 극심한 공포를 자아내기에 충분했다.

오도주는 한빙장을 펼치지도 못했다. 해도구귀와 류선 역시 반격할 생각조차 하지 못했다.

"무, 무슨 일이!"

정신을 차린 해도구귀 중 하나가 소리치며 고개를 돌렸다.

하나, 방금 전까지만 해도 복면인이 서 있던 자리엔 아무도 없었다. 저 멀리 호수 물로 뛰어드는 복면인의 뒷모습만 잠깐 볼 수 있었다.

"잡앗!"

해도구귀가 몸을 날리려 할 때 류선이 급히 막았다.

"만천화우(滿天花雨)를!"

류선은 가만히 고개를 저었다.

"내버려 둬라. 만천화우가 아니다. 저것은……!"

이미 단여랑이 사라져 버린 호수를 바라보는 류선의 두 눈 동자가 격하게 흔들렸다.

"애송이, 잘 다녀왔냐? 꼴이 아주 볼 만하구나. 낄낄!"

머리부터 발끝까지 홀딱 젖은 단여랑은 물에 빠진 생쥐와 다름없었다.

"영감님, 계획을 세울 때는 미리 말하란 말이야."

"뭐가?"

"일부러 보냈잖아!"

"누가?"

"영감님이!"

"낄낄낄!"

홍자경은 단여랑에게 새옷을 건넸다.

"그래, 가본 소감이 어떻더냐?"

"이미 알고 있었수?"

"알면 뭐 하나, 내 말을 들어줄 사람도 없는데."

지혜원주의 말이 통하지 않는다면 수뇌부 역시 반란의 조짐을 보이고 있다는 소리다.

"빙궁은 썩었어."

"네가 정화시켜."

"일없수!"

"네가 짊어야 할 짐이야. 네가 돌봐야 할 땅이고, 네가 다스려야 할 사람들이야."

"궁주는 관심없어."

단여랑은 정말 관심없는 듯 머리의 물기를 세차게 떨어내며 무뚝뚝한 어조로 대답했다.

"후후! 애송이……. 넌 왜 그리 솔직하지 못한 게냐? 관심없는 게 아니라 겁이 나는 거겠지."

"겁은 누가……."

"가슴에 손을 얹고 말해봐. 비옥했던 토지가 황폐해지면 어떡하나, 사람들이 등을 돌리고 손가락질하면 어떡하나. 네 스스로도 알고 있어. 소궁주로 지목받은 걸 인정하고 있고. 하지만 두려운 거야. 그렇지?"

단여랑은 잠시 침묵했다. 하지만 곧 얼굴을 들어 홍자경을 직시했다.

"모든 걸 영감님의 기준에서 해석하지 말아줬음 좋겠어."

"…낄낄낄! 넌 좀 더 네 감정에 솔직해지는 걸 배워야겠다, 애송이."

"빙궁에 갈 거야."

"벌써? 아직 삼 개월이 되지 않았는데?"

"단우인을 만나야겠어."

순간 홍자경의 눈이 날카롭게 빛났다.

"섣불리 행동하지 마라. 모든 일에는 순서와 때가 있어. 타초경사(打草驚巳)처럼 어리석은 짓은 없다. 너보다 조금 더 오래 산 사람으로서 충고하는 게다. 명심해라."

"…명심하지."

단여랑의 두 눈이 뜨겁게 타올랐다.

"그래, 언제 떠날 게냐?"

"내일 바로."

"크크큭! 오도 홍 노인에게 왔다가 살아나간 최초의 인간이 되겠구나."

"그다지 유쾌한 경험은 아니었어. 한 가지 득이 있긴 했지만."

"……!"

홍자경의 고개가 빛처럼 빠르게 돌아갔다.

“성공했냐?!”

“홋!”

코웃음. 단여랑은 팔짱을 낀 채 터덜거리며 홍자경에게 가까이 다가갔다.

“성공했구나! 그렇지?”

“태음양화… 영감님이 생각하는 것만큼 대단한 것은 아니야. 뭐, 위력 면에서는 어떨지 몰라도.”

“그래, 어떻더냐?”

“몸 자체에서 얼음이 만들어진다면… 대답으로 만족해?”

“……!”

홍자경의 얼굴에 여러 가지 감정이 교차했다. 이미 늙어 쭈글쭈글한 얼굴이지만 그것이 울컥 감정이 복받칠 때 나타나는 표정이라는 것은 세 살짜리 어린아이도 알 게다.

“너무 감격스러운 표정 하지 말라고. 남자한테, 그것도 노인네한테 그런 눈빛을 받기는 싫다고.”

“…애송이 녀석.”

홍자경은 그답지 않게 광망이 번뜩이는 두 눈에 그렁그렁 눈물을 매달았다.

“고맙다는 말은 아직 하지 않을게. 태음양화……. 한 가지만 더 결합된다면 꽤나 쓸 만한 무공이 되겠어. 그때 고맙다고 하지.”

“무슨……?”

홍자경은 무슨 말인지 몰라 눈썹을 치켜올렸다.

"한 가지만 더 배울 생각이야. …빙백신공."

단여랑은 해맑게 웃었다.

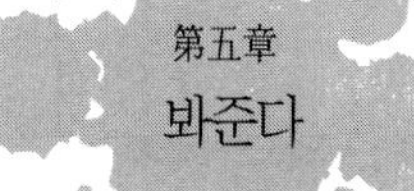

第五章
봐준다

1

제 자식 잘되길 바라 마지않는 부모가 어디 있으랴.

새끼를 위해서라면 간도 빼줄 수 있는 것이 부모 마음이요,
한낱 미물인 짐승조차도 자식 생각하는 마음은 한결같은데
인간이라고 아니할까.

야현의 자식 사랑은 지독했다.

월영문의 외동딸로 자라왔지만 문파의 특성상 사랑을 받
지 못했다. 빙궁으로 시집와 그마저 의지하던 남편이 죽었으
니 그녀의 관심은 오로지 단우인에게로만 쏠렸다.

궁주가 죽은 후 단 한 번도 단우인에게서 눈을 떼지 않았
다. 직접 같이 있지 못하는 날이면 사람을 시켜 보고를 하게

끔 했다. 수련 도중 다치기라도 하면 사흘 밤낮을 곁에서 간호했다.

그러던 사랑이 하루아침에 변했다.

그녀는 여전히 아들을 사랑한다. 하지만 그 아들이 강하게 자라길 희망하며 빙궁의 후계자가 되어 오만의 무리를 이끄는 수장이 되길 바라고 있다.

그러나 장자인 단태붕이 빙궁주가 된다면 야현과 단우인의 신세가 어떻게 될지 장담하지 못한다. 단태붕의 모친인 능가연은 야망이 큰 여인이다. 그들 모자에게서 단우인을 지킬 수 있는 유일한 방법은 그가 직접 빙궁을 물려받는 길밖에 없다.

그렇게 마음먹은 후부터 야현은 달라졌다.

나긋나긋하던 성격을 버렸다. 누구라도 쉽게 다가가지 못할 정도로 뾰족한 가시를 곤두세웠다. 정숙하게 차려입던 옷 대신 무복이 그녀의 몸에 둘러졌다.

강한 아들을 만들기 위해 그녀 자신이 먼저 강한 어머니가 되려 했다. 독기를 머금은 듯한 여인이 되었다.

"만천화우라고?"

차가운 음성이 대청에 울렸다.

"수법은 분명 만천화우입니다. 그렇지 않고서야 인간의 몸에서 무수한 얼음이 쏘아져 나올 리 만무합니다. 하지만 암기가 아닌 얼음이라는 점이… 빙공을 익혔으나 빙궁 무공은 아닙니다."

"중원의 피라미 따위가 북해에 들어올 리 없고, 놈의 인상착의는?"

"백의와 마찬가지로 흰 복면을 썼습니다. 나이는 십대로 추정……."

"십대?"

야현의 두 눈썹이 위로 치켜졌다.

"…그렇습니다."

"당문(唐門)의 무공을 우습게 보는가? 만천화우를 펼칠 수 있는 스무 살 안팎의 무인이 있다는 소리는 처음 들어보았네."

"정확히는 만천화우가 아니라……."

보고를 올리던 사내는 야현의 매서운 눈초리에 뒷말을 잇지 못했다.

"놈의 행방은?"

"물로 뛰어들었습니다."

"놓쳤다는 소리군."

"오도주가 정신을 잃는 바람에……."

"오도에 무인이 오도주밖에 없었던 것은 아니겠지."

"해도구귀와의 충돌을 염려해 모두 다른 곳에 배치했다 합니다. 게다가 해도구귀 역시 놈을 쫓지 않았습니다."

야현은 의아한 듯 고개를 갸웃거렸다.

"왜지?"

"그건 저도 잘 모르겠습니다."

해도주의 성격상 자객이라 판단한 놈을 그냥 놓아줄 리 없다. 지옥 끝까지라도 따라갈 사람이다. 그런데 놓아주었단다.

"짐작 가는 사람은 없나? 단여랑이 오도에 갔다던데, 또 무공이 꽤나 뛰어나다고 하던데……?"

"바로 확인해 보았으나 단여랑은 송림에서 움직이지 않았다 합니다."

"하긴, 단여랑이 그 정도의 실력을 갖췄을 리 없지. 어쨌거나 월영문을 사칭한 녀석이라니… 재미있군."

야현은 별일 아니라는 듯 가볍게 말했다. 복면인이 오도주와 해도주의 이야기를 모두 엿들었다고는 하지만 문제될 것은 없었다. 만약 이상한 소문이 돌게 된다면 증거인멸은 바로 살인멸구(殺人滅口)로 들어갈 테니까.

"해도주의 의견은 어떻던가?"

"그게 아직은……."

사내는 송구하다는 듯 고개를 숙였다.

예상한 일이다.

해도주가 단번에 오도주의 의견에 응할 것이라고는 기대하지도 않았다. 그럴 사람도 아니다. 만약 바로 응했더라면 월영문은 해도주를 버릴 게다. 해도주 주변에서 한시도 떨어지지 않는 해도구귀도 탐났지만 해도주 같은 사람은 강적하기 이를 데 없어 한번 누군가를 섬기면 목숨도 아까워하지 않을 사람이다.

그런 사람들의 마음을 돌리려면 천천히, 아주 천천히 자극해야 한다.

"소비무(小比武)가 언제지?"

야현은 화제를 바꿨다.

"달포 앞으로 다가왔습니다."

소비무란 적설원 무인들이 삼각, 삼당, 또는 삼전으로 배정받기 위해 치러지는 작은 행사이다.

이번 소비무엔 단태붕이 참가하게 된다. 그리고,

"이번에도 그냥 묵과하실까? 벌써 사 년째 모습을 보이지 않으시니……."

야현은 희고 가느다란 손으로 턱을 매만졌다.

장로들조차 한두 명을 제외하곤 만나지 못한 사람. 거처에 있는 것은 확실하나 절대 외부인의 출입을 금지시킨 사람.

태상궁주 단학설은 궁을 돌보지 않는다.

아니, 사람을 시켜 궁을 돌보며 중요한 일은 위에서 지시만 내린다. 궁을 돌보지 않는 게 아니라 자신의 모습을 드러내지 않는다고 봐야 한다.

이번 소비무엔 장손이 참가하는데 설마 나오지 않는 건 아닐지. 아니, 어쩌면 나오지 않을 수도 있다. 단태붕은 단학설에게 있어 애초부터 관심도 없는 손자였으니까.

하나, 작금(昨今) 발등에 떨어진 불은 단태붕 모자다. 그들을 어떻게 요리하느냐 하는 것은 모두 아들 단우인에게 달려있다.

태상궁주는 그 후의 일이다.

하지만 마음에 걸리는 일은 태상궁주가 선택한 단여랑. 은근히 신경 쓰이는 존재가 아닐 수 없었다.

'어차피 처리해야 할 녀석.'

야현은 손톱을 잘근 깨물었다.

"저… 이틀 전 설리(雪璃) 아가씨께서 일호에 도착하셨다는 전갈을 받았습니다."

"설리?"

야현이 눈을 동그랗게 떴다.

"아마 오늘 안에 도착하실 듯합니다."

"오려면 아직 한 달이나 더 남아 있지 않나?"

"본 문에서 또 문제를 일으킨 듯합니다."

"……."

"문주님의 서재에 놓여 있던……."

"그만!"

고함 소리가 쩌렁 울렸다.

야현의 얼굴이 순식간에 일그러졌다. 사내의 말을 끝까지 듣지 않아도 무슨 일이 벌어졌을지 대충 짐작이 간다. 단설리라는 이름 때문에 곤혹스러워했던 사람이 어디 한둘인가.

얄밉지만 미워할 수 없는 존재. 단설리는 야현의 딸이자 단우인의 한 살 어린 여동생이다.

"설리 녀석이 허튼수작 부리지 못하게 잘 감시하도록 하게."

"알겠습니다."

'왜 하필 지금 온다고 해서……'

야현은 단설리의 생각만으로도 골이 지끈지끈 쑤셔왔다.

"도착!"

투웅―!

작은 인영(人影) 하나가 비명 같은 고음의 함성과 함께 뱃머리 위에서 발을 굴렀다.

몸을 잔뜩 웅크린 채 공중에서 세 바퀴를 회전한 인영은 깃털처럼 사뿐하게 바닥에 착지했다.

"아, 좋아! 이 냄새, 딱 사 년 만이네?"

인영은 두 눈을 감고 고향에 돌아온 것을 온몸으로 느꼈다.

두꺼운 옷을 입었는 데도 불구하고 옷맵시가 나는 것으로 보아 꽤 날씬한 몸매를 지닌 듯했다. 칠흑같이 검고 긴 머리카락은 곱게 빗어 한쪽 어깨로 늘어뜨렸고, 머리와 옷으로 가려지지 않은 피부는 희고 투명했다.

갸름한 얼굴에 오목조목 이목구비가 뚜렷해 귀여운 느낌도 주며, 안으로 깊게 침잠한 새카만 눈동자는 지혜가 반짝이는 혜안(慧眼)이었다.

단설리는 얼굴에 함박웃음을 매달고 북해도의 얼음 계단으로 폴짝거리며 뛰었다.

"아가씨, 혼자서 그렇게 가시면……."

뒤늦게 배에서 내린 그녀의 시비(侍婢)가 난감한 듯 단설리를 불렀다.

"요요(姚姚), 여기 처음 아니잖아? 게다가 묘혜(錨鞋:닻 모양의 갈고리가 박힌 특수 신발)도 가지고 있고! 엄살 부리지 말고 올라와! 나 먼저 간다!"

"아! 저, 아가씨!"

단설리는 뒤도 돌아보지 않고 성큼성큼 얼음 계단을 밟아가기 시작했다. 어찌나 빨리 올라가는지 벌써 저만치 뛰어가 버린 후였다.

"제 묘혜는 아가씨 행낭에 들어 있잖아요……."

계단 밑에 남겨진 시비는 울상이 되었다.

이백구십이 개의 얼음 계단의 양옆은 가파른 경사에 백송이 빽빽하게 심어져 있다. 그리고 그 사이에 이십여 명의 수문(守門) 무인들이 숨어서 눈을 빛내고 있다.

침입자로 간주되면 무조건 척살. 얼음 계단과 빙공에 익숙한 수문 무인들을 당해낼 사람은 거의 없다. 아무나 북해도에 오르지 못하는 또 다른 이유다.

단설리는 그런 점을 알고 있으면서도 거침없이 계단을 올랐다. 다행히도 공격은 없었다. 비록 사 년 전에 보았지만 그녀의 인상착의는 수문 무인들의 뇌리에 깊게 새겨져 있는 모양이다.

단설리는 계단을 다 오르지 않았다. 이백오십육 번째 계단은 다른 곳으로 통하는 곳이다. 그녀의 기억이 맞다면.

그녀는 이백오십육 번째 계단에서 걸음을 우뚝 멈추고 우측으로 걸어가 앞에서 두 번째 소나무의 일곱 번째 가지를 살짝 잡아당겼다.

구르르릉!

작은 굉음. 놀랍게도 소나무 사이가 벌어지며 좁은 오솔길이 그녀의 눈앞에 펼쳐졌다.

얼굴에 화사한 미소가 번진 단설리는 그 길을 따라 발걸음을 옮겼다.

촤아아―!

길은 곧장 해성폭으로 이어졌다.

"여기도 아직 여전하네?"

단설리는 폭포수 가까이로 다가가 바위에 걸터앉았다.

그녀가 이곳에서 자라 사 년 전인 열한 살 때까지도 해성폭은 그녀의 유일한 놀이터였다.

어릴 적엔 무공이 그리도 싫었다. 무공보다는 책을 더 좋아

했다. 빙궁 서고에 그녀의 손때가 타지 않은 책이 없을 정도
로 글자를 익히면서부터 온종일 책과 함께했다.

하지만 빙궁에선 무조건 무공을 익혀야만 했다. 무공엔 원
체 자질이 없지만 그나마 억지로 배운 탓에 지금은 자기 몸
하나 지킬 정도의 실력은 갖췄다.

어린 나이부터 혹독한 수련이 거듭되고 누구 하나 달래주
는 이가 없었다. 부모님은 그녀보다 단우인에 대한 기대가 컸
으니 항상 찬밥 신세나 다름없었다.

그래서 마음이 울적할 때마다 해성폭에 들렀었다. 바위에
걸터앉아 높은 곳에서 떨어지는 물줄기를 보면 마음이 뻥 뚫
리는 것처럼 시원했다.

그렇게 지내던 열한 살 어느 날 외가인 월영문으로 보내졌
다. 그리고 오늘 다시 돌아왔다.

변함없을 게다. 부친이 돌아가신 후부터 모친은 오로지 단
우인만을 바라보고 있단다. 그녀를 반겨주는 사람이 과연 몇
명이나 될까.

오로지 반겨주는 유일한 곳은 해성폭뿐이었다.

"정말 그리웠어."

그녀의 얼굴에서 피어나는 웃음은 차가운 얼음을 녹일 것
처럼 따뜻했다.

'……?'

한참 동안 폭포를 바라보던 단설리의 고개가 빠르게 옆으

로 돌려졌다.

계단의 기관을 건드려야만 열리는 그 오솔길에서 인기척이 들렸다.

뒤에 남아 있던 요요는 기관의 위치를 모를 게고, 그럼 얼음 계단을 통해 올라오는 또 다른 인물은 누구인가?

단설리는 재빨리 커다란 바위 뒤에 몸을 숨겼다. 또랑또랑한 두 눈동자는 오솔길을 주시했다.

잠시 후, 누군가가 길 끝에서 모습을 드러냈다.

'누구……?'

단설리의 한쪽 아미가 위로 올라갔다.

모습을 나타낸 자는 그녀 또래의 한 소년이었다. 하지만 처음 보는 얼굴이었다.

'누구지? 내가 나가고 난 후에 들어온 아인가?'

빙궁은 열 살 이상의 아이를 데리고 오지 않는다. 소년은 아무리 적게 봐주어도 단설리와 같은 나이로 보였다.

그녀는 혹시나 자신이 기억하지 못하는 아이가 있는 것은 아닌지 잠시 그의 행동을 관찰했다.

소년은 큰 키에 대부분의 빙궁 사람이 가진 흰 피부가 아니었다. 중원이나 남만에서 흔히 볼 수 있는 담갈색의 건강해 보이는 피부, 어깨까지 내려와 찰랑이는 흑발이 이목을 끌었다.

그는 해성폭 주변을 천천히 걸었다.

단설리가 했던 행동과 다르지 않았다. 마치 제 집이라도 온 듯 얼굴 표정이 편안해 보였다.

대부분의 사람들은 해성폭이 저주의 폭포라고도 하고 음습하다고도 말한다. 편안하다고까지 생각하는 사람은 거의 없다. 예외가 있다면 단설리 자신뿐이라고 생각했는데…….

발목까지 쌓인 눈을 발바닥으로 장난스럽게 차 올리던 소년이 큰 바위로 다가가 앉았다.

'내 기억력이 이렇게 나빴던가?

피부 색만이라도 확실히 머리에 남아 있을 법한 인상인데 그녀의 기억에 소년의 존재는 없었다.

'단설리, 이래서야 지혜원에 들어갈 자격이 있겠어?

자신을 책망하며 짧은 한숨을 내쉬던 그녀가 잠시 눈을 깜박일 때였다.

"……!"

순간 단설리의 두 눈이 화등잔처럼 커졌다.

바위에 얌전히 앉아 있던 소년의 모습이 온데간데없이 사라졌다. 눈을 깜박이던 그 짧은 시간에 마치 허공으로 증발해 버린 듯 소년은 보이지 않았다.

'뭐, 뭐야?

단설리의 당황한 눈동자가 해성폭 주변을 빠르게 훑었다.

무엇을 본 것인가? 환영이라도 본 겐가?

그녀는 손으로 눈을 마구 비빈 뒤 다시 떠보기도 했지만 소년의 모습은 어디에도 없었다.

'내가 방금 뭘 본 거… 헉!'

조마조마한 마음으로 사방을 훑어보던 단설리는 심장이 오그라질 뻔했다.

그녀의 시선이 자신의 어깨에 얹힌 담갈색 피부의 커다란 손으로 내려갔다.

단설리는 아주 천천히, 천천히 고개를 돌렸다.

"넌 뭐야?"

소년 단여랑이 물었다.

단설리는 큰 눈을 끔뻑였다.

"그러는 당신은 누구예요?"

"넌 뭐냐고 물었어."

"그런데 언제 봤다고 반말이에요?"

"말이 안 통하는 계집이군. 꺼져."

소년은 등을 돌렸다. 아니, 소년이라고 부르기에도 민망할 정도로 키도 크고 덩치도 좋았다. 차라리 사내라 부르는 편이 더 어울렸다.

단설리는 사내의 등을 보며 말아 쥔 주먹을 부르르 떨었다.

언제 자신이 이런 취급을 당해본 적이 있었던가. 천하의 북해빙궁의 여식이 이름도 없는 웬 무인에게 꺼지라는 소리를 들었다.

일장에 그의 등을 공격하고 싶었지만 왠지 때리지 못할 것 같았다. 단설리는 비록 무공엔 자질이 없지만 사람을 보는 안목만은 누구보다도 뛰어났다.

사내에게서는 범접하지 못할 기운이 느껴졌다. 나이에 비해 고강한 실력을 가진 것만은 확실했다. 이런 인물이 북해에 있다는 말은 들어보지도 못했는데…….

그녀는 굳어진 표정을 풀었다. 그리곤 꽉 쥐었던 주먹을 활짝 펴며 짝! 소리가 나도록 박수를 쳤다.

"실례되는 행동을 했다면 죄송해요. 길을 잃어버렸기에 그만 당황해서……."

아무런 대답도 들려오지 않았다. 사내는 그녀의 말을 무시한 채 폭포수 근처로 다가가 쭈그려 앉았다.

단설리는 짧게 한숨을 내쉬고는 쪼르르 달려가 그의 뒤에 서서 입을 열었다.

"전 설리라고 해요. 이번에 새로 들어온 시비예요. 소궁주의……."

잠깐, 아주 잠깐이었지만 단설리는 사내의 어깨가 흔들리는 것을 보았다.

소궁주라는 말이 튀어나온 건 단연코 의도한 바는 아니었다. 북해도로 배를 타고 오면서 계속 생각했던 단어. 그것이 저도 모르게 무의식적으로 흘러나왔던 것이다.

그런데 사내가 반응을 보였다.

"소궁주… 누구?"

단설리는 빠르게 머리를 굴렸다.

그리고 한 사람이 떠올랐다. 외조부인 월영문주의 서재에 놓여 있던 서류. 그것 때문에 거의 도망치다시피 북해도로 되돌아오게 된 원인 제공을 한 사람.

"소궁주가 여러 명인가요? 당연히… 셋째공자님이잖아요. 그쪽, 빙궁 사람이면서 그런 것도 몰라요?"

"……."

등을 돌려 앉아 있던 사내가 고개를 돌려 단설리를 뚫어지게 직시했다.

'뭐, 뭐야, 저 눈은……?'

사내의 표정이 오묘했다.

무표정한 것 같으면서도 장난스러운 것 같은…….

'왠지 기분 나빠.'

단설리는 결국 시선을 피했다. 사내의 얼굴에 비웃음이 걸린 직후였다. 그는 다시 고개를 돌려 폭포를 바라봤다.

"명심해. 여긴 너 따위가 올 수 있는 곳이 아니다. 가봐. 지금은 혼자 있고 싶으니까."

사내의 말투는 여전히 딱딱했다.

하나는 알았다.

단여랑이라는 이름에 대한 다른 사람의 태도다. 소궁주는 안중에도 없는 행동. 일개 무인까지도 저리 무시하는데 정말 단여랑이라는 사람은 소궁주의 자격이나 있는 것일까.

그동안 단여랑에 대한 기대가 물거품이 되어 날아가는 순간이었다. 오히려 앞에 있는 거만한 무인의 존재에 더욱 호기심이 생겼다.

다른 일은 차치하더라도 여태껏 자신에게 이렇게 대했던 남자는 없었다.

아직 열다섯밖에 되지 않은 나이지만 막 피어나는 꽃봉오리처럼 파릇파릇했다. 향후 오 년이 가장 기대된다면서 어른들은 혀를 내둘렀다. 웬만한 문파의 자제들은 그녀와 말 한마디라도 나눠보지 못해 안달이었다.

월영문과 북해빙궁이라는 배경이 아닌 오로지 미모로만 견주어도 중원제일이라 칭하는 미인들에 전혀 뒤질 것 없는 용모다.

그런데 꺼지라니……. 너 따위라니…….

하지만 화가 나기보다도 사내의 행동이 신선하게 다가왔다.

"제 이름을 말했으니 그쪽도 자신이 누구인지 말해야 하는 것 아닌가요?"

단설리는 천천히 진기를 끌어올렸다.

염혼색무(炎魂色舞).

월영문의 비기인 일종의 미인계(美人計)와 같은 무공이다. 외부로 발출되는 진기 속에 색기(色氣)를 담아낸다. 진한 색기는 오히려 해가 된다. 연한 듯하면서도 말초신경을 자극할 만큼의 색기. 양물이 멀쩡한 사내라면 백이면 백 귀신에 홀린 듯 넘어오게 된다.

단설리는 서두르지 않고 천천히 염혼색무를 펼쳤다.

"그쪽이 이곳의 주인 행세 하는 것은 아무런 상관이 없지만 저는 단지 길을 잃었을 뿐인데… 길 좀 가르쳐 주실래요? 저도 빙궁에 들어왔으니 이제는 한 식구와 다름없는데 무뚝뚝하게 대하시면 서운해요."

탁!

"……!"

사내가 앉은 자리에서 신발로 땅을 차는 소리는 단설리를 놀라게 했다.

가루눈이 사방으로 튀며 사내가 일어섰다. 그리곤 단설리의 면전에 불쑥 자신의 얼굴을 들이밀었다.

"흡!"

단설리는 놀라 호흡을 멈췄다.

사내가 어이없다는 듯 웃었다. 그리고 입을 열었다.

"거참, 못생긴 계집애가 말도 많네. 색기 흘릴 시간 있으면 네가 모실 주인이나 찾아보는 게 어때?"

"……!"

사내는 그대로 단설리의 곁을 스쳐 갔다. 귀찮다는 듯 두 팔을 허공에 휙휙 젓던 그는 빙궁 쪽으로 터벅터벅 발걸음을 옮겼다.

단설리는 사내가 한참을 걸어가고 나서야 고개를 돌렸다.

'희한한 사람이네?'

사내 단여랑을 바라보는 단설리의 두 눈이 초롱초롱 빛났다.

＊　　　＊　　　＊

"……."

"……."

길을 가던 사람들이 발걸음을 멈췄다. 뛰어다니던 아이들은 넋을 잃었고, 잡담을 주고받던 사람들은 자신들의 대화가 끊어진 걸 의식하지 못했다.

빙궁이 쥐 죽은 듯 조용해졌다. 마치 시간이 정지된 듯했다.

원인은 동쪽의 해성폭 방향에서 걸어오고 있는 한 사내.

낯이 익었다. 아니, 익히 알고 있는 얼굴이다. 며칠 전까지만 하더라도 무시하고 욕했던 녀석이 아닌가. 오도의 기인에게 불려갔다는 말을 들었는데……. 살아 돌아오지 못할 곳에 가지 않았던가. 그렇다면 설마 유령은 아니겠지?

뽀득, 뽀드득.

단여랑의 눈 밟는 소리만이 내원에 울려 퍼졌다.

모두의 머리에 떠오르는 생각은 오직 하나.

'단 며칠 만에 사람이 저렇게 변할 수 있나?

단여랑은 변했다. 외향이 변한 게 아니었다. 왠지 알 수 없는 무언가가……. 그의 내면에서 뿜어져 나오는 분위기는 좌중을 압도시켰다.

빙궁에 저런 무공이 있었던가? 설혹 오도에서 죽을 고비를 넘겨 기연을 얻은 것은 아닐까.

장래가 촉망되는 실력을 지녔다는 소리는 수도 없이 들었지만 이제는 그 누구도 인정하지 않을 수 없게 되었다.

단여랑은 사람들의 시선을 받으며 내원을 거쳤다.

그의 모습이 사라질 때까지 입을 여는 사람은 아무도 없었다.

2

쾅!

문이 부서질 듯 거칠게 열렸다.

단우인은 서탁 위에 놓인 서류 몇 장을 슬그머니 아래로 떨어뜨렸다.

입술 한쪽이 귀까지 말려 올라가 섬뜩한 비소를 머금은 단태붕은 성큼성큼 걸어 단우인의 서탁 위에 걸터앉았다.

단우인은 의자에서 일어나지 않았다. 단태붕과 눈을 마주치지 않았지만 그렇다고 비굴한 모습을 보이지도 않았다.

단태붕이 들어서자 훈훈했던 방 공기가 순식간에 서늘해졌다.

단우인은 단태붕의 기도를 잘 알고 있다.

이 세상이 자신을 중심으로 돌아간다고 생각하는 단태붕. 오만하고 방자한 태도. 그럼에도 무공이 높은 걸 과시하기라도 하듯 겉으로 진한 살기를 뚝뚝 흘린다. 마치 자신에게 대적하는 사람은 모두 죽이겠다는 듯이.

살갗을 쿡쿡 찌르는 차가운 살기, 단태붕의 기운이다.

"할 말 없어?"

말투는 평소와 한 치도 다름없는 시비조였다.

단우인은 어디서부터 정리해야 할지 몰랐다. 단태붕의 흥분에 쉽게 휘말려 들어서는 안 된다. 천천히 그가 하고픈 말을 쏟아내게 대꾸는 하되 신경이 거슬리지 않게…….

"단 며칠 만에 현음한빙공과 맞먹는 경지의 무공을 익힐 수 있나?"

이것이었나?

"단연코 그런 무공은 없어. 마공이라면 몰라도."

단우인의 대답에 단태붕의 얼굴에 비릿한 조소가 맺혔다.

"그래? 오도에서는 사람을 죽이지 않으면 마인으로 만드나?"

"……?"

"살아 돌아올 가능성이 희박하다더니, 단정짓지 못할 말을 입 밖으로 꺼내선 모사(謀士)의 자격이 없지. 혓바닥을 잘라주랴?"

"……!"

단우인은 자리에서 벌떡 일어났다.

단태붕은 단여랑을 말하고 있다. 오도에서 살아 돌아왔다고 한다.

단태붕의 얼굴을 바라본 단우인은 즉시 시선을 피했다. 그의 얼굴에서 점차 웃음기가 사라지는 걸 봤기 때문이다. 찌를 듯한 살기에 식은땀을 흘려야 했다.

사실이다. 단여랑이 돌아왔다.

처음엔 머릿속에 새하얘지는 듯했다. 단태붕이 이렇게 펄펄 뛰는 걸 보니 분명 단여랑에게 큰 변화가 생겼다. 무엇이지? 무엇이 단여랑을 그렇게 바꾸어놓았지?

단우인은 바로 뛰쳐나가 확인하고픈 욕망을 간신히 억눌렀다.

"이봐, 모사. 입이 있으면 말을 해보라고, 죽도록 맞기 전에."

"이 책(冊)이 있는 이유는 일책이 실패했을 경우를 대비하기 위함이지.”

“삼책이 있는 이유는 이책이 실패했을 경우를 대비하기 위함이고?”

“책이 거듭될수록 강도는 세지는 법. 애당초 원하던 것이 깨끗하게 제거하기보다 천천히 즐기면서 제거하길 원한 것 아니었어?”

“계속해 봐.”

“형은⋯ 몰라도 난 아직 어린 나이야. 마음대로 움직이기에는 위의 간섭이 심하지. 최소한 빙옥조가 시작되기 전까지는 어쩔 수 없어. 내가 움직이는 것은 그 후.”

“하하하! 네놈 머리 굴리는 소리는 언제 들어도 거북하군. 네놈은 실수했어. 뭘 실수했는지 알아? 아직 멀었다면 빙옥조가 시작된 후 붙었어야 해. 너무 일찍 꼬리를 흔들었어. 그 모습이⋯ 하하! 아주 역겨워!”

휙―!

무언가가 허공을 갈랐다.

퍼걱!

강철 같은 단태붕의 발이 그대로 단우인의 복부를 걷어찼다.

쿠당탕!

단우인은 벽으로 날아가 다시 바닥에 떨어졌다.

복부에 가해진 고통이 심했지만 힘겹게 몸을 일으켜 단태붕을 마주했다. 입가에 가느다란 선혈이 흘렀다.

너무 일찍 붙었다고?

아니다. 단태붕은 틀렸다. 그의 모친인 능가연이 가장 먼저 노릴 상대는 단여랑이 아니다. 아무런 배경도 없는 그를 건드려서 무얼 하겠는가.

첫 번째 목표는 단우인이다. 그래서 미리 접근한 게다. 저항할 의사가 없다는 것을 알린 셈이고, 빙옥조가 시작되기 전까지 단태붕을 속이는 노력은 계속될 것이다. 그걸로 단우인은 사 년이라는 시간을 벌었다.

"뭘 봐? 또 맞고 싶어?"

단태붕이 다시 단우인에게 다가오려는 순간 방문이 열렸다.

두 사람의 시선이 문 쪽으로 향했다.

"오라버니……."

단설리였다.

희비가 교차했다.

단태붕의 눈에는 기묘한 빛이 일렁였고, 단우인은 표정을 굳히곤 옷을 털었다.

"야, 쥐새끼. 이따 밤에 다시 찾아올 테니까 각오해라."

"……."

단태붕은 뚜벅뚜벅 걸어가 문가에 서 있는 단설리 앞에서 잠시 걸음을 멈췄다. 차가운 손가락이 얼굴에 닿자 단설리는 소름이 오싹 끼쳤다.

"설리, 사 년 만인가? 예쁘게 자랐네? 네 친부모는 찾았냐? 찾고 싶음 언제든지 나에게 말해. 찾아줄 테니까. 대가는… 알지? 하하하!"

단태붕의 웃음소리는 방 안에 오래도록 울렸다.

막부동은 묘한 말을 했다.

"생각보다 늦게 왔군."

"전주, 머리가 어떻게 된 거 아니야? 석 달은커녕 보름도 안 돼서 왔다고. 빨리 왔다고 말해야지."

"너라면 열흘 안에 돌아올 거라 예상했었다."

"훗! 직접 태음양화를 익힌다면 그런 소리가 안 나올걸? 나니까 이 정도밖에 안 걸린 거지."

"확실히… 대단하군. 단기간 동안 몰라보게 달라졌구나."

"어때? 이 정도면 전주랑 겨뤄도 손해 보진 않겠지?"

"오도에서 있었던 이야기는 이미 들었다."

"후후! 알고 있었어?"

막부동은 단여랑을 슬며시 바라봤다.

"때로는 모르는 게 약이 될 수도 있다."

"별로 알고 싶지 않았는데 알아버렸다는 말처럼 들리네? 지들끼리 치고 박든 말든 어차피 나와는 상관없지 않아? 단태붕, 단우인… 전주는 피곤하겠어. 어느 쪽이야?"

"태상궁주의 말씀을 거역하는 자들은 축출이다."

"어떤 식으로 축출할지 궁금하군. 분명 장로들 중 태반은 넘어갔을 텐데, 힘없는 영감님께서 가능하실까 몰라?"

"……"

단여랑의 말은 사실이다.

직접적으로 빙궁의 일을 관리하는 여덟 명의 사람. 팔대장로의 힘은 궁주 다음이라고 해도 과언이 아니다.

다만 반드시 여덟 명의 의견이 일치해야 하며, 한 명이라도 어긋난다면 무슨 일이든 다시 원점으로 돌아갔다. 불과 오 년 전까지만 하더라도…….

지금은 모른다.

장로들이 제각각 움직이고 있다. 태상궁주가 몇 년간 모습을 드러내지 않는 이후부터 불신은 깊어만 갔다.

변한 사람이 있다. 그것이 한 명일지도, 여덟 명 모두일지도. 누가 변했는지는 정보 조직인 밀당조차도 모른다. 당분간은 서로의 눈치를 보기에 여념이 없겠지만 끝내 송곳니를 드러낼 게 분명하다. 그때까지 기다리기에는 너무 늦지만 별달리 알아낼 방도가 없다.

"서둘러라. 널 기다리는 분이 계시다."

"기다리시는 분?"

"기다리시는 분."

막부동이 존칭을 사용하는 사람은 따로 있다. 수뇌부 또는 태상궁주. 그의 직책이 직책인 만큼 존칭을 받는 사람은 손으로 꼽는다. 하지만 그중에서 단여랑을 기다릴 사람이 있는가.

단여랑은 막부동의 의외의 발언에 잠시 당황했지만 혹시나 해서 물었다.

"조부?"

막부동은 고개를 저었다.

"청설원 때는 아이들과 동등하게 배웠지만 적설원에서는 너와 우인이의 입장이 달라진다. 다른 아이들과는 확실히 구분되어야 한다."

"무슨 말인지 알겠어. 그래서 날 기다리는 분은 내 개인 스승이 되실 분이다, 이 말이지?"

"기간은 한 달뿐이다. 소비무가 있을 때까지."

"잠깐, 그게 끝이야?"

"한 달을 널 위해 살아가실 분이다."

막부동은 점점 알 수 없는 말만 했다.

"더 가르쳐 달라고 물어보면 직접 보라고 할 거지?"

막부동은 허공만 바라봤다.

"좋아, 알았어. 오도에 가서도 손해 본 것은 없으니까 이번 한 번만 더 가줄게. 대신 나도 부탁이 있어."

"……?"

"금지가 어디야?"

"왜 묻나?"

순간 막부동의 전신에서 경계의 기운이 흘러나왔다.

"지혜원주의 무공만으로는 만족 못하지. 이왕에 얻어먹을 거, 빙백신공까지는 배워야겠는데……."

"……!"

막부동이 두 눈을 빛내자 단여랑이 재빨리 말을 이었다.

"전주는 너무 기억력이 나빠. 기억나? 전에 나에게 이렇게 말했어. 떠날 때 떠나더라도 빙백신공은 배우고 가라고. 그러니 기대하지 마. 아직도 내 마음은 그대로야."

막부동의 얼굴에 실망이 스쳤다. 하지만 그 역시 단여랑에게 큰 기대는 하지 않았다. 고작 열여섯밖에 되지 않은 녀석이 고집이 황소고집이라 말릴 수가 없었다.

"궁주가 계신 곳은 나도 모른다."

그가 할 수 있는 말은 이것뿐이었다. 그리고 사실이었다.

"그럼 몇 년을 더 기다려야 한다는 거야? 난 그렇게 인내심이 좋지 못하다고."

투덜거림으로 해결될 일이 아니었다.

끝장을 보고 나가야겠다는 생각을 했지만 그렇다면 기간이 너무 길어진다. 단여랑은 그 안에 생길 내분에 휘말려 들고픈 마음이 추호도 없었다.

하지만 빙백신공은 조부밖에 모르니 그를 직접 만나야만

한다.

"조부를 만날 수 있는 다른 방법은 없어?"

막부동의 꽉 붙은 입술은 떨어질 줄 몰랐다.

묵묵부답. 모르면 모른다고 하든가, 알면 안다고 말하든가.

"후… 그래. 그 한 달, 스승을 만나려면 어디로 가야 하는데?"

"녹수곡(綠水谷)."

"거긴 또 어디야?"

"내원 중앙각 이층, 제십육실, 두 번째 탁자 아래."

"이놈의 섬은 비밀의 공간투성이군. 어디서 사람 하나 죽여도 절대 모르겠어."

"……."

"전주, 내가 장담하는데 전주는 그 무표정을 버리기 전에는 여자 손목도 못 잡아볼 거야."

단여랑은 후문 쪽으로 몸을 돌렸다.

"내원으로 가려면 이쪽으로……."

"들를 때가 있어."

"뭐?"

"날 끌어들인 죄는 물어야지. 나, 이대로 그냥 넘어가면 잠 못 자. 알잖아?"

단여랑은 씩 미소를 지었다.

막부동은 할 말을 잃었다.

단여랑의 웃는 모습은 남자가 봐도 매력적이다. 막부동 자신의 무표정을 버려서라도 따라 하고 싶을 만큼.

스윽—!

‘……!’

단우인은 소스라치게 놀랐다.

소리도 없이 나타난 기운.

등 뒤에 바짝 다가선 이는 한 손으로 그의 명문혈을 슬며시 움켜쥐었다. 누구냐고 입도 뻥긋할 수도 없었다. 움직여서 뒤틀리기라도 한다면 즉사다.

찬 기운. 소름이 끼칠 정도로 뿜어져 나오는 진득한 살기.

‘단태붕, 이 새끼…….’

힘없는 자의 설움이 무엇인지 잘 알고 있는 단우인이었다. 하지만 어쩔 수 없지 않는가. 약육강식(弱肉强食)이야말로 강호의 법칙이니까.

힘있는 자가 위에서 군림하듯, 힘없는 자는 밑에서 벌벌 기며 순순히 따라야 한다. 약자가 기회를 노릴 때는 강자의 빈틈이 보였을 경우다. 그런 기회 또한 쉽게 주어지지 않는다.

단우인은 숨조차 멈췄다. 지금은 절대적으로 기회가 아니다. 위기다. 단태붕이 무엇을 원하는지는 모르지만 우선은 살고 봐야 하지 않겠는가.

순간 명문혈을 잡은 손이 느슨해짐을 느낀 단우인은 기회를 놓칠세라 입을 열었다.

"무엇을 원해?"

"흥!"

냉랭한 비웃음과 함께 손에 힘이 가해졌다. 그리고 잠시 후 다시 느슨해졌다.

"형이 원하는 것이 있을 것 아냐… 흡!"

손에 힘이 가해졌다.

"내가 할 수 있는 일이라면 뭐든지……. 으음!"

송골송골 맺혔던 땀방울이 결국 이마를 타고 흘러내렸다.

단태붕은 궁지에 몰린 쥐를 가지고 장난이라도 치듯 명문혈을 잡았다 놓았다를 반복했다. 그럴 때마다 단우인은 황천길에 발을 들여놓았다 빼냈다 하는 기분이었다.

치욕스럽다. 무공이 약해서 치욕스럽다.

애초에 단태붕이 방 안에 들어오는 것을 알았더라면, 아니, 더 강했더라면 이렇게 명문혈을 쉽게 잡히는 일은 없었을 텐데.

그래도 참아야 한다. 이 성질 더러운 녀석이 마음을 돌려먹을 때까지. 죽이고자 한다면 정말 죽일 녀석이다. 명문혈을 비틀다 놓을 테니 누가 죽였는지 흔적도 남지 않으리라.

그러니 비굴하더라도 기어야 한다. 지금의 물러섬은 더 멀리 뛰기 위한 준비이니까. 단여랑과 단태붕을 붙여놓기 전에는 먼저 당할 수 없다.

단우인이 이를 악무는 순간, 또다시 손에 힘이 풀어졌다.

"살려줘, 형!"

그는 단태붕이 멈칫하는 것을 느꼈다.

"뭐든지 할게! 시키는 일은 뭐든! 원하는 것은 뭐든지 할게! 제발!"

울부짖듯 소리를 질러 귀가 멍멍했다. 격한 감정으로 인해 가슴은 크게 요동쳤다. 하지만 표정만큼은 몸과 따로 놀았다.

'됐어, 이젠. 단태붕… 이 치욕은 나중에 배로 갚으마. 후후!'

그때였다.

"시키는 일은 뭐든지 한다고?"

"……!"

단우인의 몸이 문 쪽을 향해 휙 돌아갔다. 그의 동공이 급격하게 팽창됐다.

문에 비스듬히 기대어 있는 사람은 단태붕. 등 뒤에 있던 단태붕… 단태붕? 그렇다면……?!

"단우인이 이렇게 비굴할 줄은 몰랐네?"

'단여랑!'

단우인은 심장이 멎는 듯했다.

"놀랐냐? 명문혈 가지고 장난 좀 친 것 가지고 놀래긴."

"……!"

‘마, 말도 안 돼! 단여랑이 이렇게까지……!’

실수였다. 이건 단우인의 명백한 실수다. 처음부터 그렇게 생각하지 말았어야 했다.

단태붕은 명문혈을 잡는 순간 단숨에 비틀 성격이라는 걸 잊고 있었다. 놓았다 말았다 장난할 인간이 절대 아니다.

단여랑… 그가 달라졌다는 사실을, 오도의 복면인이 단여랑일지도 모른다고 생각했으면서 이렇게 어리석은 판단을…….

“뭐, 엄밀히 말하면 장난은 아니었지. 협박하러 왔으니까. 죽일 수도 있었어.”

“…죽여라.”

단우인은 정말로 죽고 싶었다.

“별로 죽이고 싶진 않아. 내가 널 죽였다간 월영문이 무서워서 어떻게 제대로 잠이나 자겠어?”

뚜벅뚜벅.

문가에 서 있던 단태붕이 단여랑과 단우인 사이로 걸어왔다. 그는 단우인을 무섭게 노려봤다.

“나에게는 살려달라 빌고, 이 녀석에게는 죽여달라? 단우인 이 쥐새끼, 네가 나를 무시해?”

퍽—!

쿵!

순식간에 날아간 단태붕의 발에 단우인은 복부를 가격당

하고 철퍼덕 주저앉았다.

"시키는 대로 다한다고?"

단태붕은 신발 한 짝을 벗었다. 발을 감싸던 천을 둘둘 풀어낸 단태붕은 맨발을 단우인의 앞에 가져다 놓았다.

"핥아."

단우인은 주저없이 발을 핥으려 고개를 숙였다.

"잠깐!"

단여랑이 그의 행동을 제지했다.

퍽―!

단태붕은 발로 단우인의 얼굴을 냅다 차며 소리가 난 쪽으로 고개를 돌렸다.

"말은 많이 들었다. 정말 많이 컸군, 단여랑. 그래, 나를 멈추게 한 이유는?"

"너도 오랜만이야, 단태붕."

"……."

단태붕의 검미가 부르르 떨렸다.

그는 단여랑보다 한 살 위였고, 엄연한 형이었다. 그런데 단여랑은 서슴없이 그에게 반말을 했다.

"우인이 가지고 장난친 건 나야. 뭐든 시키는 대로 하겠다는 다짐을 받아낸 것도 나고. 그러니 내 발을 핥아야지?"

"하! 장난은 끝났다 하지 않았나?"

"내 장난은 끝났지만 단우인과 월영문은 아직 내 목숨을 가지고 장난을 끝내지 않았거든. 최소한 보상은 받아야 하지 않겠어?"

"……"

눈과 눈이 허공에서 부딪치며 불똥을 튀겨냈다.

단태붕의 진득한 살기가 방 안을 가득 감쌌지만 이상하게 도 단여랑에게는 욕지거리 한마디 내뱉지 않았다. 마치 범 두 마리가 싸우기 전에 서로를 탐색이라도 하는 것처럼 묘한 기 류가 흘렀다.

두 사람의 눈싸움은 오래도록 계속되었다.

"…그래, 좋다. 내가 양보하지."

단태붕은 순순히 물러나 주었다. 단태붕의 고갯짓에 눈치 를 보고 있던 단우인의 얼굴이 구겨졌다.

단태붕에게는 나중을 위해서라도 얼마든지 기는 척할 수 있지만 단여랑은 아니었다. 단여랑의 발을 핥을 만큼 단우인 은 자존심이 없지 않았다.

그러나 옆에서 계속 뿜어져 나오는 살기를 더는 감당할 수 가 없는 단우인이었다. 그의 고개가 점점 밑을 향해 내려갔 다.

"그냥 해본 말인데 정말 핥으려고? 단우인, 왜 이리도 비굴 해지셨어?"

단여랑의 말에 단우인의 얼굴이 붉게 달아올랐다.

"아서라. 네 더러운 혓바닥이 내 발에 닿는다고 생각하니까 기분이 별로 좋지 않네?"

단여랑은 더러운 물건을 보듯 단우인을 피해 멀찍이 떨어졌다.

조롱이었다. 아니, 조롱보다 더 심했다.

단우인은 가슴 깊은 곳에서 욱하고 치솟아오르는 억울함을, 치욕을 감당할 수 없어 두 주먹을 말아 쥔 채 부르르 떨었다.

왜 이렇게 단여랑에게 아무런 말도 하지 못하고 있는가. 자신이 형인 데도 무엇이 두려워 숨죽이고만 있는가.

이제야 알겠다.

단태붕만큼이나 단여랑의 존재도 그에게는 두려움이라는 것을.

"양보해 줬는데 미안해서 어쩌지? 난 누구처럼 다른 사람이 내 발을 핥아주길 기대하는 변태가 아니라서 말이야."

"그 말은… 지금 날 가리켜 하는 건가?"

"아, 그렇게 해석했어? 뭐, 생각하기 나름이니까."

단여랑은 눈동자가 보이지 않을 정도로 눈웃음을 지었다.

단태붕은 자신을 놀리는 말에 아무런 반박도 하지 못했다.

"그럼 둘이 이야기해. 난 이만 나가볼 테니까."

"절이 싫으면 중이 떠나는 법. 고아 주제에……."

문 쪽으로 나가려던 단여랑이 우뚝 걸음을 멈추곤 몸을 돌렸다.

또다시 시선이 부딪쳤다.

단태붕의 얼굴엔 비소가 가득했다. 살기도 평소처럼 흘려냈다. 하지만 단여랑을 향해 공격할 의도는 없어 보였다. 공격을 하지 않는 것인지, 아니면 못하는 것인지 알 수도 없었다.

장난스럽기만 하던 단여랑의 얼굴이 딱딱하게 굳어진 것도 순식간이었다.

"단태붕, 내가 너보다 더 성질 더러운 거 알고 있지? 무식한 놈이 제 명을 단축시키는 것은 만고불변의 법칙이야. 사람을 죽이는 건 끔찍하지만 이왕이면 내 손에 죽는 첫 번째 사람이 무식하지만 않으면 좋겠는데……. 조심하도록 해. 네 말대로 가진 게 없는 고아들은 눈에 뵈는 것 또한 없거든."

"……."

단여랑은 뒤도 돌아보지 않고 방을 나섰다.

"…하, 하! 하하하하!"

단태붕은 미친 사람처럼 앙천광소를 터뜨렸다. 그의 웃음은 한동안 끊이지 않았다.

단우인은 그저 모욕적인 말을 듣고도 가만히 있는 단태붕의 행동을 이해하지 못할 뿐이었다.

第六章
보리마군

1

북해도엔 일반 궁도들에게 알려지지 않은 비밀의 공간이 모두 일곱 개이다.

녹수곡도 그중 하나다.

비밀의 공간은 주로 장로 이상 급 인물들의 폐관 수련, 또는 회의 장소로 쓰이기도 한다. 어떤 경우는 특별한 죄인을 가둬둘 때도 있다.

녹수곡이 바로 그런 곳이다.

중앙각과 연결된 지하 내부의 녹수곡에 들어선 단여랑은 입구에 서서 굳은 듯 꼼짝도 안 했다.

북해빙궁에 이런 장소가 있을 것이라고는 상상도 못했다.

십여 장 높이의 높은 천장 때문이 아니다. 가로세로 각기 삼십여 장에 달하는 너비의 공간 때문도 아니었다.

의문이다. 상식적으로 이해가 가지 않는 공간이다.

사방이 돌로 막혀 바람 한 점, 햇빛 한 점 들어오지 못하는 이런 곳에 어떻게 푸른 나무가 있을 수 있단 말인가.

곳곳에 놓인 이끼 낀 바위들과 흙 무더기에서 자라난 풀, 졸졸 흐르는 개울까지……. 기가 막힐 노릇이었다. 북해에서는 절대 볼 수 없던 풍경. 이런 곳을 봤다고 떠들며 다니다간 미친놈으로 오해받기 십상일 게다.

아무리 인공적으로 만들었다고 해도 믿을 수 없었다. 마치 숲 속 한가운데 떨어진 기분이 들었다.

계곡의 이름을 땄지만 숲이라는 표현이 더 어울렸다. 푸른 나무들로 빽빽하게 채워진 녹수곡의 가장자리와 가운데 펼쳐진 공터, 그리고 제법 잘 어울리는 초가 한 채.

초가는 작았지만 깔끔하고 고풍스러웠다. 그리고 그런 분위기와 전혀 상반된 풍경. 굳이 안력을 돋우지 않아도 초가 마루에 누워 있는 지저분한 사람을 발견할 수 있었다.

단여랑은 그곳으로 다가갔다.

"드르릉! 드르르릉!"

멀리에서도 코 고는 소리가 생생하게 들렸다. 독한 주향이 초가 주변을 가득 맴돌았다.

단여랑은 인상부터 찡그렸다.

일부러 발소리를 내고 기척을 흘렸지만 잠에 취했는지 술에 취했는지 누워 있는 자는 일어날 생각을 하지 않았다.

오십 줄이나 되었을 법한 중년인이었다. 키는 오도의 홍 노인과 비슷해 보였고, 살은 조금 올라 통통했다. 완전 거지 몰골에 코는 주독 때문에 새빨갛다.

"흠!"

크게 기침을 했지만 중년인은 일어나지 않았다.

단여랑은 진기를 끌어올려 주위를 살폈다. 이 중년인을 제외하곤 초가엔 그 누구의 기척도 잡히지 않았다.

'설마 이 사람이?

이런 주정뱅이 같은 사람에게 막 전주가 존칭을 쓴다? 말도 안 되는 소리였다.

단여랑은 혹시나 하는 마음에 마루 모퉁이에 앉아 누군가가 나타나길 한참이나 기다렸다.

반 시진, 한 시진이 지나가고…….

이상한 점은 녹수곡에 밤이 없다는 점이다. 오후쯤 찾아와 벌써 몇 시진이 지났는 데도 대낮처럼 환하다. 높은 천장에 박혀 있는 엄청난 갯수의 야명주가 원인이나 태양을 받고 자란 것 같은 풀과 나무들은 어떻게 해석할 것인가.

시간이 지나도 중년인은 일어날 생각을 않았다. 혹시 죽은 게 아닌가 하여 발로 몇 번 툭툭 건드려 보았지만 그럴 때마다 여지없이 코 고는 소리가 들려왔다.

“……!”

깜짝!

언제 잠이 들었었나.

단여랑은 초가 기둥에 머리를 기대며 자고 있는 자신을 발견하고는 퍼뜩 정신을 차렸다. 황급히 고개를 돌리니 술 취한 중년인의 모습은 온데간데없이 사라졌다.

그를 찾으려고 벌떡 일어난 단여랑은 등 뒤에서 느껴지는 인기척에 몸을 휙 돌렸다.

“당신은……?”

‘크다!’

숨이 턱 막혀왔다.

등을 돌렸을 뿐인데 순간 거대한 산이 앞을 가로막고 있는 착각을 불러일으켰다. 하지만 놀란 것은 찰나였다.

단여랑의 등을 쿡 찌른 중년인은 조금 전의 술주정뱅이의 모습으로 되돌아왔다.

“다, 당신은?”

“나… 추워.”

중년인은 서리를 맞은 듯 온몸을 오들오들 떨었다.

“벌컥벌컥!”

중년인은 냉수 마시듯 술을 목구멍으로 들이부었다. 입가를 타고 전달되는 주향은 멀찍이 떨어져 있는 데도 머리가 쿡쿡 쑤실 정도로 독했다.

단여랑은 유심히 그를 관찰했다.

중년인은 처음 모습 그대로였다. 저런 작고 통통한 몸집 그 어디에서도 태산과 같은 기도는 찾아볼 수 없었다. 눈은 보통 주독에 걸린 자들이 그러하듯 반쯤 풀어져 몽롱해 보였다.

'분명 잘못 본 것은 아니었는데……'

"헤헤!"

중년인은 입가에 흐르는 술을 닦지도 않은 채 실실 웃었다. 웃는 모습이 꼭 어딘가가 모자란 사람 같다.

"헤헤! 너… 너무 늦게 왔어. 이제 얼마 남지 않았는데."

하는 행동은 꼭 여섯 살짜리 아이와 같았다. 불안한 듯 두 눈을 뒤룩뒤룩 굴리며 어쩔 줄 몰라 몸을 비비 꼬았다.

"혹시 당신이 날 기다리던 사람이었… 소?"

단여랑은 좀 전의 기억 때문에 쉽게 말을 놓지 못했다.

중년인은 무슨 소리냐는 듯 눈만 끔뻑거렸다.

"이곳에 당신 혼자 사는 것이오?"

"으응… 나, 여기 살아. 그리고… 우리 서하(瑞霞) 있어."

"서하?"

"서하는 술 가져다 줘. 서하는… 슬퍼."

중년인은 말을 하다 말고 울상을 지으며 자리에 누웠다.

"이봐요. 서하라는 사람은 어디에……?"

“드르렁! 드르렁!”

금세 코 고는 소리가 들려왔다.

‘뭐야, 이건? 할 수 없이 서하라는 사람을 기다려야 하나?’

단여랑은 작게 한숨을 내쉬었다.

아무리 기다려도 서하라는 자는 모습을 나타내지 않았다.

중년인이 잘못 말한 것일 수도 있다. 한눈에 보기에도 정신 나간 사람이지 않은가.

도착한 지 며칠이 지났는지도 모른다. 원체 낮과 밤의 구분이 가지 않기 때문이다.

중년인의 행동은 계속 반복되었다. 온종일 자고 일어나면 술부터 찾는다. 춥다, 졸리다는 말밖에 하지 않았다. 단여랑이 묻는 말에는 멍하니 허공을 응시하거나 바보 같은 웃음으로 답할 뿐이었다.

다행히도 주방엔 먹을 것 천지라 끼니 걱정은 하지 않아도 됐다. 하나 더는 시간을 낭비할 수 없었다. 중년인이 말한 한 달, 막부동이 말한 한 달의 의미란 무엇인지 하루빨리 알아내야 하지 않겠나.

목 빠지게 기다리는 서하라는 인물은 나타날 생각도 않고 계속 이런 식으로 될 바엔 아무리 바보라 해도 중년인을 건드리는 수밖에 없다.

“수, 술 줘.”

중년인은 잠에서 깨어나기가 무섭게 술을 찾았다.

초가 뒤편은 술 항아리로 가득했다. 그 옆에 나뒹구는 빈 단지의 술은 모두 이자의 입으로 들어갔으리라.

"술 없어."

단여랑은 초가 뒤쪽으로 가려는 중년인의 앞길을 막았다. 어느새 입에서는 단여랑 특유의 반말이 튀어나왔다.

단순한 중년인은 금방 울상이 되었다.

"술 줘. 술 마셔야 해. 술."

확실히 잘못 본 것이다.

이런 사람에게서 태상과 같은 기운이라니, 잠시 환경이 달라 착각한 것일지도 모른다.

"내 질문에 대답하지 않으면 술은 없어. 말해봐. 당신 이름이 뭐야?"

중년인은 눈을 끔벅였다.

"나, 나는 보리(폽利)."

"보리?"

"으응. 저기 서하가 바닥에 써줬다. 보리야, 내 이름. 술 줘. 나 추워."

"그래, 보리. 당신이 날 기다렸던 건가?"

"술 줘. 추워……."

보리는 두 팔로 온몸을 감싸고 사시나무처럼 덜덜 떨었다.

무엇인가? 추위를 느끼지 못할 이런 따뜻한 곳에서 왜 저렇게 덜덜 떠는 것인가? 단여랑은 좀처럼 이해할 수가 없었다.

"보리, 당신은 뭐 하는 사람이야? 대답을 해!"

보리는 단여랑을 밀치며 술 단지가 있는 곳으로 향했다.

그깟 술이 뭐가 대수라고. 하지만 이러면 안 된다. 이래선 무엇 하나 알아낼 수가 없지 않은가.

단여랑은 후닥닥 뛰어 보리의 앞을 가로막았다.

"말해봐! 서하라는 자는 어디에 있는지!"

"수, 술……!"

보리는 뻗은 자신의 양팔이 술 단지에 닿기를 간절히 바랐다.

단여랑도 물러서지 않았다.

"술은 없다고!"

우당탕!

단여랑의 발길질에 술 단지가 쓰러지며 그 안에 담겼던 액체가 바닥으로 죄다 쏟아졌다.

"헉!"

발로 찬 사람은 단여랑이었지만 놀란 사람도 단여랑이었다.

솜털까지 곤두서는 느낌.

고개를 돌렸을 때 중년인의 모습이 달라져 있었다.

'역시 잘못 본 게 아니었어!'

어린아이 같던 모습은 어디에도 남아 있지 않았다. 순박하던 눈 대신 이글이글 타오르는 광기 어린 눈빛이 죽일 듯 단여랑을 쏘아봤다.

"네놈이 감히……!"

목소리도 변해 있었다. 목소리엔 끈적끈적거리는 살기까지 묻어 나왔다. 보리의 얼굴은 마치 살인귀의 그것과도 같이 광적으로 돌변했다.

"이제야 본색을 드러내시는군!"

단여랑은 양옆으로 축 늘어뜨린 두 손에 진기를 주입했다.

그때였다.

쉭쉭쉭―!

단여랑의 시야에 저 멀리에서 무언가가 빠른 속도로 다가오는 모습이 잡혔다. 처음엔 점으로 보였던 것이 점점 커지며 사람의 형체로 변했다.

빛처럼 빠른 속도로 다가온 그림자는 곧장 단여랑을 향해 달려와 무언가를 휘둘렀다. 보리의 공격이 시작되려던 찰나였다.

"……!"

단여랑은 눈앞의 보리와 그림자, 두 명을 피하기 위해 뒤로 훌쩍 물러났다.

좌라락! 부욱!

날카로운 무언가에 옷깃이 뜯겨져 나가는 소리가 들렸다. 당한 사람은 단여랑이 아니었다.

“이년!”

귀청이 떨어질 듯한 보리의 호통 소리는 순탄하게 돌아가던 내기를 흔들리게 할 만큼 위력적이었다.

단여랑은 갑자기 뒤틀리는 내기를 제어하며 그림자의 모습을 보려 얼굴을 들었다.

펄럭……!

새하얀 옷깃이 단여랑의 얼굴 앞으로 지나갔다.

“…….”

맑은 꽃. 설련초의 향기.

북해도에서 향기 나는 풀이 과연 몇 개나 있을까.

설련초는 얼음으로 얼어붙은 바위 틈새에서 나와 태양을 받으며 자란다. 상큼하고 진한 향기보단 풋풋하고 아련한 향기를 지닌 풀이다.

옷깃에선 유독 설련초의 향기가 짙었다.

“네년이… 커억!”

단여랑은 그림자가 무엇을 했는지 보지 못했다. 옷깃에 가려진 시야가 해방되며 보리의 입에 술병의 주둥이가 틀어박혀 있는 것이 보였다.

“꿀꺽꿀꺽!”

보리는 난데없이 입을 파고든 술을 허겁지겁 마셨다.

술이 목구멍으로 넘어가자 보리의 표정이 놀랍게도 예전처럼 돌아왔다. 꼭 젖먹이 어린아이가 젖 달라고 보채다가 어미의 젖을 물었을 때의 표정을 보는 듯했다.

"나, 졸려……."

한참 동안이나 술을 들이마시던 보리가 눈을 비비며 말했다. 술을 마시지 못하게 하면 미치다니 정말 환장할 노릇이었다. 그는 어기적거리며 초가 쪽으로 발걸음을 옮겼다.

보리의 뒷모습을 한참이나 바라보던 단여랑은 누군가가 다가오는 기척에 고개를 돌렸다.

여인이었다.

음의 무공을 익히는 북해빙궁이라 피부가 투명하고 이목구비가 잘 어우러진 예쁜 아이들을 많이 보았다. 어제 본 설리라는 여자 아이만 하더라도 이 여인의 미모에 견줄 수는 없을 것 같았다.

나이는 갓 약관을 넘긴 듯. 갸름한 얼굴에 오뚝한 콧날, 초승달처럼 휘어진 눈썹, 수정을 박아놓은 듯한 맑은 눈동자, 가늘고 긴 팔다리, 허리까지 내려오는 흑발이 흰옷과 대조를 이루며 한 마리의 학을 보는 듯했다. 설련초와 가장 어울리는 외모라고 해야 할까.

"당신이 서하?"

여인이 단여랑을 바라봤다.

"……."

눈빛이 묘했다.

표정은 막부동 못지않게 무표정하지만 눈빛은 어딘지 모

르게 슬프기도 했고, 약간 화를 내는 것도 같았다.

한참이나 바라봤지만 그녀의 입에서 대답은 튀어나오지 않았다.

여인은 몸을 휙 돌려 초가 앞쪽으로 걸어갔다. 단여랑은 그녀가 달려왔을 때 옷이 뜯어지는 소리의 근원을 알게 되었다.

여인의 손에 들려 있는 길고 하얀 채찍.

'북해무공에 편법(鞭法)이라?'

단여랑은 얼굴에 한줄기 실미소를 매달며 그녀를 따라 몸을 돌렸다.

"이봐, 당신이 서하 맞아?"

여인은 이미 곯아떨어진 보리의 옆에 쭈그리고 앉아 허공을 응시했다. 단여랑은 계속 질문을 던졌지만 그녀는 들은 척도 하지 않았다.

그녀는 단여랑을 대하던 시선과는 정반대로 걱정스러운 얼굴로 보리를 대했다.

단여랑은 문득 이 두 사람의 관계가 궁금했다. 아비와 자식의 관계일까, 아니면 사랑하는 연인일까. 외향으로 보아선 전자일 가능성이 많다.

그녀는 서하일까? 이곳에 보리 말고 서하라는 사람이 있으니 그녀가 서하일 확률은 높지만 제정신으로 돌아왔을 때의 보리가 그녀를 대하던 태도는 어찌 설명할까.

"저기, 웬만하면 말 좀 해주지 그래? 적어도 내가 누구인지는 알고 있을 것 아냐?”

“…….”

“내가 말수 적은 여자를 좋아하긴 하지만 그쪽은 날 너무 무시하는 것 같은데? 별로 예쁘지도 않으면서…….”

여인은 단여랑에게 눈길조차 주지 않았다.

‘어라? 이것 봐라?

“나를 기다린다기에 왔더니 사람 취급조차 않는군. 내가 잘못 찾아온 것인가, 아니면 그대들의 손님 대접이 영 시원치 않은 것인가? 난 내 스승에게 구배지례(九拜之禮)를 올려야겠는데, 당신들 중 한 명이 내 스승이라면 별로 올리고 싶은 마음은 들지 않아.”

“…….”

“이봐!”

급기야 단여랑은 여인의 어깨를 잡았다.

사람이 말을 했으면 들은 척이라도 해야 예의. 듣고 있느냐고 이야기하려던 찰나에 여인은 단여랑의 손길을 뿌리쳤다.

찰싹!

하얗고 작은 손이 생각보다 매웠다. 어깨를 잡았던 손등이 금세 얼얼해졌다.

“말하기 싫어?”

“…….”

“에라, 모르겠다. 그럼 하지 마. 이대로 놀면서 한 달을 보내지, 뭐. 어차피 난 더는 잔재주를 배우고 싶지 않아. 빙백신공이라면 몰라도."

단여랑은 보리의 옆에 벌러덩 드러누웠다.

두 팔로 머리를 받치고 누운 단여랑은 옆에 앉아 있는 여인을 조심스럽게 관찰했다. 여인은 잠든 보리에게서 시선을 떼지 않았다. 그런 모습이 더욱 궁금증을 불러일으켰으나 물어본다고 하여 여태껏 대답 안 하던 사람이 말할 리 없다.

단여랑은 그냥 눈을 감아버렸다.

덜그럭덜그럭!

단여랑은 덜그럭거리는 소리에 맛있는 단잠에서 깨어났다.

눈앞에 밥상이 놓여 있었다. 따뜻한 밥과 국. 종류는 별로 없지만 정성스레 그릇에 담겨진 반찬들.

워낙 뭐든 잘 먹는 체질이지만 오래간만에 식사다운 식사를 대하니 입 안에 군침이 가득 고였다.

여인은 단여랑의 앞에 저금을 놓고 밥그릇을 밀어준 다음, 보리를 흔들어 깨웠다.

신기한 점은 단여랑이 아무리 윽박을 지르고 발로 차도 깨어나지 않던 보리가 여인의 손길에 벌떡 일어났다는 것이다. 여인은 보리의 등을 다독여 주며 그의 앞에 밥을 밀어줬다.

보리는 정신이 없는 가운데서도 저금을 들어 게눈 감추듯 밥그릇을 비웠다. 밥을 먹는 내내 여인의 눈은 보리에게서 한시도 떼어지지 않았다.

'뭐지, 이 둘의 관계는?

단여랑만 답답했다.

한 사람은 바보이거나 광인, 또 한 사람은 들은 척도 하지 않고.

탁!

단여랑은 소리 나게 저금을 상에 내려쳤다. 보리는 깜짝 놀랐지만 여인은 여전히 무반응이었다.

"뭐가 뭔지 하나도 모르겠어. 며칠이 지났는지도 모르겠고, 당신들 중 누가 나를 기다렸는지도 모르겠어. 내가 어떻게 하길 원해? 말을 하란 말이야!"

"……."

"사람이 말을 할 때는 듣는 시늉이라도 해!"

"……."

"후후! 아무래도 이곳은 내가 올 곳이 아닌가 보군. 한 달은 필요없을 것 같으니 난 이만 올라가지."

단여랑이 자리에서 일어나자 고개 숙인 여인의 속눈썹이 파르르 떨렸다.

그때 보리가 두 눈을 끔뻑이며 천천히 말했다.

"말 못해. 서하, 말 못해."

"……!"

단여랑의 고개가 재빠르게 돌아갔다.

"벙어리였어?"

"벙어리? 벙어리……. 응, 서하 벙어리. 말 못하는 벙어리. 헤헤!"

저금을 쥔 손에 잔뜩 힘을 주며 인상을 찌푸리고 있는 여인, 서하.

단여랑은 그녀의 앞에 쭈그리고 앉아 입 모양이 잘 보일 수 있도록 또박또박 말했다.

"이봐, 난 당신이 벙어리라고 해서 동정하거나 사정을 봐주거나 하지 않아. 그건 그쪽 사정이고… 제자가 왔으면 무엇을 가르쳐 줘야 할 것 아냐? 이제 보니 스승 자격이 없네?"

"……."

"어떻게 할까? 나, 그냥 갈까?"

갑자기 그녀가 벌떡 일어서며 단여랑에게 턱짓으로 따라오라는 시늉을 했다.

예서하(芮瑞霞).

굵은 나뭇가지는 흙바닥에 글자를 만들어냈다.

"예서하. 당신 이름?"

예서하는 발로 자신의 이름을 지우고 새로운 글자를 써나갔다. 빠르게 쓰는 글자치고는 꽤 봐줄 만한 필체였다.

"보리… 마군(魔君). 마군?"

단여랑은 반문하듯 예서하를 바라봤다. 예서하의 표정엔 흔들림이 없었다.

보리가 마군이었다니……. 보리마군……. 확실히 보리는 무공을 익힌 흔적이 역력했다. 그것도 어설프게 익힌 것이 아닌 꽤나 오랫동안 무공을 연마한 사람이다.

가만, 그렇다면 왜 북해에 마군이라는 칭호를 달고 있는 사람이 있는 것인가. 그것도 내원 깊숙한 밀실에.

사실 궁금한 것은 한두 가지가 아니었다. 단여랑은 재촉하고 싶었지만 예서하가 바닥에 글자를 써나가는 것을 바라봐야만 했다. 대화를 나눌 수 있다면 얼마나 편했을까.

망아자(忘我者).

"단순히 미친 사람인 줄 알았는데… 기억을 잃었다는 건가?"

보리가 망아자라면 무공을 익혔다는 사실도 잊었어야 한다. 하지만 아까는?

집에서 잘 길러놓은 야생동물도 본능은 있기 마련이다. 보리에겐 아직까지 무인의 본능이라는 것이 남아 있는 모양이다.

"잠깐만! 설마 날 기다렸던 사람이 보리라는 소리는 아니 겠지?"

예서하는 예의 그 차가운 눈으로 단여랑을 쏘아봤다.

"미치겠군. 망아자 스승에게 뭘 배우라고?"

"왁!"

초가 주변을 마구 뛰어다니던 보리가 단여랑에게 달려들 었다.

"너, 너무 늦게 왔어. 헤헤! 나만 알고 있는 거, 너도 알아야 돼. 안 그러면 서하… 죽어. 헤헤!"

"무슨 소리야?"

예서하는 고개를 돌려 버렸다.

"보리만 알고 있다는 것이 뭐야? 이봐, 당신들, 장난 그만 하고 이야기 좀 해봐. 사람 복창 터져 죽는 꼴 보고 싶지?"

"나, 술 줘. 술. 추워. 추워 죽겠어."

보리는 또 술을 찾기 시작했고, 예서하는 허리춤에 묶어두 었던 술 호리병을 풀어 보리에게 건넸다.

단여랑은 반복되는 이들의 행동, 관계, 자신이 모르는 무슨 일이 진행되고 있는지 모두 알아야 했다. 그럴 권리가 있었 다.

"세 가지는 꼭 알아야겠군. 첫 번째, 당신들의 관계. 두 번 째, 보리만 알고 있다는 것. 세 번째… 춥나? 난 춥지 않은데 보리가 이런 곳에서 추위를 탄다는 것이 이해가 가지 않는군.

어때? 잘 설명해 볼 수 있겠어?"

"……."

정적이 맴돌았다.

반 각이라는 시간 동안 꼼짝 않고 서 있던 예서하의 나뭇가지를 잡은 손이 움직이기 시작했다.

"……."

단여랑은 초가에서 조금 떨어진 바위에 걸터앉아 생각에 잠겼다.

많은 것을 알게 되었다. 그리고 충격이었다.

단여랑이 알고 싶어 했던 첫 번째.

보리마군과 예서하의 관계는 양부와 양녀의 관계다.

두 번째, 보리마군만 알고 있다는 그것.

보리마군은 북해 사람이 아니다. 예서하도 북해 사람이 아니다. 보리마군이 눈밭에서 발견한 갓난아기. 보리마군의 본래 성을 따서 서하라는 이름을 붙여주었다.

그렇다면 보리마군은 왜 이곳에 있는 것인가.

녹수곡은 죄인들을 가두어두는 곳이다. 보리마군은 십오 년 전, 빙궁의 다섯 번째 장로인 매원지(枚元池)의 사위를 죽였다.

정당한 비무는 아니었다. 돌발적으로 일어난 충돌이었다. 서로 간에 오해가 빚어낸 사고였지만 보리마군과 매원지의 사위의 무공 실력 차이는 컸다. 결과는 뻔할 수밖에 없었다.

그런데 그 사건이 하필이면 북해의 영역에서 벌어졌다.

매원지는 분개했다. 사위의 죽음은 곧 딸의 아픔, 딸의 아픔은 곧 자신의 아픔으로 되돌아왔다.

다섯 살짜리 예서하 하나밖에 없던 보리마군은 북해빙궁 여덟 명의 장로에게 합공을 받아 잡혔다.

태상궁주 단학설은 보리마군을 죽였다. 모두의 앞에서.

그럼 지금 이곳에 있는 보리마군은 유령이란 말인가? 말도 안 되는 소리.

단학설은 겉으로 죽이기만 했을 뿐이다. 그것이 빙공이다. 모든 사람들의 눈을 감쪽같이 속일 수 있는 무공.

목숨을 건지는 대신 보리마군은 기억을 상실했다. 어린아이의 순수한 모습만을 간직하고 있다. 단여랑이 보았던 보리마군의 엄청난 기세. 아마도 그것이 기억을 잃기 전 진짜 모습이 아닐까 싶다.

막부동이 보리마군을 그분이라고 칭한 이유도 보리마군의 신위 때문이리라.

보리마군만이 알고 있다는 것은 바로 무공. 그 무공을 한 달 안에 단여랑이 익히지 못하게 될 경우, 그의 양딸인 예서하가 죽는다고 한다. 태상궁주는 애초에 이러려고 보리마군을 살려두었다.

아직까지 이해가 가지 않는 부분이다.

태상궁주는 무슨 생각을 하고 있을까. 왜 단여랑이 보리마 군의 무공을 배워야 하는 것인가. 그에게는 한시라도 급한 것이 빙백신공을 배우는 일인데.

그리고 마지막으로 궁금해했던 것.

이러한 환경에서 보리마군이 벌벌 떨며 자꾸만 술을 찾는 이유.

단여랑은 옆에 자라난 풀을 만지작거리며 피식 웃었다.

이곳에 들어왔을 때부터 알아챘어야 했다. 사 년이라는 세월 동안 북해에서 흰 눈만 보고 살아와 가장 중요한 부분을 간과했다.

녹수곡은 특이한 곳이라 생각했는데 빙궁의 익숙함 때문에 발견해 내지 못한 부분이다.

냄새가 전혀 나질 않는다.

풀 냄새도, 나무 냄새도, 심지어는 공기 중에 둥둥 떠다니는 숲 속 특유의 향기라도 느껴져야 하건만 아무런 냄새도 나지 않는다.

단여랑은 곧게 뻗은 풀을 손가락으로 가볍게 꺾었다.

뚜둑!

풀은 힘없이 부러져 나갔다.

이상하지 않은가? 풀이 부러져 나가다니. 하지만 분명 부러져 나갔다.

처음 예서하에게 들었을 때는 너무 놀라 말도 하지 못했다.

그랬다.

녹수곡에 있는 모든 것, 싱싱한 풀과 나무는 죽어 있는 것들이었다. 겉은 그대로고 내부만 꽁꽁 얼어버린.

이런 무공은… 이것이 말로만 듣던 북해빙왕의 빙백신공이라면 실로 경악하지 않을 수 없다.

단여랑은 자책했다.

무엇을 보았나. 죽어 있는 녹수곡을 보고선 새로운 곳이라고? 살아 있는 곳이라고?

망아자가 되어버린 보리마군조차도 죽음의 기운을 느끼곤 추위에 몸부림을 치며 술을 찾는데 단여랑은 그러지 못했다. 그래 놓고 항상 속마음은 무공에 대한 자만심으로 가득 찼었다.

홍 노인의 말처럼 아직 조각을 시작하려는 것뿐인데…….혼자서만 너무 많이 앞서온 것이 아닐까 생각했다.

어쩌면 태음양화를 익혔기 때문에 추위를 못 느꼈을지도 모른다. 그리고 반은 사실이다. 태음양화 덕분에 그전보다 추위를 덜 타게 되었다.

뜨거운 기운이 몸 안에서 샘물처럼 솟아오르기에 추위를 탈 새가 없다. 태음양화는 신체의 온도를 조절하는 데 탁월한 효과를 가져왔다.

오도의 홍 노인에게 보내져 태음양화를 익히고, 녹수곡으로 떨어져 보리마군에게 무공을 배우고……. 얼굴 한 번 보지

못한 조부가 이래라저래라, 그 밑에서 놀아나는 기분은 썩 좋
지 못하지만 나쁠 것 또한 없다. 시비를 판단하지 못할 만큼
단여랑도 어리석지 않았다.

어쨌든 바보가 되어버린 보리마군에게서 어떻게 해서든
무공을 배워야 한다. 한 여인의 목숨은 단여랑이 하기 나름에
달렸다.

"내가 네 목숨을 살려주면 뭘 해줄 거야?"

서너 살 정도의 나이 차이가 나지만 두 사람 다 반말을 해
도 전혀 개의치 않아 했다. 오히려 예서하가 벙어리라는 사실
을 알고서 단여랑이 그녀에게 호기심을 보이기 시작했다고
해야 할까.

예서하는 여전히 비통한 표정을 지우지 않았다.

"곧 죽을 것 같은 얼굴이네? 얼굴 좀 펴, 못생긴 얼굴 더 망
가지기 전에. 말해봐. 내가 네 목숨 살려주면 뭘 해줄 거야?"

예서하는 한참이나 단여랑을 바라봤다. 그리곤 글자를 써
나갔다.

바닥에 쓰여지는 글자를 보던 단여랑의 얼굴에 점점 장난
스런 미소가 번져갔다.

"좋아, 네 목숨은 내가 접수. 만약 지키지 못할 시엔… 아
니지. 내 사전엔 만약이란 없어."

딸그락!

손에 쥔 나뭇가지를 떨어뜨린 예서하는 자고 있는 보리마

군에게 곧장 달려가 그의 곁에 자리를 잡고 앉았다.

“정말 알 수 없는 부녀지간. 아니면 나를 믿지 못하는 건가?”

한숨이 저절로 새어 나왔다.

이제 남은 과제는 어떻게 보리마군을 요리해서 무공을 얻어낼 것인가 하는 문제뿐.

第七章

이 무공은…….

예서하는 그날 이후로 초가 주변에서 떠나지 않았다.

여전히 시간은 무의미하게 지나갔지만 전처럼 답답하진 않았다.

"북해무공에 편법은 금시초문인데, 보리마군의 무공이 편법일 가능성이 많고… 그의 딸이 극음빙한공을 익혔다는 말인가?"

예서하는 차가운 눈으로 단여랑을 직시했다.

"뭐, 말하기 싫음 하지 않아도 돼. 단지 조부가 이해되지 않을 뿐이야. 죄인의 딸에게 빙궁의 무공을 전수했다는 사실이. 실력도 나름대로 괜찮은 것 같은데 꼭 죽일 필요가 있을까?"

예서하는 손에 든 채찍을 힘주어 쥐었다.

그녀가 북해의 무공을 배운 것은 맞다. 태상궁주가 예서하를 따로 키우기 위해 거뒀다. 자칫 호랑이 새끼를 키우게 되는 것이지만 구분은 확실히 두어 극음빙한공까지만 가르쳤다.

그러나 예서하의 무공 습득 능력은 또래의 아이들에 비해서 월등했다. 여자라는 사실도 그렇지만 예서하가 독한 마음을 먹고 죽기 살기로 노력했으니 당연한 결과였다.

오로지 빙궁에 복수를 하겠다는 생각만으로 무공을 수련했다. 보리마군이 눈밭에서 자신을 구해주지 않았더라면 이미 죽은 목숨. 피를 나누지는 않았지만 보리마군은 그녀에게 단 하나의 가족이다.

하나, 그녀 혼자만으로는 역부족한 일이란 걸 잘 알고 있다. 보리마군과 북해를 빠져나갈 생각으로 초조해하고 있던 때에 태상궁주가 보리를 찾았다.

그리고 얼마 지나지 않아 단여랑이 찾아온 것이다.

대강의 이야기는 들어서 단여랑에 대해 어느 정도는 알고 있지만 예서하는 그를 볼 때마다 솟구치는 울분을 참아야 했다. 단여랑에게 그녀와 보리마군의 목숨이 좌지우지된다는 사실을 인정하기 싫었다.

솔직히 단여랑에게 목숨을 맡기기에 그는 특별해 보이는 점이 하나도 없었다.

"하하! 그런 눈빛 던지지 마. 애정이 담긴 눈길이 아니라면 사양하겠어."

예서하는 고개를 돌려 버렸다.

단여랑은 수고스럽게도 그녀의 고개가 돌아간 쪽으로 자리를 옮겼다.

"보리의 진전을 이어받았을 리는 없고, 혼자서 편법을 연마했다는 건가?"

이번 물음은 사뭇 진지했다. 방금 전까지만 해도 건들거리던 녀석이 예서하의 무공 이야기에 두 눈을 반짝이고 있다.

예서하는 최면에 걸린 듯 위아래로 고개를 끄덕였다.

"굉장한 실력인데? 달랑 비급 한 권만으로 혼자서 익히다니."

단여랑은 진심 어린 감탄을 토해냈다.

예서하가 편을 휘두르는 모습을 본 건 아주 찰나일 뿐이지만 단 한 번의 움직임만으로도 상대의 무공 수위를 가늠하는 건 그로서 그다지 어려운 일이 아니었다.

"진심이야. 극음빙한공을 무기에 활용한다는 것 자체만으로도 태붕이를 능가하겠어."

태붕이라는 낯선 이름에 예서하의 한쪽 눈썹이 위로 치켜졌다.

"아, 그런 녀석이 있어. 못났는데 잘난 줄 아는 녀석."

"……."

따뜻한 콧김이 예서하의 코에서 뿜어져 나왔다.

"난 아직 무기를 다루어본 적은 없지만 네 채찍 휘두르기는 너무 답답해. 편이란 자고로 빠르고 타격은 강해야 하는 무기인데, 힘은 모르겠지만 빠르진 않아. 보리의 등짝을 보고 알았지. 옷이 뜯겨져 나갈 때 너무 지저분했어."

"……!"

예서하는 두 눈을 동그랗게 떴다.

많은 무공을 접해보지 않아 모르고 있었다. 하지만 자신의 무공에 무언가가 빠진 것 같은 기분을 항상 느끼곤 했다. 단여랑은 그녀 스스로가 부정하고 있던 사실을 귀신같이 잡아냈다. 갑자기 얼굴이 화끈거렸다.

"편법 이름이 뭐야?"

예서하는 바로 대답하지 않고 항상 한 박자 느리게 대답한다. 신중한 것인지 의심이 많은 것인지 항상 그 차가운 눈으로 망설임을 보이다가 조심스럽게 바닥에 글씨를 써나간다.

벽파일월편법(劈破日月鞭法).

"멋진데?"

단여랑은 웃으며 왼손으로 오른손의 완맥을 움켜쥐곤 허공으로 빙글빙글 돌렸다.

"하지만 팔의 힘을 모두 사용하는 것보다 앞으로는 손목을 이용하도록 해봐. 아마 속도 면에서는 훨씬 나아질 거라고.”

예서하의 고개가 번쩍 들어올려졌다.

그녀가 원하는 무공은 완벽함이다. 하나, 완벽의 벽을 넘어서기엔 예서하의 실력으로는 터무니없이 부족하다. 곁에서 잘못됨을 지적하는 사람도 없었을뿐더러 난해하기 이를 데 없는 편법은 항상 정신적으로 그녀에게 고단함을 안겨줬다. 장벽을 넘을 준비는 되어 있지만 그 벽이 너무 높았다.

그런데 단여랑의 말 한마디에 그 높던 장벽 한구석에 금이 가는 기분이 들었다.

‘넘지 못하면 부숴라.’

왜 진작에 그런 생각을 하지 못했을까.

예서하는 뱃속이 울렁거려 왔다.

“보리는 기억뿐만 아니라 무공마저 잃었나?”

단여랑의 질문은 그녀를 상념에 빠져들 기회조차 주지 않았다.

그녀는 천천히 고개를 끄덕였다.

단학설은 참 잔인한 사람이다. 무인에게는 무공이 목숨이나 마찬가지인데 그 무공을 폐쇄시켰으니 죽는 것만도 못한 삶이다. 오히려 보리마군이 기억을 잃은 게 다행인 듯싶다.

“혹시 보리만이 알고 있다는 그것, 너도 알고 있어?”

단여랑은 묻고 예서하는 대답하고.

어쩌면 이들의 만남은 처음부터 이런 것일지도 모른다.

"후… 결국 보리가 자기 입으로 말하게 만들어야 한다는 소리네."

단여랑은 녹수곡을 감상이라도 하듯 눈으로 천천히 훑었다.

"서하, 넌 춥지 않아?"

춥지 않을 리가 있을까. 그나마 익힌 극음빙한공으로 꾸준히 운기해 추위를 버티고 있을 뿐이다.

"보리는 술이 없으면 한시도 버티지 못해. 이상하단 말이야. 내가 술독을 깼을 때 보리는 분명 무인으로 되돌아왔어. 이런 일이 예전에도 있었나?"

"……?"

"어때, 보리의 진면목이 궁금하지 않아? 보리가 발작을 일으켰을 때 얼마나 버틸 수 있겠어?"

예서하는 눈살을 좁히며 단여랑을 직시했다.

단여랑은 차분한 마음으로 보리마군을 기다렸다. 그 옆에 선 예서하가 한 손에 채찍을 움켜쥐고 곁눈질로 연신 단여랑의 행동을 살폈다.

그는 산책이라도 나온 사람처럼 편안하게 뒷짐을 지고 천천히 술독들 주위를 맴돌았다.

"내 말 명심해. 촌각만 버텨. 이것들을 다 깰 거야. 괜한 동정심에 사로잡혀 판단이 흐려지지 않길 바라."

단여랑은 발꿈치로 술 단지들을 툭툭 건드렸다.

'흐읍!'

숨을 폐부 깊숙이 들이마셨다.

이제 녹수곡의 정체를 의식하고 있기에 코로는 차가운 바람이 들어오지만 식도를 타고 내려가며 체온과 자연스럽게 융합된다.

홍자경의 생각이 옳았다.

태음양화는 신비한 무공이다. 극음의 기운을 가진 몸에 극양을 받아들일 생각을 하다니……. 태음양화는 몸 자체 내에서 얼음이 만들어질 뿐만 아니라 어떤 기온에서도 체온이 적응할 수 있는 최적의 상태로 만들어준다.

일 년 열두 달 살갗을 태워 버릴 듯한 뜨거운 남만에서도, 얼음으로 뒤덮인 북해의 빙굴에서도 끄떡없을 게다. 훗날 중원에 나간다면 단여랑에게 좀 더 유리한 환경 조건이 갖춰지리라.

'영감님에게 고마워해야 할 일이 하나 더 늘었군.'

피식, 웃음이 새어 나왔을 때였다.

별안간 예서하가 몸을 비틀었고, 동시에 단여랑의 눈빛이 날카롭게 빛났다.

"추, 추워. 술 줘……."

초가 쪽에서 보리마군이 어슬렁거리며 모습을 드러냈다.

단여랑과 예서하의 눈이 마주쳤다. 얼굴이 긴장으로 얼룩

진 그녀에게 단여랑은 고개를 한 번 끄덕임으로 일의 시작을
알렸다.

단여랑의 다리가 높게 솟구쳤다. 그리곤 재빠르게 허공을
갈랐다.

쉬익— 쨍그랑!

술 단지가 부서져 나갔다.

쨍그렁! 챙그렁!

숨을 쉴 시간도 없었다. 단여랑은 원수라도 진 듯 술 단지
위를 날아다니며 쾌속하게 발길질을 해댔다.

"어, 어……?"

게슴츠레하던 보리마군의 눈이 점점 크게 뜨여졌다.

숨 한 번 들여마실 동안 그 많던 술 단지 중 절반이 부서졌
다. 녹수곡은 금세 독한 화주 향으로 가득했다.

"내 술… 내 술……! 안 돼!"

보리마군은 실성한 사람처럼 허겁지겁 달려와 철퍼덕 주
저앉았다.

"내 술! 내 술!"

그는 바닥의 흙을 두 손으로 마구 퍼 입 안에 미친 듯이 쑤
셔 넣었다.

"억! 억! 안 돼……! 난 죽을 거야!"

하나 이미 바닥을 흥건히 적신 술이 여전히 액체로 남아 목
구멍을 적시리라 기대하진 못했다.

그 와중에도 단여랑은 부지런히 술 단지들을 깨나갔다. 보리마군과 예서하를 돌아볼 여유도 없다.

빨리 깨고 보리마군의 감정이 극에 달했을 때를 포착해야 한다. 만약 단여랑의 생각이 맞다면 예서하는 흥분했을 때의 보리마군에게 일 초도 견디지 못할 게 분명했다.

쨍그렁!

그렇게 마지막 술 단지가 남았을 무렵, 갑자기 무거운 정적이 맴돌았다.

그리고 스멀스멀 피어오르는 살기.

"네놈이 감히……!"

보리마군은 천천히, 아주 천천히 자리에서 일어섰다. 기광이 번뜩이는 눈은 금방이라도 화염을 뿜어낼 것처럼 이글거렸다.

"그것참, 인간 한번 다루기 힘드네."

단여랑은 망설임없이 다리를 들어올렸다.

쉬이익—!

"이놈!"

"서하, 지금!"

챙그랑!

츄리릿! 파앗!

보리마군이 달려듦과 단여랑의 발길질, 예서하의 편이 보리마군의 등짝을 후려갈긴 것.

모든 일이 순식간에 벌어졌다.

그리고 단여랑은 보리의 전신에서 뿜어져 나오던 강력한 기의 흐름을 놓치지 않았다.

'무공이 남아 있어!'

예서하의 편은 또다시 허공을 갈랐다.

쉬익—!

"목표를 똑바로 겨냥해! 손목을 움직여!"

그녀의 편은 정확히 보리마군의 뒤통수를 노렸다. 단여랑이 소리친 그 짧은 시간, 예서하는 진기를 손목으로 주입해 살짝 비틀기만 했다.

따닥!

평소와는 다른 경쾌한 소리. 짜릿한 감촉이 손목을 타고 전달되었다.

"네, 네 이년! 네년이… 나를……!"

보리마군은 더 이상 말을 잇지 못했다. 가느다란 한줄기의 선혈이 그의 목덜미를 타고 내려와 앞가슴에 스며들었다. 잠시 동안 부들부들 떨던 보리마군의 신형은 끝내 무너져 내렸다.

"안 돼!"

단여랑은 보리마군에게 뛰어들려는 예서하의 앞을 가로막았다.

"봐. 눈이 있으면 두 눈 똑바로 뜨고 봐. 무공이 그대로 남아 있어. 단순한 망아자일 뿐이야. 자기 무공도 기억하지 못하는."

예서하는 잡고 있던 펜을 바닥에 떨어뜨렸다. 양쪽 귀를 움켜쥔 그녀의 새하얀 손이 부들부들 떨렸다.

"잘했어. 네 무공의 단점, 이제 파악이 되었나?"

예서하는 살아오면서 이토록 후회되는 적이 없었다. 자신의 손으로 힘없는 양부를 공격하는 일은 없을 것이라 생각했다. 아무리 상황이 급박하기로서니 부모를 해치려 하다니. 하지만 그것보다도 예서하는 단여랑의 지시로 편법의 새로운 힘을 구사했다는 사실에 치가 떨렸다.

조잘거리며 무어라 말을 하고 있는 단여랑이 악마의 형상으로 보였다.

"물을 끓여. 끊이지 않게 계속. 이대로 두면 보리는 죽어."

하지만 예서하의 몸은 단여랑이 시키는 대로 움직였다.

아직 앳된 티를 벗어내지 못한 소년. 죽일 듯 미운 존재. 그런데 이상하게도 그의 말을 따라야 할 것만 같았다. 말속에 숨겨져 있는 정감이, 단호한 말투나 행동이, 어찌해야 할지 모르는 지금과 같은 때에 단여랑밖에 의지할 곳이 없지 않은가.

예서하는 커다란 욕조에 따뜻한 물을 가득 담았다. 단여랑은 머리를 맞고 정신을 잃은 보리마군의 옷을 벗겨 욕조에 넣었다.

예서하는 가슴을 쓸어내렸다.

날카로운 편의 끝은 보리마군의 뒤통수를 정확히 가격, 커다란 상처를 남겼다. 만약 힘이 조금이라도 더 들어갔더라면 편은 머리를 관통했을런지도 모른다.

단여랑은 욕조에 앉아 있는 보리마군의 몸을 마치 어린아이 다루듯 정성스럽게 씻겼다.

"왜 그렇게 이상한 눈으로 바라봐? 벌레 같나?"

예서하는 고개를 돌려 버렸다.

"결국 너도 똑같은 인간인가? 아니, 오히려 나을지도 모르겠네. 적어도 입에서 더러운 이야기는 하지 못할 테니까."

예서하가 입 모양을 바라보지 않고 있는 데도 단여랑은 말을 계속했다.

"내가 널 좋아할 거라는 착각은 하지 마. 이렇게 호의를 베푸는 이유… 너와 난 원수들의 소굴에서 산다는 점이 같지. 묘한 동질감이 느껴지는군."

단여랑은 보리마군의 등에 장심을 갖다 댔다.

"좋아, 내가 보리에게서 얻을 것을 얻어낸 후에 너와 보리, 북해를 벗어나게 도와주지. 북해를 상대로 복수의 칼날을 갈아봐."

이제는 단여랑이 시키지 않아도 물이 식으면 따뜻한 물을 가져와 욕조에 붓는 예서하의 행동은 계속되었다.

단여랑은 천천히 손을 움직였다.

그는 보리가 발작을 일으켰을 때의 행동을 똑똑히 보았고, 확신했다. 기억을 잃은 보리마군은 분명 무공을 잃지 않았다. 단지 무공을 사용하는 방법까지도 머릿속에서 지워져 버렸을 뿐.

기억만 되살아난다면, 아니, 내공을 운용하는 방법만 알게 된다면 추위에 떨지 않아도 될 게다. 보리마군 스스로 이곳을 빠져나갈 수도 있을 것이다.

단여랑은 그를 도우려 했다. 가장 중요한 것은 물론 보리마군에게서 무언가를 알아내는 것이겠지만 이곳, 도저히 사람이 살 수 없는 녹수곡에 십 년이 넘도록 이들을 가둬두었다는 사실은 인간으로서 도저히 납득할 수 없는 종류의 것이었다.

'막 전주, 당신한테 물어야 할 것이 아주 많아.'

천천히 놀리던 단여랑의 손이 어느 순간 명문혈 부근에서 우뚝 멈췄다.

'……'

보리마군의 몸에서 무언가 변화가 일어나고 있다.

그것은 아주 깊은 곳에서부터 일어나고 있는 차가운 기운.

'태음양화가……?'

문제는 태음양화의 진기를 주입하는 데도 불구하고 손을 얼려 버릴 정도의 소름 끼치는 냉기였다. 이대로 둔다면 보리는 한기를 견디지 못하고 죽게 될 거라는 불안감이 엄습해 왔다.

단여랑은 재빨리 손을 뗐다가 힘차게 보리의 등을 밀었다.

파앙—!

“……!”

물보라가 사방으로 튀자 등을 돌리고 있던 예서하가 달려들어 단여랑의 손을 움켜쥐었다. 그녀는 단여랑에게서 보리마군을 벗어나게 하려 안간힘을 썼다.

“죽기 싫으면 물러섯!”

“……!”

단여랑의 눈이 차갑게 가라앉았다.

무언가. 무엇이 잘못되었나.

단여랑의 낯빛은 점점 창백해져 갔다.

태음양화의 기운으로 대적하기엔 보리마군의 내공이 너무도 거셌다. 오랜 무인과 신출내기 무인의 차이는 이렇듯 극명하게 갈렸다.

보리마군을 처음 보았을 때의 그 기분. 등에 손을 얹고 있지만 버티기가 힘들었다. 마치 산꼭대기에서 떨어지려는 커다란 바위를 손으로 겨우겨우 막아내고 있는 듯한 기분이 들었다.

빙궁에서 이만한 고수를 만난 적이 있었던가? 장로들을 대할 적에도 이런 느낌은 전혀 들지 않았다. 막부동도, 홍 노인도, 난다 긴다 하는 수뇌부 사람들도 보리마군에게는 일초지

적도 안 될 듯했다.

하지만 가장 충격적인 것은 보리마군이 단여랑의 기운을 거부하고 있다는 점이었다.

운공도 잊은 사람이 행할 수 있는 일인가.

기묘한 일.

내공법으로는 상식적으로 불가능한 일이다. 그렇다고 해서 태음양화처럼 비정상적인 것은 아니다.

아주 만약이지만 이럴 경우, 무공을 일부러 숨기고 있다는 결론이 나온다.

퍼엉—!

폭발음과 함께 흰 운무가 두 사람 사이에서 피어올랐다.

단여랑은 보리마군의 등에서 손을 떼고선 거친 숨을 몰아쉬었다. 창백했던 얼굴이 점점 본래의 혈색으로 되돌아오며 단여랑은 입술 한쪽을 슬며시 말아 올렸다.

호흡을 가다듬은 단여랑은 자리에서 일어나 이미 욕조에 고꾸라져 있는 보리마군의 등짝을 힘차게 후려쳤다.

짜악!

내기를 실은 손속이었지만 보리마군은 꿈쩍도 하지 않았다.

단여랑은 자리에서 일어나 동이에 차가운 물을 가득 퍼 보리마군의 얼굴에 뿌렸다.

촤악!

“콜록! 콜록!”

쓰러져 있던 보리마군은 기침과 함께 깨어났다. 자신이 따뜻한 욕조에 들어가 있다는 사실을 깨달은 그는 황급히 고개를 치켜들고 주위를 살폈다. 그러다가 단여랑과 눈이 마주쳤다.

“추, 추워…….”

그는 순진무구한 얼굴로 두 눈동자를 뒤룩뒤룩 굴리며 단여랑의 눈치를 살폈다.

단여랑은 보리의 얼굴 앞으로 가까이 다가갔다.

“시, 싫어! 때리지 마! 때리지 마!”

공포에 휩싸인 보리마군는 필사적으로 얼굴을 가렸다. 그런 보리마군의 행동을 보는 단여랑은 어이가 없었다.

“보리, 내가 누군지 기억해?”

“때리지 마! 나… 나… 잘못했어. 제발 때리지 마!”

“며칠이 지나갔는지 몰라. 하지만 중요한 건 한 달이 거의 되어간다는 점이지. 한 달… 보리 당신이 알고 있는 것을 내가 알아야 하는 그 한 달.”

“한 달……?”

“그러니 보리마군, 연극은 이제 그만 해. 시간이 없어.”

“……!”

놀란 사람은 보리마군이 아니었다. 예서하의 의문 가득한 시선이 단여랑의 입술에서 떨어질 줄 몰랐다.

"헤!"

어느덧 공포는 사라져 버렸는지 보리마군은 욕조에서 기어 나와 알몸으로 뛰어다녔다.

"안 춥다! 하나도 안 춥다!"

그는 부끄러움도 몰랐다. 축 늘어진 양물이 밝은 빛 아래서 적나라하게 드러났다.

예서하가 고개를 숙이려는 찰나였다.

"……!"

그녀는 갑자기 옆에서 세게 잡아당기는 힘에 이기지 못하고 넘어지듯이 끌려갔다.

단여랑이었다. 그가 한 손으로 예서하의 목을 움켜쥐었다. 그리고 다른 손에는 언제 준비해 두었는지 소도 한 자루가 쥐어져 있었다.

그의 살기 어린 시선. 예서하는 반격을 할 생각조차 못했다. 소도는 그녀의 목 부근에 가까이 대어졌다.

"보리, 이걸 봐."

보리는 행동을 멈추고 고개를 돌렸다. 고개를 갸웃거리는 그는 무슨 상황인지 전혀 파악하지 못하는 듯했다.

"헤헤헤!"

"보리, 연극을 그만두지 않는다면 서하는 죽어."

소도가 살갗에 닿아졌다. 예서하의 벌겋게 충혈된 눈이 단여랑의 얼굴에 꽂혔다.

“괜한 사람 나쁜 놈으로 만들지 말고 어서 정체를 드러내. 내 손에 쥐어진 칼은 눈이 없어.”

단여랑의 손에 힘이 점점 들어가고 있는 사실을 예서하는 피부로 느꼈다.

그녀 역시 적잖게 당황했다. 설마하니 이런 방법을 쓰리라고는 생각지도 못했다. 죽일 리는 없겠지만 단여랑의 행동은 결코 정당하지 않았다. 빙궁에 대한 혐오감이 무럭무럭 피어오르고 있었다.

하지만 그런 생각 역시 계속 이어지지 못했다.

따끔!

소도가 살갗을 파고들었다. 뜨거운 액체가 목 언저리에 흐르는 생생한 느낌. 예민한 후각에 비릿한 냄새가 걸려들었다.

‘진짜 죽이려 하고 있어!’

손을 쓰기엔 목을 잡고 있는 단여랑의 힘이 너무 셌다. 게다가 조금만 움직이면 죽음을 재촉하는 꼴밖에 되지 않는다.

보리마군은 여전히 아무것도 모르는 듯 어리둥절한 얼굴로 그들을 바라봤다. 예서하의 목에서 피가 흐르고 있는 장면을 두 눈으로 똑똑히 바라보면서도 얼굴은 바보 같은 웃음을 지어냈다.

“헤헤헤!”

소도가 예서하의 목 울대를 막 건드리려는 위험한 찰나, 단여랑이 그녀를 세게 밀쳐 냈다.

쒜에엑—!

한줄기 섬광이 단여랑의 얼굴로 쇄도해 들어왔다.

편법의 묘미를 깨달은 예서하의 힘있는 일격은 얼굴 가죽을 송두리째 벗겨 버릴 만큼 위력적이었다. 그러나 백편은 단여랑의 안면에서 일 촌 정도의 간격을 두고 스치기만 했다.

섬뜩한 파공음. 위협적인 한 수.

단여랑은 눈썹 한 올 까딱하지 않았다.

"도저히 말로 해서는 안 되는 인간이군."

그는 예서하의 행동을 전혀 개의치 않고 그녀의 손에 들린 편을 빼앗듯이 낚아채 갔다.

"자리 좀 비켜. 보리와 결판을 지어야겠어."

언제 목숨을 위협했냐는 듯 담담한 목소리였다.

예서하는 기가 막혔다. 이렇게 뻔뻔한 인간이…….

하나 손만 뻗으면 닿을 거리인 데도 그녀는 단여랑의 옷깃조차 건드리지 못했다.

그가 낮은 음성으로 속삭였다.

"넌 내 얼굴을 건드렸으면 죽었어. 난 여자라고 봐주지 않아."

터억.

단여랑은 백편을 보리마군의 앞에 던졌다.

"장난 그만 하고 벽파일월편법이나 보여줘."

보리마군은 바닥에 떨어진 편을 주웠다. 마치 처음 보는 물건인 양 요리조리 살피는 모습에 단여랑은 짜증이 치밀었다.

"이곳에 오기 전에 같잖은 무공 하나 배웠지. 태음양화라고. 당신의 무공에 대적할 정도는 아니지만 나름대로 쓸 만하다고 생각해."

"헤헤헤!"

"예서하도 모르고 있나? 당신이 이렇게 가식을 떨고 있다는 사실을?"

보리마군은 백편에 정신이 팔려 단여랑의 말을 듣지도 않았다.

"정말 어이없군. 모두를 감쪽같이 속였을지 몰라도 나한테는 안 통하지. 한 달이 다 되어가고 있어. 어서 가르쳐 주지 않으면 예서하가 죽는다고. 하하! 당신은 날 시험하고 있어. 가르쳐 주지 않아도 아마 한 달 후에는 목숨을 내놓기로 약조가 되어 있는 거야. 내 말이 틀리나?"

보리마군은 시끄럽다는 듯 귀를 후벼팠다.

"지금부터 가르침을 받도록 하지. 사제의 예는 나중에. 쓸 만한 무공도 아닌데 지금까지 뜸들인 것이었다면 당신을 내 손으로 죽일 거야. 지옥 끝까지라도 따라가서."

보리마군은 두 눈만 말똥말똥하게 뜰 뿐이었다.

"부디 손속에 사정을 두지 않더라도 이해해 주길……."

단여랑은 포권(包拳)을 취했다.

"타앗!"

힘찬 고함과 함께 몸을 띄웠다.

우우웅―!

갑자기 끌어올린 태음양화의 기운이 고막을 자극했다. 폭발할 듯한 힘.

찌지지직!

단여랑의 몸 주위로 보호막 같은 얇고 투명한 막이 형성되기 시작했다.

오도주에게 펼쳤던 만천화우와 비슷한 무공. 만천화우의 주무기는 매미 날개 같은 암기지만 태음양화는 몸 자체에서 생성되는 얼음. 원하는 부분에서 끌어 사용할 수 있다는 점이 다르지만 위력 면에서는 만천화우와 버금갈 정도로 강하다.

저 상태의 보리마군이라면 틀림없이 죽음을 피하지 못한다.

하지만 이렇게라도 해야 한다. 이유가 반드시 있을 것이다. 그리도 사랑하던 양딸 예서하의 목에 피가 범벅이 되어도 눈 하나 깜짝 안 하던 독한 사람이 바로 보리마군이다.

독하기로 따지자면 단여랑도 만만치 않다. 이 공격이 잘못된다면 보리마군은 죽는다. 처음으로 사람을 죽이게 된다.

그런 건 신경 쓰지 않는다. 보리마군은 반드시 피할 게다. 단여랑은 자신의 눈을 믿고, 생각을 믿고, 느낌을 믿었다.

보리마군의 실체를……!

쩌적! 쩌저적!

투명한 막이 수십, 수백, 수천 개로 갈라지는 소리.

단여랑은 숨을 멈췄다.

피이잇!

얼음 조각들이 일제히 보리마군을 향해 쾌속하게 쏘아져 나갔다.

보리마군은 놀란 토끼눈이 되어 단여랑을 바라봤지만 이미 피하기에는 너무 늦었다.

단여랑의 뇌리에 설마하는 생각이 스칠 때였다.

"으악! 때리지 마! 때리지 마!"

휘익! 휘이익!

보리마군은 미친 듯이 편을 휘둘렀다.

따당! 땅땅!

공중에 비산하던 얼음 조각이 보리마군이 휘두른 편에 맞아 되튕겨져 나갔다.

단여랑의 두 눈에 이채가 스쳤다.

무공을 모르는 사람이 보면 그저 막무가내로 휘두르는 것처럼 보이겠지만, 그 많은 얼음 중에 보리마군의 살갗을 건드린 조각은 단 한 개도 없었다.

진기가 주입되어 꼿꼿하게 세워진 날카로운 편이 그것을 증명해 주고 있었다.

보리마군의 행동은 여전히 가식이지만 무인 대 무인의 만남으로써의 연극은 이미 끝났다.

쉬익… 쉬이익……!

보리마군의 편 놀림은 신랄했다.

편의 길이만 해도 이 장이 거뜬히 넘는다. 그것을 가볍게 수수깡 다루듯 휘두르는 것이 어디 쉬운 일인가. 타고난 신력과 탄탄한 내공이 뒷받침되어 있다는 소리다.

마치 창(槍)을 놀리듯, 창과 다른 점이 있다면 방향이 자유자재로 변한다는 것이다. 일정한 규칙도 없었다. 빠르게 휘둘러지는 편은 뚜렷한 잔영을 남겼다. 수백 마리의 뱀이 달려드는 듯한 착각을 불러일으켰다.

공격하는 방위도 쉽지 않다. 전신을 감으며 휘도는 편은 완벽한 방어막을 형성했다.

근접전은 이미 불가능했다. 그리고 보리마군은 자신에게 다가올 수 있는 틈을 주지 않았다.

"타앗!"

단여랑이 무작정 거리를 좁히자 보리마군은 휘두르던 편을 거두어 공간을 가르고 편극으로 그를 찔러왔다.

단여랑은 재빨리 몸을 비틀어 보리마군의 편을 옆으로 흘려냈다.

휘익! 휘익!

공격이 무마되자 편은 다시 휘둘러졌고, 거리는 또 벌어졌다.

'대단한 편법!'

실로 감탄이 터져 나왔다. 보리마군은 편을 마치 자신의 신체 일부처럼 다뤘다. 하지만 그는 전혀 공격 의사를 내비치지 않았다. 마치 단여랑이 먼저 공격하길 기다리는 듯했다.

치이이―!

양손에 진기를 주입하자 곧 얼음 막이 생겨났다.

단여랑은 틈을 노렸다. 그러나 도저히 뚫고 들어갈 틈이 없었다.

아니, 틈이 전혀 없는 것은 아니다. 마음만 먹으면 틈을 만들 수 있다. 방어하고 있는 상대가 자신을 공격하고 싶게끔 만들어야 한다. 틈은 그 사이에 생긴다.

그러나 시간이 지날수록 단여랑의 두 눈이 점점 가늘어졌다.

'없어!'

공격할 수 있는 부분이 없었다.

"때리지 마! 때리지 마!"

보리마군은 끝까지 엄살을 부렸다.

단여랑은 온몸에서 기운이 쭉 빠져나가는 기분이 들었다.

"이봐, 너무한 것 아냐? 당신 입으로 할 소리는 아니라고 생각하지 않아?"

"잘못했어! 때리지 마! 제발 그만 해!"

"그 무기나 좀 내려놓고 그런 말을 하지?"

단여랑은 큰 한숨을 내쉬었다. 그의 손에 있던 얼음들이 금세 녹아 바닥에 떨어져 내렸다.

"후후, 인정하지. 보리, 난 당신한테 아직은 상대가 안 돼. 지금에서야 생각이 났어. 서하를 죽이든지 말든지 내 알 바 아니지. 어차피 처음부터 남남이었잖아? 죽고 싶어 하는 것 같은데 내가 방해한 것 아닌지 몰라."

그러자 보리마군은 휘두르던 편을 내리고 단여랑을 가만히 바라봤다.

"내가 갈구하는 것은 무공이지 인간관계가 아니야. 잠시 착각했군. 중원에 산재한 무공은 많아. 당신의 무공 따위는 아무것도 아니라고."

단여랑은 보리마군에게 비웃음을 던진 후 등을 돌렸다. 의미없는 싸움은 이것으로 끝. 녹수곡과의 인연도 끝낼 때가 되었다.

그때 얇은 파공성이 귓가에 울렸다.

휘익! 따악!

'헉!'

단여랑 딴에도 재빠르게 몸을 돌렸지만 보리의 손에 들린 편은 이미 그의 머리를 건드리고 다시 제자리로 돌아갔다.

쇠망치로 두들기는 듯한 타격이 엄청난 충격이 되어 돌아왔다. 잠시 머리에서 별이 보이는가 싶더니 맞은 부위가 불에 덴 것처럼 화끈거렸다.

순간 단여랑은 그 자리에서 굳은 듯 한 발자국도 움직이지 않았다. 아니, 움직일 수도 말을 할 수도 없었다.

보리마군이 때린 곳은 마혈이 아니었다.

죽지 않고 머리로 생각을 하고 있으니 사혈도 아닌 모양이다.

그런데 왜 몸이 움직이지 않을까.

자신의 몸 상태를 살피려던 단여랑은 경악하고 말았다.

진기가 없다. 전신의 감각이 모두 죽었다. 아주 작은 느낌, 공기가 파랑을 일으키며 피부에 와 닿는 느낌도 없었다.

숨이 멈췄다. 두근거리던 심장이 죽었다. 몸속에 있던 기관들이 하나같이 작동을 정지했다.

죽은 것인가?

그건 아닌 모양이다.

머리로는 생각을, 눈으로는 보리마군이 신나서 뛰어다니는 모습을 보고, 귀로는 그의 헤헤거리는 웃음을 듣고 있으니까.

그렇다면 무슨 일이 벌어진 것일까.

'무공이야! 보리마군이 나에게 알려주려 한 것, 이 무공은……?

"헤헤헤!"

보리마군은 웃었다.

단여랑은 굵은 눈썹을 꿈틀거렸다. 사실상 움직일 수 있는 곳은 귀와 눈 윗부분뿐이었다. 반쯤 혼이 빠져나간 느낌은 말로 형용할 수 없을 정도로 묘했다.

몸의 기능은 멀쩡하지만 정신은 잃은, 가사 상태와는 정반대를 무어라 표현하는가.

숨을 쉬고 있지 않는 데도 사람이 살 수 있는가? 뇌에서 움직이라고 명령하고 있지만 몸이 말을 듣지 않는다.

살아 있는 듯하지만 죽어버린, 겉은 멀쩡하나 속은 시체와 다름없는…….

'이건… 녹수곡!'

녹수곡이 떠올랐다. 모든 것이 살아 있는 듯하지만 죽어 있는 숲. 단여랑의 몸의 변화도 녹수곡과 같은 이치일 것이라는 생각이 강하게 드는 이유는 무엇일까.

단여랑의 코 아래 신체는 모두 죽었다.

'북해무공과 일맥 상통한다. 이런 무공이 있다는 걸 들었었던가?'

녹수곡을 이렇게 만들어놓은 사람이 태상궁주라 믿어 의심치 않았었는데 실은 보리마군이었다. 설마 보리마군이 태상궁주라는 소리인가?

'조부? 아니야. 조부는 아니야, 분명.'

단여랑은 두 눈으로 보리마군의 행동을 살폈다.

방금 전까지만 해도 이리저리 자유자재로 편을 휘두르던 보리마군. 지금은 또 다르다. 언제 던져 놨는지 편은 마당 한 구석에 나뒹굴고 있다. 보리마군의 손에는 예서하가 글씨를 쓰던 굵은 나뭇가지가 들려 있었다.

그는 나무를 처음 만져 보는 어린아이처럼 허공에 휘둘렀다.

"헤헤헤!"

보리마군은 단여랑의 앞으로 다가왔다. 그리고 망설임없이 나뭇가지를 휘둘렀다.

휘익! 빠각!

'윽!'

머리통에 상당한 충격이 전해졌다. 내기를 실지는 않았지만 보리마군은 손속에 사정을 두지 않았다.

머리가 지끈거렸다. 뜨거운 액체가 이마를 타고 흘러내려도 닦아낼 수 없었다. 입으로 한마디 내뱉고 싶지만 단여랑으로서는 아무것도 할 수 없었다.

휘익! 빡!

'크윽!'

눈앞이 번쩍했다.

보리의 생각없이 저지르는 행동에 단여랑만 죽어나게 생겼다.

'풀려나기만 하면 가만 안 둬!'

단여랑은 두 눈을 부릅뜨며 보리마군을 죽일 듯 노려봤다.

"헤헤! 아파?"

찢어진 이마에서 나온 피가 단여랑의 눈두덩이로 흘러내

렸다. 그는 한쪽 눈을 질끈 감았다.

보리마군은 그런 단여랑의 모습이 재밌는지 나뭇가지를 허공에 빙글빙글 돌리다가 또다시 그를 향해 휘둘렀다.

휘익! 빠악!

단단한 나무가 단여랑의 옆구리에 작렬했다. 아까보다도 더 힘이 들어간 일타였다.

'……?'

하지만 고통은 없었다.

퍽! 퍼억! 퍽!

보리마군은 원수를 만난 것처럼 단여랑을 두들겨 팼다. 허벅지며 팔이며, 등, 배, 가슴 등을 가리지 않고 공격했다.

'고통이 전혀 느껴지지 않아! 내 몸은 죽었어. 하다못해 아픔을 느낄 수 있는 세포 하나까지……. 이제 어떻게 되는 거지?'

확인이라도 시켜주는 듯 보리마군의 구타는 근 반 각여 동안이나 계속되었다.

"헤헤헤!"

보리마군은 단여랑의 앞에 철퍼덕 주저앉았다. 그리고는 바닥에 낙서를 시작했다. 그림을 그리기도 하고, 지웠다가 다시 썼다가를 반복했다.

그러던 그가 벌떡 일어나 단여랑을 바라봤다.

"왜 그러고 있어? 못 움직여? 헤헤! 머리는 살았어? 머리가 살았으면 몸이 안 움직일 리 없잖아. 물은 높은 곳에서 흘러. 상단전만 깨어 있으면 돼. 헤헤헤헤!"

보리마군은 알 수 없는 소리를 남기곤 녹수곡 한쪽으로 휘청거리며 걸어갔다.

많은 시간이 흘렀다. 어쩌면 며칠이 지나갔는지도 모른다.

단여랑은 그 자리, 그 모습 그대로 오랜 시간을 서 있었다.

배고픔을 느낄 수가 없었다. 졸음이 쏟아지면 그 상태로 잠을 잤다. 잠에서 깨어나면 다시 원 상태로 돌아오길 간절히 바랐지만 바람은 그저 바람일 뿐이었다.

예서하도 보리마군도 다시 나타나지 않았다. 처음부터 녹수곡엔 아무도 살지 않았던 것처럼.

홀로 쓸쓸히 시간을 보내는 것이 하루 이틀이 아니었는데 저 밑바닥에서 솟아오르는 극심한 외로움과 공포. 이런 적은 처음이었다.

마치 누군가의 마수에 걸려들어 버린 듯한 기분을 쉽사리 떨칠 수가 없었다.

아직도 믿겨지지 않는다. 보리마군이 편으로 머리를 때렸을 때의 느낌은 생생하게 뇌리에 남았다. 그리고 굳어버린 몸.

세상에 이런 무공이 존재할 수 있는가. 머리만 깨어 있게 하고 몸을 완벽하게 죽일 수 있는 이런 무공. 회생은 가능할까? 이대로 그냥 죽는 것이 아닐까?

죽음을 딱히 두려워한 적은 없었다. 아니, 죽음이라는 공포를 느낀 적이 없다고 말해야 옳다. 죽음에 대해 생각해 보지 않았다. 아직 살아갈 날이 많이 남았다고만 생각했다.

"무인은 칼끝에 선 운명. 항시 죽음을 생각하고 있어야 한다. 죽음이 두렵거든 따라오지 마라."

막부동을 처음 만났을 때 들었던 말이다.

만약 그때 따라오지 않았더라면 조금이라도 죽음에 대해서 알게 되었을까. 굶주림, 힘없는 자의 설움. 아마도 알지 않았을까 싶다.

단여랑은 빙궁에서의 생활에 회의를 느꼈다.

온실 속에서 곱게 자란 화초처럼 아무런 걱정 없이, 근심 없이…….

소궁주로 지목받은 후부터 마음대로 살아왔다. 누구의 눈치를 볼 필요도 없었다. 아무도 그를 건드릴 사람은 없다고 생각했다.

어느새 막부동이 했던 말을 까맣게 잊고 있었다. 이 얼마나 오만방자한 짓이었던가.

"겁이 나는 게지."

홍자경이 그랬다.

자신은 오만의 무리를 거느려야 하는 북해빙궁의 소궁주다. 소궁주라는 점을 자신도 인정하고 있지만 자꾸 피하려 하고 있다.

내분이 일어나기 직전인 빙궁을, 오만의 무리를 책임져야 한다는 부담감이 그를 압박했다.

겁이 나는 게 맞다. 아직은 단여랑 스스로도 궁주로서의 자질에 의심을 품고 있기는 하니까.

조금만 더 넓고 높게 세상을 바라보는 안목이 있다면, 그런 경험이 있다면 지금보다는 덜 부담이 되지 않을까.

겨우 사 년…….

십오 년을 이곳에 갇혀 살아 지낸 보리마군. 그리고 원수나 다름없는 이들에게서 무공을 배우고 굴복해야만 했던 예서하. 그들에 비하면 단여랑의 짜증은 어린아이의 투정에 불과했다.

누군가가 찾으러 오겠지 하는 생각을 버려야 한다. 스스로가 빠져나갈 수 있는 길을 찾아야 한다.

회한에 사로잡혀 다른 곳에 시선을 주지 못했던 단여랑은 문득 보리마군이 마지막으로 앉아서 장난을 치던 흙바닥으로 힘겹게 눈동자를 돌렸다.

그가 사라진 자리.

그리고 남겨진 그림과 글씨……. 그림과 글씨?

'……!'

단여랑은 두 눈을 가늘게 좁혔다.

그냥 단순히 선을 그어놓은 낙서가 아니었다. 다섯 살짜리 어린아이가 그려놓은 듯한 그림이 분명했다.

아! 왜 이제야 발견했나.

그는 좀 더 자세히 보기 위해 안력을 돋우고 온 신경을 집중했다.

기이하게 생긴 사람의 형상.

'정중동(靜中動)……?'

머리 부분엔 정중동이라는 글자가 뚜렷하게 적혀 있었다. 그리곤 몸 부분에 찍어놓은 수많은 점.

단여랑의 눈이 더는 크게 떠질 수 없을 정도로 부릅뜨였다.

'혈도다!'

그의 심장은 빠르게 뛰었다.

단전에서 시작하여 회음(會陰)을 거쳐 기문(其門)을 타고 내려와 다시 단전에 도달하기까지.

아니다. 점들을 연결시키는 꼬불꼬불한 선.

'대주천(大周天)?'

이것도 아니다. 언뜻 보면 대주천처럼 보인다. 하지만 아니다. 소주천을 하는 점들이 각각 네 개로 갈라진다.

동서남북으로 뻗은 네 개의 점은 다음 혈도에 연결된다. 그렇게 소주천이 완성된다.

상식적으론 불가능한 일이다. 물론 상식적으로만.

무공엔 상식이란 통하지 않는다. 없으면 만들어지는 게 무공. 한계가 없는 평생의 공부가 바로 무공이다.

'마음이 일면 몸이 인다는 건 바로 이걸 두고 하는 소리였군.'

머리가 깨어 있으니 생각하는 대로 몸이 따라와 줄 수 있다.

보리마군이 가르쳐 준 이 심법은 과연 무엇인가.

'나에게 이 무공을 전수하고 싶은 모양인데…….'

자신과의 싸움. 그걸 깨느냐 마느냐는 모두 단여랑에게 달려 있다.

잠시 그림에 정신이 팔려 있던 단여랑의 두 눈이 가늘게 좁혀졌다.

그림 아래에 무어라 쓰어 있었다.

안력을 돋우지 않으면 보이지도 않을 듯한 깨알같이 작은 글씨들.

형패부후(形敗腐朽), 형체는 무너지고 살은 썩어가는 것이다.

시신불구(是身不久), 이 몸은 영원한 것이 아니니,

환귀어지(還歸於地), 언제인가는 흙으로 돌아가고,

신식기리(神識己離), 정신이 이 몸을 훌쩍 떠나가 버리면,

골간독존(骨幹獨存), 남는 것은 오직 뼈와 송장뿐이다.

종시다오(從是多寤), 항시 깨어 있어라.

무언가 깨달음을 주려 하는 듯했고, 어떻게 보면 유언 같기도 했다.

그리고 그 아래에 쓰여 있는 마지막 글귀를 본 단여랑은 태어나서 처음으로 머리카락이 쭈뼛 서는 듯했다.

빙멸혼(氷滅魂). 얼음으로 혼을 멸하라!

*　　　*　　　*

북해빙궁의 어디쯤인지 위치를 알 수 없는 공간. 얼음이 아닌 보기만 해도 폭신폭신할 것 같은 눈으로만 뒤덮인 곳.

허리까지 내려오는 백발이 성성한 노인은 뒷짐을 지고 수십 장 아래의 절벽을 내려다봤다.

휘이잉—!

밑에서부터 올라오는 차가운 바람이 얼굴을 때렸다.

세상에 처음 얼굴을 내미는 순간부터 팔십이 넘는 해를 북해에서 보냈다. 한 발자국도 북해를 벗어난 적이 없다.

보통 사람들에게는 살갖을 시리게 하는 추위, 동상에 걸릴 것만 같은 차가운 온도가 노인에게는 세상에서 가장 안락하고 편안한 장소였다.

털옷이 아닌 얇은 장삼 하나를 걸치고도 노인은 추운 기색을 비치지 않았다. 눈 위에 서 있는 모습이 그의 자태와 어울려 마치 구름을 밟고 선 신선 같아 보이기도 했다.

"헤헤헤!"

등 뒤에서 티 한 점 없는 웃음소리가 들리자 노인이 몸을 돌렸다.

자신과는 다르게 양손으로 몸뚱이를 꼭 움켜쥔 보리마군을 본 노인은 살며시 오른손을 뻗었다.

쉬이이이……!

노인의 손에서 뭉게뭉게 피어난 하얀 연기가 천천히 보리마군 쪽으로 이동했다. 연기는 곧 보리마군의 지척에서 이동을 멈추며 허공에 둥실둥실 떠다녔다.

노인은 또 한 번 손을 놀렸다.

파아앗!

순간 연기가 마치 끊어진 영상처럼 허공에서 우뚝 멈췄다.

딱딱한 고체로 변해 버린 연기는 보리마군의 둘레에 결계처럼 쳐지며 차가운 바람을 막는 방어막이 되었다.

청수한 용모의 노인은 희고 긴 수염을 쓰다듬었다.

"자네, 왔는가."

중후한 목소리가 노인의 입에서 흘러나왔다.

"헤헤헤!"

보리마군은 실없이 웃었다.

"인간은 적응력이 빠른 존재인 것을……. 십오 년이 지나도 자네는 북해의 추위가 견디기 힘든가 보네."

"헤헤! 나, 하나도 안 춥다."

노인은 보리마군을 보며 따뜻한 미소를 지어 보였다. 보리마군이 이곳에 올라왔다는 이야기는 무공을 전수했다는 말. 단여랑이 마음에 들었다는 소리다.

"자네의 이야기를 듣고 싶네. 아이에 대해 말해주게."

보리마군은 머리를 긁적였다.

"아이, 내 말 잘 들어. 그런데 나 때렸어. 그래서 지금 못 움직인다. 헤헤! 못 움직여."

"괜찮네. 머리가 살았으니 곧 움직일 수 있을 걸세."

"움직이면… 아이… 나, 때리러 와?"

"허허허!"

노인은 불안한 얼굴로 묻는 보리마군을 보며 허허 웃었다.

보리마군은 약조를 지켰다.

"자네는 끝까지 본색을 드러내지 않는구먼."

노인은 안타까운 탄식을 토해냈다.

보리마군은 마인이다. 하지만 마인이 아니다.

벽파일월편법의 수련 과정이 보통 무공보다 희귀하고 성취가 빠르기 때문이기도 했지만 그의 성정이 남들과 달리 괴팍했기 때문에 마인으로 낙인찍혔다.

"자네에게 고맙다는 말을 하고 싶네. 그 말밖에 내가 해줄 수 있는 말이 없으니……. 서하는 보고 왔는가?"

“헤헤헤!”

“…보지 않았군. 마지막 인사도 하지 않았다면 그것 역시 자네의 뜻이겠지. 약조대로 서하는 무사히 내보내 주겠네.”

보리마군을 빙궁에 십오 년이나 가둬둘 권리는 노인에게 없었다. 차라리 그때 죽였어야 한다. 하지만 노인에게는 해야 할 일이 있었고, 보리마군 역시 스스로 희생양이 되었다. 오직 양딸 예서하를 위해서.

“빙백신공은 일인비전. 대가 끊기는 한이 있더라도 다른 사람이 알아서는 안 되지. 이만 가게. 말이 길어지면 세상에 남는 미련도 많아질 뿐. 편안히 보내주겠네.”

노인의 몸에서 회오리가 몰아쳤다.

“헤헤헤헤… 흐음!”

보리마군의 눈동자가 짧게 흔들렸다.

“내세(來世)에서 벌주(罰酒) 석 잔을 마시겠네. 잘 가게.”

쉬이이이―! 파아앗!

콰앙!

거센 폭발음이 울렸다.

보리마군의 몸이 빠르게 굳어갔다. 단여랑과 비슷하게. 다른 점이 있다면 발끝에서 머리끝까지 굳어갔다는 것.

“서… 하…….”

보리마군은 마지막 순간까지 웃었다.

第八章
빙백신공

1

빙궁의 대부인. 단태붕의 어미. 성검문의 여식.

능가연에게 그것 말고 달리 불리는 호칭은 무엇일까. 여자 팔자 뒤웅박 팔자라고 하지만 혼인한 여인들은 모두 공통점이 생긴다. 자기 자신에 대한 고유 존재가 사라져 버린다는 것.

그녀는 뭇 남자들 못지않게 야망이 큰 여인이다. 이제 막 인정받기 시작하는 작은 문파의 여식이면서 북해빙궁의 대부인이 된 것만 보아도 알 수 있지 않은가.

미모와 지모가 뛰어났으며, 행동 하나를 하더라도 상대를 어떻게 대해야 하는지 알고 있는 여인이다.

그런 여인이 북해빙궁을 한 손으로 거머쥐려 한다.

둘째 부인 야현과 다른 점이 있다면, 그녀는 자신이 스스로 빙궁의 지배자가 되려 한다. 물론 겉치레상 단태붕을 앞에 내세우겠지만 실상은 그녀가 조종하는 식이다.

북해빙궁엔 그녀의 욕구를 충족시켜 줄 수 있는 무력과 재력과 명예가 모두 있었다. 그리고 성욕까지도…….

삐걱! 삐걱!

침상이 들썩였다.

“헉! 허억!”

귀령전주 유사야(柳婆野)는 거친 신음을 토해냈다.

방 안의 분위기는 차가운 공기를 무색케 만들 정도로 끈적거렸다.

흥분에 휩싸여 살을 맞댄 지 두 시진이 지났지만 유사야의 열기는 식을 줄을 몰랐다. 피가 끓어오르는 이십대 청년도 아닌 낼모레 마흔을 바라보는 나이인 데도 말이다.

날카롭고 잔인하기로 유명한 귀령전주가 성욕에 달아오르는 모습을 어느 누가 상상이나 할 수 있을까.

능가연과 잠자리를 같이하기까지 속궁합에 대한 개념이 부족했었다. 유사야에게 교합(交合)은 그저 후손을 만들기 위한 식에 불과했다.

“헉! 헉!”

유사야는 숨이 차 헐떡이고 있지만 능가연은 정반대였다.

아무런 일도 없다는 듯 무심한 표정으로 자신의 몸뚱이 위에서 허덕이는 유사야를 물끄러미 바라봤다. 몸은 그가 움직이는 대로 간간이 들썩여 줬다.

능가연에게 유사야는 성욕을 채워주는 많은 남자 중 하나였다.

"그만 해!"

짜증 섞인 음성이 그녀의 입에서 튀어나왔다.

"……."

절정에 다다르던 유사야는 군소리없이 몸을 일으켰다. 그녀가 이러는 건 한두 번이 아니다. 하지만 건방 한번 떨지 않았다. 어찌 되었든 그녀는 상전이고, 누가 뭐라 해도 대부인이니까.

유사야는 옷도 입지 않고 침상 아래로 내려가 한쪽 무릎을 꿇었다.

능가연도 몸을 일으켰다. 그녀는 침상 옆 탁자 위에 놓인 찻잔을 들어 이미 식어버린 차를 음미하듯 천천히 들이켰다.

실오라기 하나 걸치지 않은 그녀의 몸은 중년의 나이에도 불구하고 감탄이 절로 튀어나오게끔 만들었다. 군살 하나 없는 탄탄한 몸, 희고 매끄러운 피부는 고자라도 달려들고 싶을 정도로 매혹적이었다.

"알아왔어?"

능가연은 얇은 천으로 몸을 감싸며 물었다.

"단우인은 빙령전주에게 직접."

“단여랑은?”

“녹수곡으로.”

“녹수곡? 거긴 또 어디야?”

“제칠 밀실. 중앙각 아래 위치한.”

“…….”

“…….”

유사야는 침묵했다. 능가연이 말을 않을 때는 솜털이 곤두서는 듯한 느낌을 종종 받곤 했다.

“귀령전주, 요즘 말이 짧아지려고 하는 것 같아?”

“…….”

“나와 살 좀 섞어봤다 이건가?”

“무슨… 말씀을…….”

“지위를 잊어버리고 행동하는 인간의 최후가 어떻게 되는지 잘 생각해 보도록 해. 그대 목숨 하나, 나에겐 아무것도 아니니까.”

“송구… 합니다.”

유사야는 깊이 고개를 숙였다.

“계속해 봐. 녹수곡에 누가 있어?”

“정체를 알 수 없는 늙은이가 하나 있었습니다. 인상착의는 키가 아주 작고, 주독에 걸린 듯 빨간 코에 깡마른 체격.”

“무인?”

“아닌 것 같습니다. 며칠간 살펴보았지만 하는 행동은 열 살짜리 어린아이 같았습니다."

"그런 사람이 빙궁 안에 있다고? 나는 왜 그런 말을 들어보지 못했지? 짐작 가는 사람이라도 있어?"

"한 사람이 있긴 합니다. 기억하십니까? 십오 년 전, 보리마군이라고……."

"보리마군? 보리마군……."

턱을 괸 채 유사야를 바라보며 낮게 읊조리던 능가연의 두 눈이 점점 커졌다.

"보리마군! 십오 년 전, 오장로의 사위를 죽였던 그 마인!"

"기억하시는군요."

"지금 나랑 장난하자는 거야? 그는 죽었어. 태상궁주께서 모두의 앞에서 얼려 버렸잖아."

"그가 죽어 일호에 던져지는 모습을 본 사람은 아무도 없습니다. 부인께서는 보셨습니까?"

"……."

능가연은 반박하지 못했다. 지금 생각해 보니 유사야의 말이 틀리지 않았다. 그녀의 기억 속에는 보리마군이라는 이름만 생각날 뿐 그가 일호에 던져진 기억은 자리하지 않았다.

"그렇다면 태상궁주가 보리마군을 빼돌렸다는 소리야?"

"아마도 그렇습니다."

"호호호!"

"……."

"오장로가 이 사실을 알게 되면 방방 뛰고 한바탕 난리가 나겠군. 재미있겠어. 호호호!"

능가연은 가늘고 긴 손으로 입을 가리며 깔깔댔다. 유사야는 두 눈을 가늘게 좁혔다. 능가연이라는 여자를 알게 된 이후로 그녀의 행동 하나하나가 너무나도 사랑스럽고 아름다웠고 유혹적이었다.

"열 살짜리 보리마군이라……. 당연히 무공도 잃었을 테고. 그래, 단여랑은 그에게서 도대체 무엇을 배운 거지?"

"그건 알아내지 못했습니다. 가까이 다가가려 했지만 진이 쳐져 있었기에……."

"진?"

능가연은 의아한 표정을 지었다.

"안에서 빠져나오지 못하는 진이 아니라 밖에서 들어가지 못하는 진이라고?"

그녀는 재확인하듯 물었다.

"그렇습니다."

이상했다. 보리마군이라면 가둬두기 위해 녹수곡에 가둔 게 아닌가. 그리고 보니 왜 태상궁주는 그를 살려두었을까.

"알아내지 못했다, 이거지?"

"……."

능가연은 실눈을 뜨곤 유사야를 바라봤다.

"하도 자신있게 덤벼들기에 난 그대가 알아온 줄 알았지."

목소리의 억양은 평소와 다름없었지만 이것이 바로 능가연이 화났을 때 무서운 이유다. 화난 줄 모르고 겁없이 덤벼들었다가 큰코다친다.

유사야는 성급했던 자신을 책망했다. 임무를 제대로 수행하지 않아놓고 보자마자 덥석 안아버렸으니.

"상관없어. 빙백신공만 아니면 되니까."

능가연은 어깨를 으쓱했다.

"소비무가 언제지?"

"사흘 남았습니다."

"시간 참 빠르게 지나가네. 이번 비무는 썩 중요하지 않을 거야. 혹시 모르지, 태상궁주라도 행차하신다면 몰라도. 그럴 일은 없겠지만 말이야. 그 늙은이도 어디 가서 죽어버린 거 아닌가 몰라. 그렇다면 빙백신공은 어떻게 되는 거지? 대가 끊어져 버리는 건가?"

능가연은 침상에 몸을 뉘였다. 얇은 천에 가려진 그녀의 윤곽이 보일 듯 말 듯 아슬아슬했다.

"단여랑이 빙백신공을 알게 해선 안 돼. 단우인에게도 넘어가면 안 되고. 만약 그렇게 된다면 방법은 하나밖에 없어. 태상궁주도 죽이고, 그걸 전수받은 녀석도 죽이고. 빙백신공은 세상에서 사라져 버리는 거야."

"……."

"흐음… 그래도 조금 아까운걸? 그냥 둘 중 하나만 살려둘까? 태붕이가 빙백신공을 익힐 수 있는 기회는 줘야 하지 않겠어?"

두툼하고 예쁜 입에서 잔인한 말이 튀어나왔지만 유사야의 표정엔 변화가 없었다.

그의 마음은 이미 빙궁을 떠났다. 능가연과 잠자리를 같이한 그 순간부터 그녀에게 모든 걸 바치기로 스스로 약속했다.

그렇지만 유사야 역시 야망을 모르는 이는 아니었다. 능가연이 북해를 장악하게 된다면 그에게 돌아오는 몫도 상당수 될 테니까.

"빙옥조가 앞으로 사 년 남았어."

천장을 바라보며 중얼거리던 능가연이 유사야를 향해 고개를 돌렸다. 그를 바라보는 뜨거운 욕정의 눈길. 유사야는 남자로서의 본능으로 느낄 수 있었다.

"내 말이 무슨 말인지 알지? 빙백신공을 익혔다고 해도 빙옥조를 찾아야만 진정한 북해의 궁주가 되는 거야."

능가연의 목소리가 나른하게 들려왔다.

'단여랑, 단우인 두 사람 중 하나가 빙백신공을 전수받았다면 죽여주겠소.'

"과연 우리 태붕이가 빙옥조를 찾아낼 수 있을까?"

'태붕이가 찾지 못하면 내가 찾아내겠소. 귀령전 무사들을 모두 풀어서라도.'

"날 사랑해?"

'…물론이오.'

"난 귀령전주를 믿어."

"……."

유사야는 숙이고 있던 고개를 들어 능가연을 바라봤다. 얇은 천으로 몸을 덮은 그녀가 그를 향해 손을 내밀었다.

또다시 시작되는 욕정의 물결.

그는 자기 자신을 절제할 수 없었다. 능가연과 함께 있을 때는 마치 실 끊어진 연처럼 행동했다.

"이리 와."

유사야는 귀신에 홀린 듯 일어나 그녀에게 다가갔다. 능가연은 아주 능숙한 손놀림으로 몸을 덮고 있던 천 조각을 걷어내며 말했다.

"지금 이 순간은 지위를 잊어. 짐승이 될 때는 철저하게 짐승이 되어봐."

       *   *   *

쾅!

머리에서 무언가가 꽝! 하고 터지는 소리.

붉게 충혈된 눈에서는 금방이라도 피가 터져 나올 것만 같았다.

"머리가 살았으면 몸이 안 움직일 리 없잖아? 물은 높은 곳에서 흘러. 상단전만 깨어 있으면 돼. 헤헤헤!"

보리마군의 마지막 말이 아직도 귓가를 맴돌았다.

그 말을 할 때만큼은 그는 정상인이었다. 예전의 정신이 반쯤 빠져나간 보리마군이라 생각할 수 없을 정도로.

효과는 있었다.

의념은 잠재되어 있는 기운까지도 끌어낼 수 있는 힘을 가졌다.

손톱 하나만큼의 기운을 끌어내기 위해 얼마나 많은 시간 동안 정신을 내부로 집중했는지…….

머리만 살아 있어도 좋은 게 아니었다. 잠도 잘 수 없었다. 어렵게 잡아놓은 기운을 놓치기라도 한다면 모든 노력이 수포로 돌아갈 것은 뻔했다.

잠도 잘 수 없고, 신경을 계속 쓰게 되니 현기증이 일어났다. 몸이 정상이었다면 벌써 쓰러져도 백 번은 쓰러졌으리라.

그 노력의 결과가 서서히 나타나기 시작했다.

손톱만 하던 기운이 어느새 손가락만 해지고 지금은 주먹보다 조금 더 커졌다. 그렇게 만들어진 기운이 꿈틀거리며 단여랑의 죽어버린 몸속을 돌아다니고 있다.

자유를 얻은 한 마리 새처럼 기운은 전신 혈맥 곳곳을 누비

며 잠들어 있는, 이미 죽어버린 기능들을 서서히 흔들어가며
깨웠다.

단여랑의 예상과는 반대로 몸은 위에서부터 깨어나기 시
작했다.

콧속으로 차가운 공기가 들어가는 느낌, 입술에 닿은 축축
한 바람. 목젖이 위아래로 움직였다. 코로 들어간 공기가 폐
로 연결되고, 딱딱하게 굳어져 있던 심장이 쿵쿵거리며 작동
하기 시작했다.

오랜만에 들려오는 심장 소리에 단여랑은 비로소 자기 자
신이 살아 있다는 것을 확인할 수 있었다.

뱃속에서 들려오는 꼬르륵 소리. 뭉쳐 있던 다리 근육이 풀
리자 휘청거리며 주저앉고 싶은 마음이 절로 들었다.

발가락이 하나하나 움직이고, 단여랑은 마침내 그 자리에
서 걸음을 옮길 수가 있었다.

그의 걸음은 극히 조심스러웠다. 태어나서 처음 걸음마를
할 때의 느낌이 아마도 이러하지 않을까.

보리마군은 무공 말고도 또 하나를 가르침을 줬다. 단여랑
자신을 다시 태어나게 만들었다는 점.

몸을 이리저리 움직이던 단여랑은 보리가 그림을 그려놓
은 곳으로 가서 바닥에 얼굴을 들이밀었다.

한참이나 그림을 들여다본 단여랑은 계속 고개를 갸웃거
렸다.

“아무리 봐도 이해할 수가 없어. 무슨 이런 심법이 다 있지?”

말은 그렇게 하고 있지만 의념은 그림을 따라 운기를 하고 있었다.

‘……?’

단여랑은 자신도 모르게 일어난 운기에 깜짝 놀랐지만 곧 침착함을 유지하며 마음을 따랐다.

그가 항상 입으로 중얼거리던 마음이 일면 몸이 인다는 말을 몸소 체험하고 있는 중이었다.

그림대로의 운공은 반 시진이 조금 더 걸렸다.

“이… 상하다…….”

이상했다. 일주천(一周天)밖에 하지 않았는데 보통 운기조식을 할 때의 몇 배에 달하는 기운이 몸 안에 꿈틀대는 것을 느꼈다.

“뭐야, 이런 심법은?”

터진 봇물처럼 솟아오르는 기운. 활개 치는 기운 때문에 단여랑은 숨 쉬는 것조차 버거웠다. 하지만 몸은 날아갈 듯 가뿐했다.

“보리마군, 좋은 걸 가르쳐 줬어. 이런 걸 가르쳐 줘서 고맙긴 한데, 감히 날 패고 도망갔다 이거지? 뒷감당을 어떻게 하려고 그러셨나? 하하!”

단여랑은 양손을 허리춤에 얹고는 크게 웃었다. 오랜만에 찾은 여유는 그의 무거웠던 가슴을 깨끗하게 털어냈다.

그러길 잠시, 단여랑은 눈을 빛내며 처음 들어왔던 녹수곡의 입구 쪽으로 몸을 날렸다.

한 가지 해야 할 것이 있다. 예서하와 보리마군을 찾아서 북해를 벗어나게 해주는 것.

그가 떠난 자리.

예서하는 보리마군이 한쪽에 던져 놓은 백편을 손으로 꽉 쥐었다.

그녀는 보리마군이 다시는 돌아오지 못할 곳으로 영영 떠난 것을 알고 있다. 그것은 단여랑이 나타날 때부터 예정되었던 일이다.

백편을 가슴에 꼭 끌어안은 예서하는 바닥에 쓰여진 보리마군의 마지막 흔적을 바라봤다. 뜨거운 눈물이 조용히 흘렀다.

"아버지……."

그녀의 입에서 처음으로 음성이 새어 나왔다.

＊　　　＊　　　＊

사흘째 내리던 눈이 그치고, 날씨는 혹독하리만큼 추워졌다.

사방이 새하얀 눈으로 뒤덮인 대연무장에 이백여 명의 사람이 모였다. 생김새도, 입고 있는 복장도 모두가 달랐지만 그들에게도 공통점은 있었다.

추위를 전혀 느끼지 않는 듯한 생기 어린 얼굴. 그리고 대연무장 한가운데 놓여진 가로세로 오 장여 길이의 비무대로 향한 시선들.

둥둥둥―!

북소리가 울려 퍼졌다.

사시초(巳時初:아침 10시)부터 시작된 비무는 근 반 시진 만에 막바지에 오르고 있었다.

비무는 특이하게 진행되었다.

비무대의 좁은 공간에서 이십여 명이 한꺼번에 싸움을 시작한다.

생존 경쟁이나 마찬가지다. 합공을 가해도, 일 대 일로 싸우더라도 끝까지 살아남는 자가 비무의 승자가 된다. 공간을 효율적으로 사용하는 자만이 비무에서 끝까지 살아남을 기회를 더 많이 가지게 되는 것은 불문가지.

어느덧 스무 명이나 올라가 꽉 차 보였던 비무대에 이제 다섯 명밖에 남지 않았다.

둥둥둥!

북소리는 점점 커져 갔지만 관중들의 입에서는 작은 함성조차도 새어 나오지 않았다. 처음부터 그랬다. 지켜보는 입장

에서는 비무를 즐기기보단 어떠한 방법으로 싸움을 펼치는
가가 관건이었다.

빙궁 사람들의 너무도 냉정한 일면이었다.

쉬이익—!

한풍이 몰아쳤다.

인위적으로 만들어낸 바람은 곧장 일직선으로 쏘아져 들
어갔다.

촤라락!

시퍼런 한광을 머금은 검기가 곳곳에서 난무했다.

보기만 해도 뼛속까지 시리는 한기는 근방 삼 장여까지 접
근을 불가케 했다.

터억!

"……."

두백(竇栢)은 긴장을 놓을 수가 없었다. 두 발을 짚고 비무
대에 서 있는 무인은 더 이상 없었다.

멀쩡한 사람은 두백 혼자. 한 명을 상대로 스무 명이 넘
는 무인이 고전을 면치 못하고 있었다. 두백 자신도 적설원
에서는 손꼽히는 무인이지만 이번 싸움은 너무나 힘들었
다.

한풍을 쏘아내며 웃음을 던지는 단태붕이 감정 하나 없는
악마처럼 보였다.

애당초 비무라는 개념은 없었다. 싸우다 죽으면 그만. 빙궁은 인재를 키워내는 데 너무도 냉정했다.

'처음부터 상대가 되지 않는 싸움.'

별 볼일 없는 작은 비무라고 하지만 두백에게는 분명 목숨이 걸려 있는 대결이었다. 그와 반대로 비무대 밖에서 그들의 싸움을 지켜보는 좌중들의 표정은 신기한 구경이라도 하는 듯 한껏 들떠 있었다.

두백이 이질적인 감정을 느낄 새도 없이 악마는 뚜벅뚜벅 그를 향해 다가왔다.

스릉!

단태붕의 옆구리에 차인 검이 서슬 퍼런 한광을 토해냈다.

두백은 저도 모르게 두어 걸음 뒤로 물러섰다. 단태붕은 그 자체만으로도 위압감을 주기에 충분했다.

이 정도면 그만 싸워도 되지 않나. 고개를 돌려 빙령전주를 바라본 두백은 의아함을 떨치지 못했다. 이쯤에서 비무를 멈춰야 하는 빙령전주의 표정에선 아무런 생각도 읽을 수가 없었다.

처음부터 비무의 예(禮) 따위는 필요없었던 것을.

파앗!

"……!"

단태붕이 오 장 거리를 단숨에 좁힌 것은 정말 눈 깜짝할 새였다. 한데 그게 다가 아니었다.

쉭!

눈앞에 불똥이 번쩍인다 싶었다. 두백은 본능적으로 두 손을 들어 막으며 뒤로 물러섰다.

철컥!

빛이 번쩍이는 순간, 단태붕의 검은 다시 검집으로 들어갔다.

'빠르다!'

두백의 두 눈이 부릅뜨였다.

쾌검(快劍).

한 달 전까지만 해도 단태붕의 실력이 이 정도는 아니었다. 개인적으로 훈련을 받았다고 하더니……. 단태붕의 수련을 맡았던 사람은 귀령전주.

귀령전주의 무공은 유리빙천검(琉璃氷川劍).

쾌검법인 빙하섬검(氷河閃劍)에 설빙수류검을 적절히 가미시킨 검법이 바로 유리빙천검. 단태붕이 두백에게 펼친 검법도 유리빙천검. 그렇다면……?

치이이이……!

뒤늦게 두백의 손에 피어난 흰 연기가 허공으로 증발했다. 두백은 두 눈을 단태붕에게 고정시키려 했지만 가슴께에서 펄럭거리는 옷깃이 그의 시선을 방해했다. 어느새 베어진 것인지 두백은 알지 못했다. 하지만 잠시 후 두백은 유리빙천검의 실체를 두 눈으로 목격할 수 있었다.

빛이 번쩍였던 자리. 단태붕이 검을 휘둘렀던 그 자리.

쩌저적!

공간이 파괴되는 듯했다. 공기가 얼며 아무것도 없는 맨 허공에 선명한 선을 만들어냈다. 마치 장면과 장면이 어긋나는 듯 유리처럼 투명하고 매끄러우면서 굉장히 뾰족한…….

넋을 잃고 바라보던 두백의 동공이 급격하게 팽창되었다.

'안 돼! 설빙수류!'

그가 손을 올려 얼굴을 막을 때였다.

슈악! 투두둑―!

"큭!"

두백의 입에서 답답한 신음이 터져 나왔다.

그의 몸이 순식간에 고슴도치가 되어버렸다. 공간을 그었던 선이 깨어지며 뾰족한 얼음들이 두백의 몸을 향해 날아들었다. 몸에 틀어박힌 건 차디찬 얼음 조각들인데 불에라도 덴 듯 화끈거렸다.

유리빙천검……. 쾌검으로 끝날 줄 알았다면 큰 오산이다. 쾌검은 눈을 현혹시키기 위한 수작일 뿐 그 뒤에 터지는 설빙수류야말로 유리빙천검의 실체다.

두백은 왜 진작에 깨닫지 못했는지 후회할 여력이 없었다. 다행히 요혈은 피했지만 수백 개의 암기에 난타당한 듯 눈앞이 가물가물하고 의식은 흐려져만 갔다.

검병(劍柄:검 자루)을 만지작거리는 단태붕의 모습이 두 눈에 들어왔다. 손속을 멈출 생각이 없는 모양이었다.

다리에 힘이 풀려왔다. 이대로 끝이구나 생각하던 순간, 두백의 앞에 구세주가 나타났다. 잠자코 지켜만 보고 있던 빙령전주였다.

"이제 그만. 두백은 내가 데려간다."

두백은 그 말을 끝으로 의식을 잃었다.

이 년에 한 번씩 치러지는 적설원의 소비무.

삼전, 삼당, 삼각의 주(主)들이 모두 모인 자리에서 적설원은 그동안의 실력을 아낌없이 펼쳐야 한다.

비무에서 지더라도 상관없다. 실력을 평가하기 위해선 한 합이면 족하다. 눈썰미 좋은 사람들은 한눈에 자신의 집단에 어울리는지 그렇지 않은지를 알아본다.

목숨을 걸고 싸운 비무에서 두백은 빙령전주에게 선택을 받았다.

무인들을 고를 수 있는 선택권은 삼전주가 제일 먼저 갖는다. 삼전은 그야말로 북해의 인간 병기를 만들어내는 곳. 그들에게 선택받지 못한 무인들은 자연히 삼각이나 삼당으로 배정받게 된다. 무인들에게 있어 삼전주에게 선택을 받는 것은 크나큰 영광이나 마찬가지였다.

"아직 시작도 하지 않은 것 같은데."

빙령전주의 싸늘한 눈동자가 단태붕에게 향했다.

“인간의 목숨을 파리 목숨처럼 대하는군. 네겐 놀이 상대일지 모르나 엄연한 빙궁의 재산이다.”

“그런 약해 빠진 재산은 없는 편이 나을 듯.”

“…….”

저승사자와는 상대해도 삼전주와는 맞설 엄두도 내지 말라는 소리가 있다. 어느새 말도 낮춰 버린 단태붕의 행동은 매우 도발적이었다.

빙령전주를 대하는 그는 자신감에 차 있었다. 한 달간의 수련이 어느 정도였는지는 몰라도 무언가 믿는 구석이 있기 때문에 이러한 행동을 보이는 것이리라.

“설마 빙령전은 나약한 인간들의 집합소?”

단태붕의 한마디는 좌중에 있는 사람들에게 싸늘함을 안겨줬다. 모두가 빙령전주의 눈치를 보았다. 하지만 의외로 빙령전주는 질책하지 않았다. 대신 그의 눈길은 객석에 앉아 있는 야현에게로 향했다.

야현은 티도 나지 않을 만큼 살며시 고개를 저었다.

“호호호!”

객석 한쪽에서 낭랑한 웃음소리가 터져 나왔다.

그리고 능가연이 일어섰다.

아름다운 자태와 요염한 몸짓은 나이 든 여인의 매력을 더욱 발산했다. 그녀에게는 좌중을 압도시킬 만한 보이지 않는 힘이 있었다.

능가연이 몸을 일으키자 참석했던 세 명의 장로도 따라 일어섰다. 그리고 그녀의 옆에서 호위하던 유사야와 귀령전 무인들 모두가 예를 취했다.

"태붕이의 실력은 나무랄 데가 없이 완벽해. 유리빙천검… 귀령전주의 노고가 크군요."

"마땅히 해야 할 일을 했을 뿐입니다."

유사야가 고개를 숙이며 말했다.

단태붕과 귀령전, 세 장로, 그리고 성검문.

빙궁 내분의 첫 번째 조직이 두각을 나타내는 순간이었다.

능가연은 굳이 숨기려 하지 않았다. 장로들 사이에서도 공공연히 알고 있는 사실을 숨긴다는 건 더 어리석은 일이나 마찬가지였다.

나는 빙궁의 안주인이다. 덤빌 테면 덤벼봐라.

자신감은 하늘을 찔렀고, 그녀에겐 마땅히 그럴 자격이 있었다.

능가연을 추종하는 무리들을 제외한 사람들은 곱지 않은 시선으로 바라볼 수밖에 없었다. 하지만 힘이 없는 이상 반기를 들 생각은 꿈도 꾸지 못했다.

"장차 빙궁을 물려받을 우리 소궁주의 실력이 어떤가요, 오장로님?"

능가연의 물음에 한쪽에 서 있던 추레한 외모의 노파가 말을 받았다.

"여부가 있겠습니까? 큰공자라면 빙궁의 미래를 기대해 볼 만하지요."

만족스러운 미소를 짓던 능가연이 반대편으로 고개를 휙 돌렸다.

"자네는 어떻게 생각하는가? 우인이가 태붕이를 잘 따라와 줄 수 있겠지?"

자극적인 발언.

이곳에 모인 모든 사람들에게 단태붕이 빙궁의 후계자라는 사실을 못박아두기 위한 발언이었다.

침묵이 흘렀다.

능가연의 시선이 닿는 곳에 있던 야현은 천천히 몸을 일으켰다. 하지만 그녀 혼자만이었다. 주위에 머물던 빙령전은 미리 짜기라도 한 듯 움직이지 않았다.

"청출어람(青出於藍)이라 하더니… 몇 년만 지나면 능히 귀령전주의 실력을 넘어서겠군요. 우인이가 미천한 실력으로 잘 따라갈지가 걱정입니다."

반은 진심이고 반은 거짓이었다.

단태붕의 무공이 뛰어나다는 사실은 알고 있었지만 벌써 이 정도의 경지까지 올라서 있을 줄은 상상도 못했다. 어릴 적부터 익히 들어온 후기지수라는 말은 아마도 단태붕에게 해당되는 것이 아닐지.

하지만 그는 그릇이 작고 성품이 모나다. 단우인이 단태붕을 따를 것이라는 것은 거짓말이다.

능가연은 피식 웃었다.

마치 야현의 생각을 모조리 읽고 있는 듯한 얼굴. 비웃음이 확실한 미소인 데도 야현은 표정 하나 바꾸지 않았다.

"우인이도 빙령전주에게서 무공을 전수받았다고 하던데, 워낙 영특한 아이니 금방 익혔겠지?"

능가연의 말속에는 뼈가 들어 있었다. 단우인이 무공에 재능이 없다는 것은 빙궁 사람들이라면 모두가 알고 있는 사실이다.

"자질이 부족합니다. 태붕이 실력의 반의반만 따라가도 여한이 없겠습니다."

"호호! 겸손한 건가, 어리석은 건가?"

"……?"

"월영문의 천무심결(天武心訣) 정도라면 충분히 고수의 반열에 들 수 있다고 보는데? 자네는 날 너무 과소평가하는군."

'어떻게 그걸……?

야현은 마른침을 꿀꺽 삼켰다.

능가연이 언급한 천무심결은 월영문의 무공이다.

천무심결의 은혼공(隱魂功).

혼을 숨기는 마음으로 자신을 잊고 자연과 동화돼라.

극성으로 깨우치면 활법(活法)에 근접할 수 있다 믿어 만든 무공이다. 혼마저 숨긴다는 은혼공은 살수(殺手)들이 익히기에 적합한 무공이다.

그리고 월영문은 살수 문파다.

단시간 내에 웬만한 경지에 오를 수 있는 무공. 그 무공은 단우인에게 전수될 것이다.

"그렇게 평해주시니 감읍할 따름입니다. 빙궁을 위해 튼실한 밑거름이 되어야겠지요."

능가연의 얼굴에 또 한줄기 비소가 스쳤다. 그녀는 거의 종료된 듯 보이는 소비무의 비무대를 둘러보며 툭 던지듯 한마디를 내뱉었다.

"평소에는 얼굴조차 보기 힘드니… 이렇게 모인 것도 오래간만인데, 우인이의 실력을 보는 건 어떻겠나? 아마 이곳에 있는 사람들이라면 모두가 궁금해하지 않을까?"

'여우 같은 년…….'

단태붕이 실력을 보였으니 단우인도 한번 보도록 하자.

돌려 말했지만 능가연의 의도는 분명했다.

가슴에 칼을 품고 있을 만한 실력은 되는지, 아니면 모두의 앞에서 단우인을 철저히 개망신을 시키겠다는 의도였다.

야현이 선택할 수 있는 대처는 두 가지다.

그녀의 의도대로 단우인을 평가시키는 것, 아니면 술수에서 교묘히 빠져나가는 것.

야현은 후자를 택했고, 그렇게 말하려 했다. 그러나 그보다 먼저,

"소생 단우인이 큰어머니를 뵙습니다."

한쪽 구석에 머물렀던 단우인이 앞으로 나서며 능가연을 향해 예를 취했다. 능가연은 예의 그 비웃는 듯한 미소만 지어 보인 채 다른 방향으로 고개를 돌렸다.

"소생, 빙령전주께 무공을 전수받기는 하였으나 실력이 워낙 미천하여 그의 무공을 반의반도 따라가지 못했으니 보여드리기조차 민망스럽습니다."

"평소에 궁금했어. 머리 좋은 사람은 무공을 어떻게 익힐까 하고. 일호에 거주하는 무인들 만여 명의 신상 내력을 꿰뚫고 있다고 하던데, 과연 무공 면에서는 어때?"

"우둔하지 않은 머리를 가진 대신 둔한 몸을 타고났습니다. 제 팔자엔 무(武)와는 연이 없는 것 같습니다. 지도자의 오른편에 앉아 그가 세상을 내려다보는 데 조금이라도 도움을 주는 인생이 적합할 듯합니다."

"호호호! 자네는 좋겠어. 영특한 아들이 있어서."

능가연은 야현을 보며 웃었다.

"머리가 좋아서 주제 파악은 똑 소리 나게 하는군. 그래 봤자 머리 굴리는 소리는 다 들리지만 말이야."

아직까지도 비무대 위에 있던 단태붕이 큰 목소리로 말했다. 단태붕은 싸늘한 주위의 시선은 전혀 아랑곳하지 않았다. 그에게 있어 빙궁 사람들은 직위에 따른 부수적인 존재일 뿐이었다.

“넌 북해에서 태어난 이상 무인에서 벗어날 수 없어. 말로만 지껄이지 말고 한번 올라와 봐. 실력 좀 보자.”

어느새 곁으로 돌아온 빙령전주가 앞으로 나서려 하자 야현이 그의 팔을 잡아당겼다.

“경거망동하지 마!”

야현의 재빠른 전음(傳音)이 빙령전주의 고막을 파고들었다.

단우인은 능가연에게서 시선을 거두곤 단태붕을 지그시 바라봤다.

최선의 방법은 현 상황을 회피하는 것. 하지만 피할 구멍은 찾을 수가 없었다. 그냥 한 대 맞아주고 끝내는 것은 쉽다. 그러나 단태붕의 성격상 한 대만 때리고 그만 멈출까?

자존심을 다 버렸다고 생각했는데 아직은 아닌가 보다. 단우인도 혈기가 왕성한 나이임을 속일 순 없었다.

단우인이 결정을 내리려 고민할 때였다.

“뭐야? 다들 어디 갔나 했더니 여기 모여 있었네?”

좌중의 고개가 소리가 난 곳으로 동시에 돌아갔다.

그곳엔 단여랑이 있었다.

2

얼굴에서 웃음을 지우지 않던 능가연의 표정이 굳어졌다.

능가연의 조롱에도 흔들리지 않던 야현의 속눈썹이 파르르 떨렸다.

단태붕의 비소도 뚝 멈췄고, 단우인의 얼굴에 어두운 그림자가 드리워졌다. 장로들도, 제각기 뭉쳐 있던 삼전 무인들의 행동도 일시에 멈춰졌다.

대연무장의 활기찬 분위기가 싸늘하게 가라앉았다. 화기애애한 곳에 찬물을 확 끼얹은 것 같았다.

단여랑이 나타난 그 짧은 순간이 억겁의 시간처럼 길게만 느껴졌다.

모두가 단여랑의 존재를 잊고 있었다. 마음 한구석에는 항상 경계를 하면서도 보이지 않으니 생각도 하지 않았다.

계륵. 불청객.

그를 반기는 사람은 아무도 없었다. 간단한 안부 인사조차 건네는 이가 없었다. 모두가 얼굴에 그대로 나타난 황당함을 감추지 않았다.

단여랑은 그저 어깨만 으쓱거렸다.

하루 이틀도 아니고 무려 사 년간의 무시 속에서 그에게는 이런 반응이 일상으로 다가왔다.

모두가 굳어져 있을 때, 뒤늦게 몸을 일으킨 사람은 다름 아닌 유령전주 막부동이었다.

단여랑은 터벅거리며 막부동에게 다가갔다. 사람들의 시선도 단여랑을 따라 움직였다.

"전주, 나에게 할 말이 많아. 그렇지?"

“…….”

“난 전주에게 궁금한 게 아주 많고. 예상하고 있었지?”

“…….”

막부동은 꿀 먹은 벙어리처럼 입도 뻥긋하지 않았다. 대신 굵은 눈썹이 경련이 일어나듯 떨리기 시작했다.

“뭐야, 그 울 것 같은 표정은? 너무 반가워하지 말라고. 아무리 보고 싶었다고 해도 그렇지 그렇게 감격할 필요까지야. 하하!”

단여랑의 농에 평소 같으면 대꾸라도 할 막부동이었지만 오늘은 유난히도 굳어진 얼굴이 풀리지 않았다.

솔직히 단여랑의 등장에 가장 큰 충격을 받은 사람은 그였다. 홍 노인에게 보냈을 때는 빨리 올 것이라 예상했지만 보리마군은 달랐다. 기간은 한 달로 잡았지만 시일이 더 오래 걸릴 것이라 생각했다.

그런데 단여랑이 녹수곡에서 나왔다. 그렇다는 말은…

‘널 위해 한 달을 사신 분…….’

깊은 한숨이 새어 나왔다.

“우리 나중에 심도있는 이야기 좀 나눠보자고.”

단여랑은 알 듯 모를 듯한 눈빛을 던진 채 고개를 돌렸다.

그는 한 치의 망설임도 없이 두 부인이 서 있는 곳으로 걸어갔다.

“두 분, 그간 별고 없으셨는지……?”

능가연과 야현의 미간이 동시에 좁아졌다. 단여랑은 고개조차 숙이지 않았다.

굳어져 있는 분위기를 깬 것은 단여랑의 인사를 받은 능가연이었다.

"오랜만이구나. 같은 빙궁 안에 살면서 얼굴 마주하기가 힘들었는데 몰라보게 성장했군."

"세월에 이길 수는 없죠. 외향은 달라졌으되 내면은 아직도 그대로입니다."

"훗! 마음의 앙금이 아직 남아 있다는 말처럼 들리는군."

"뭐, 좋으실 대로 해석하시길."

능가연은 두 눈을 가늘게 좁혔다.

사 년이 지났다. 단여랑의 모습도 많이 달라졌다. 하지만 그의 장난스러운 표정 안에 차갑게 가라앉은 눈빛은 예전과 똑같았다.

단여랑의 모친인 자옥련을 빙궁에서 내쫓았으니 따로 반박할 말도 없었다.

"죽도록 후회하게 해줄 거야! 당신들도 편히 죽을 거란 생각은 하지 마!"

처음 단여랑이 빙궁에 들어와 그녀들을 보며 한 말. 콩알만 한 열두 살짜리 아이의 입에서 나온 말이었다.

그 당시엔 너무도 어이가 없어서 대꾸도 못했다. 그저 앞뒤 가리지 못하는 철없는 아이가 내뱉은 말이라 치부했다.

하지만 지금은 상황이 달랐다.

단여랑은 한 사람의 무인으로서의 몫을 할 만큼 성장했고, 가장 위력적인 태상궁주라는 힘을 등 뒤에 업었다. 사 년 전, 단여랑의 포고를 이제는 무시할 수 없었다.

등골이 서늘해짐을 느꼈지만 이를 겉으로 드러낼 능가연이 아니었다. 그녀에게도 막대한 힘이 있으니까.

"열심히 수련을 했다고 들었는데 과연 달라. 그 정도면 삼전 무인은 어렵지 않게 될 수 있겠어."

귀를 쫑긋 세우고 그들의 대화를 유심히 듣던 사람들은 다소 긴장되는 상황 속에서 두 사람을 주시했다.

능가연의 말에는 분명 가시가 있었다.

단여랑의 입장을 배려한다면 절대 뱉어선 안 되는 말을 꺼냈다. 태상궁주가 직접 지목한 소궁주에게 삼전 무인이라니!

그러나 그녀는 내심을 숨길 생각이 없었다.

'넌 절대 궁주가 될 수 없어' 라는 뜻이 내포되어 있는 발언이었다.

득의양양한 미소를 짓던 능가연의 얼굴이 굳어진 것은 단여랑의 입술이 벌어지는 순간이었다.

"글쎄… 태붕 형과 우인이는 어떨지 몰라도 난 삼전으로는 만족 못하죠. 고작 삼전 무인 따위가 되려고 이곳에 있는 건 아니니까."

"감히 예가 어디라고!"

"이런, 몹쓸!"

단여랑의 한마디는 장내에 파장을 불러일으켰다.

가만히 듣고 있던 장로들이 발끈한 것은 당연했다. 태상궁주 바로 아래의 배분인 소궁주라지만 웃어른에 대한 예의를 철저히 지키는 방침은 빙궁에서도 마찬가지였다.

빙령전과 귀령전 무인들에게서는 살기마저 피어올랐다. 북해빙궁의 최고라 칭해 마지않던 삼전 무인들이 언제 이런 수모를 당한 적이 있었던가.

철컥!

새하얀 검신이 태양에 반사되어 번쩍 빛났다.

비무대 위에 있던 단태붕의 손이 반쯤 빠져나온 검 위에 올려졌다. 활활 타오르는 눈빛은 금방이라도 단여랑을 도륙시킬 것만 같았다.

능가연은 손짓 한 번으로 금방이라도 폭발할 듯한 분위기를 잠재웠다.

"내가 생각하는 것보다 무공이 훨씬 뛰어난가 보네? 유령전주는 아닐 테고, 어느 고인에게서 무공을 배웠지?"

능가연은 보리마군이라는 이름이 목구멍까지 올라왔지만 차마 내뱉지 못했다. 그가 죽은 줄 알고 있는 매원지 장로가 바로 곁에 있었기 때문이다.

"일급 기밀이라 말해드릴 수는 없고, 그냥 잔재주 하나 익혔다고만 알아두시죠."

'잔재주? 잔재주가 맞긴 하지. 그깟 무공으로 오만을 떨어?'

능가연은 보리마군이 어떠한 무공을 익혔는지 알고 있었다. 그것을 단여랑이 전수받았다고는 하나 북해무공에는 미치지 못한다는 것 또한 알고 있었다.

"호호호! 태붕이가 복이 많은 건가? 우인이도 그렇고 여랑이도 그렇고, 든든한 밑거름이 둘이나 있으니 정말 다행이지 않아?"

"든든한 밑거름?"

단여랑이 반문하며 고개를 들었다.

눈과 눈이 허공에서 부딪쳤다.

위에서 아래로 깔아보는 듯한 능가연의 도도한 눈빛과 어이없어하는 단여랑의 눈빛.

단여랑은 곧 냉소를 띠며 고개를 저었다. 하지만 마음 한 켠의 쓸쓸한 마음을 모른 척할 수는 없었다.

누가 궁주가 되든 상관은 없다. 아니, 상관이 없다고 생각했다. 자신은 이곳을 떠나겠다고 진작부터 생각해 왔고, 이곳에 들어온 목적도 무공을 배우기 위함이었으니까 또 언제일지는 기약할 수 없지만 모친의 한을 풀어주려고도 했다.

빙궁이 싫다. 자신이 이곳의 피를 이어받았다는 사실이 너무도 싫었다. 그런데 하하! 든든한 밑거름이 되라고?

소궁주로 지목된 사실을 알고 있었기에 인정할 수 없었다. 머리로는 부정해도 막상 타인의 입을 통하여 궁주의 자리에서 알아서 물러나라는 소리를 들으니 별로 기분이 좋지만은 않았다.

한편으론 능가연이 애처로워 보이기도 했다. 빙궁의 안주인으로 들어와서 장남을 낳았는데 생판 남에게 궁주의 자리를 넘겨주려 했으니 그 마음이 오죽했을까.

이런 치졸하고 유치한 방법을 써서라도 그 자리를 되찾고 싶었겠지.

'훗!'

단여랑의 눈빛이 불쌍한 사람 보듯 바뀌자 능가연의 눈동자가 미미하게 흔들렸다.

"그런데 오늘이 무슨 날인가? 아! 소비무가 있는 날이었지?"

그는 화제를 바꾸며 주위를 돌아봤다.

응대해 주는 사람은 없었다.

아직도 화를 삭이지 못했는지 빙령전과 귀령전 무인들의 표정은 차갑기만 했다. 그리고 아직도 비무대 한가운데서 검에 손을 얹은 단태붕. 그와 눈이 마주쳤다.

아무도 눈치 채지 못한 부분이 있었다.

단여랑의 등장과 그의 행동에 주시하고 있었기에 간과할 수밖에 없었던 부분. 오직 단우인만이 느끼고 있던 단태붕의 행동.

단태붕이 할 일이 없어서 비무대 위에 가만히 서 있었을까? 그의 성격대로라면 장내는 뒤집혀도 벌써 수십 번은 뒤집혔을 게다.

삼전주에게조차 반말을 툭툭 던지며 무시하던 단태붕은 유독 단여랑에게만은 촉각을 곤두세웠다.

범은 범을 알아본다고 하지 않았나.

북해검법의 무적이라 불리는 유리빙천검을 연마했지만 단태붕에게는 아직도 단여랑에 대한 껄끄러운 감정이 남아 있었다.

'올라와라. 실력 좀 보자.'

'자신있나? 편 들어줄 사람이 많아서 그러는 건가?'

'싸운 후에도 그 말이 나올 수 있는지 보도록 하지.'

'겁쟁이랑 싸워야 한다는 게 좀 기분 나쁘군.'

눈빛으로 많은 대화가 오갔다.

지난 사 년간의 탐색전은 너무나 길었다. 한번은 붙어봐야 하는 사이고, 아무래도 그 기회가 지금 주어졌다는 사실을 서로가 알고 있는 듯했다.

물러나는 사람이 진다.

단태붕은 검을 잡은 손에 더욱 힘을 줬다.

"하하! 아무래도 제 실력을 제일 궁금해하는 사람은 태붕 형 같군요."

단여랑은 단태붕에게서 시선을 떼지 않은 채 능가연에게

말했다.

능가연은 짧은 순간 많은 사람들을 바라봤다. 세 명의 장로, 귀령전주, 그리고 야현까지도. 고개를 숙이기도, 눈꺼풀을 내리깔기도, 헛기침을 하기도… 그들의 행동은 가지각색이었지만 대답은 하나로 일축되었다.

장소가 준비되었고, 실력을 두 눈으로 목격해 줄 관중도 있으니 비무를 못할 이유는 없었다.

"그렇게 자신하는 잔재주, 견식이라도 하고 싶군."

"죄송해서 어쩝니까? 함부로 보여주기 위해 배운 무공이 아니라서."

"호호! 그런 식으로 피하는 건가?"

"피해요? 그렇게 해석한다면 어쩔 수 없고. 전 단지 태붕 형이 망신당할까 봐 염려가 될 뿐."

"……."

능가연의 얼굴이 심하게 일그러졌다.

"하하하하!"

우렁찬 웃음소리가 비무대 위에서 터졌다.

단태붕의 검은 어느새 검집 밖으로 모두 빠져나왔고, 그의 우람한 체구 주위로 새하얀 김이 뭉게뭉게 피어올랐다.

그에게서 뿜어져 나오는 찌를 듯한 살기는 장내에 모인 사람들이라면 모두가 느낄 정도였다. 아무 말 없이 지켜보던 단우인은 저도 모르게 몸을 부르르 떨었다.

‘싸우고자 하고 있어!’

단태붕은 싸움을 원한다. 말은 저렇게 하지만 단여랑도 싸움을 원하고 있다.

단여랑의 언행은 단태붕을 자극시켰고, 일부러 그러는 것이라는 걸 단우인은 직감했다.

‘먼저 달려들길 원하는 것인가? 단태붕이 먼저 움직인다면… 안 돼! 단여랑은 분명 실력을 숨기려 할 거야!’

빙령전주가 비무의 종료를 일찍이 알리지 않은 이유는 단태붕의 실력을 보기 위함이었다. 그리고 예상했던 대로 단태붕은 그가 가진 무공을 마음껏 펼쳐 냈다. 적이 두 눈을 동그랗게 뜨고 있는 데도 본실력을 모두 드러내다니……. 그만큼 자신감이 있다는 소리일 게다.

하지만 이제 중요한 것은 단여랑이다. 단태붕은 단여랑의 의도에 넘어가선 안 된다. 실력이 단태붕보다 위라면 단여랑은 분명 그 정도의 수준까지만 실력을 보일 게다. 그래서는 정확한 판단이 불가능해진다.

‘제발 넘어가지 마라, 단태붕. 제발…….’

단우인의 바람은 이번에도 빗나갔다.

단여랑이 말했다.

“검은 왜 뽑았나? 하하! 무라도 벨 생각이야?”

“이 새끼!”

타앗!

단태붕은 더 이상 참지 못했다. 그는 섬전과 같은 속도로 단여랑을 향해 쇄도해 갔다.

"……!"

모두의 시선이 단태붕의 신형을 좇기에 바빴다.

'단순하긴!'

단여랑의 눈빛이 반짝거리는 순간 단태붕의 검이 허공을 갈랐다.

쉬이익―!

거침없는 빠르기. 범인들의 안력으로는 감히 구분조차 할 수 없는 동작.

칠 장에 달하는 거리를 눈 깜짝할 새에 면전까지 좁히기에는 웬만한 신법만으론 통하지 않는다.

쒜에엑―!

단태붕의 무위는 놀라울 정도로 발전했다. 자신감을 입증이라도 하듯 그의 몸은 시위를 벗어난 화살처럼 쾌속하게 질주해 나갔다.

그의 신형이 흐릿해지는 순간, 하얀 빛 무리가 터져 나왔다.

'엄청난 쾌검!'

단여랑의 두 눈이 번쩍였다.

상대가 쾌공을 사용할 때 그의 움직임을 포착할 수 있는 눈을 가졌다는 것은 크나큰 행운 중의 하나라 할 수 있다. 아니,

웃기는 소리다.

움직임을 눈으로 포착해 중추신경에 전해져 뇌에서 명령을 내리는 그 짧은 시간.

빛보다 빠른 쾌검을 막을 수 있는가?

천만에! 개나 물어갈 소리.

감각. 본능에 충실한 감각이다.

'위험!'

댕! 댕! 댕!

머릿속에 경종이 울렸다.

단태붕의 검에는 진득한 살기가 고스란히 담겼다. 피하지 않으면 두 동강이 나버린다.

그때였다, 내부 깊숙한 곳에 잠들어 있던 태음양화가 꿈틀거린 것은.

온몸이 뜨거워진다. 곧 터져 버릴 용암이 분출구를 찾는 듯하다. 폭발할 것만 같다.

따다다당!

단전에서 샘솟은 기운이 머리로 치고 올라가 백회를 두들겨 댔다.

쉬잉—!

섬뜩한 파공성이 고막을 자극했다.

행동은 생각보다 빨랐다. 단여랑은 재빨리 우측으로 몸을 비틀었다.

스슥!

검날에 잘린 머리카락이 나풀거리며 떨어져 내렸다.

아슬아슬하게 검을 피했지만 단태붕의 입가엔 조소가 매달렸다.

'쾌검! 귀령전주… 유리빙천검!'

쩌적! 쩌저적!

단여랑의 예상이 맞았다.

두백이 느꼈던 그것. 공기가 찢어지는 소리와 함께 공간이 분열되고 있었다.

설마 이 정도일 줄이야.

진심이었다. 무공에 대한 자신감이 남다르다 여겼지만 이제는 그 생각을 바꾸어야 할 때다.

'빙멸혼!'

땅바닥에 음각되어 있던 빙멸혼이라는 세 글자가 뇌리에 스쳤다.

외기 발사. 태음양화라면 가능하겠지만 아직 그 정도는 아니다.

'도박이야. 어쩔 수 없어.'

양손에 진기를 주입시켰다.

다르다. 일반적인 북해무공은 진기를 특정 부위에 주입하는 순간 연기가 피어오른다.

단여랑의 손은 연기 대신 얼음장처럼 차디차게 굳어갔다.

태음양화의 진기를 의식적으로 전신 혈맥으로 보냈고, 소주천 각 혈은 또다시 네 방향으로 나뉘어진다. 보리마군에게 일격당했을 때의 그 느낌을 그대로 단태붕의 몸에 닿을 수만 있다면…….

파앙! 파아앙!

깨어진 얼음 조각들은 육신을 난자해 버릴 듯 폭풍과도 같은 기세로 몰아쳤다.

타앗—!

단여랑은 두 발로 있는 힘껏 땅을 디뎠다.

"어엇!"

좌중에서 놀란 함성이 튀어나왔다. 쏘아지는 얼음 조각을 향해 뛰어드는 행동은 자살 행위와도 같았다.

단여랑의 움직임을 보고 있던 단태붕의 동공이 급격하게 커졌다.

꽈아아아앙—!

장내는 쥐 죽은 듯 조용해졌다.

이백여 쌍의 눈동자는 한곳에 머물러 움직이지 않았다.

너무도 순식간에 벌어진 일. 대연무장을 뒤흔든 엄청난 폭발음. 그곳엔 하얀 연기만이 뭉게뭉게 피어올랐다.

입을 여는 사람은 없었다. 단여랑의 돌발적인 행동에 그 누구도 싸움의 승패를 알아내지 못했다. 표면적으로 봤을 때 단태붕이 우위를 점했고, 단여랑은 말 그대로 아무것도 하지 못한 불리한 입장이었다.

'누구지? 단여랑? 아니야. 단태붕이 이겼어!'

단우인은 두 눈을 가늘게 좁혔다. 아마 모두가 똑같은 생각을 하고 있으리라.

치이이―!

무언가가 타는 듯한 음향. 하지만 냄새가 없다.

연무장 한가운데를 뒤덮어 버린 연기 속에서 누군가가 뒤로 주르르 밀려 나왔다.

단태붕이었다.

단여랑은 정면 충돌을 택한 모양이다. 그 힘에 못 이겨 뒤로 튕겨져 나온 단태붕은 이 장이나 밀려난 후 우뚝 멈췄다. 두 다리로는 굳건하게 땅을 디뎠는데 다친 곳은 없어 보였다. 폭발할 때 충격이라도 받아야 정상이건만 그는 너무나도 멀쩡한 상태였다.

그렇다면 단여랑은……?

모두의 시선은 단태붕에게서 단여랑에게로 옮겨졌다. 아니, 정확하게 말하면 아직도 사그라지지 않은 자욱한 연기 속이었다.

시간이 지나고 뿌연 연기가 조금씩 사라질 때쯤 단여랑의 모습이 흐릿하게 보이기 시작했다.

"아!"

냉화각 여인들 사이에서 짧은 비명이 흘러나왔다.

심장을 보호하듯 양팔로 가슴과 복부를 감싼 단여랑.

비명이 터질 만도 했다. 모두가 폭발하기 전 상황을 두 눈으로 똑똑히 목격했으니까.

그의 상태는 위중했다.

몸은 군데군데 혈흔으로 얼룩졌다. 질긴 가죽옷이 북북 찢기고 파여졌다. 암기와 맞먹는 수백여 개의 얼음이 몸으로 파고들었으니 당연한 것일지도. 위태위태하게 서 있는 모습이 용할 정도였다.

'누가 이겼……. 설마 단여랑!'

단우인은 마냥 평온한 신색을 유지하지 못했다.

반면 단여랑의 목 위 부분은 아무런 상처도 없었다. 이상한 일이다. 무기에는 눈이 달려 있지 않다. 얼음 조각이 단여랑의 얼굴 부분만은 알아서 피해갔을까? 말도 안 되는 소리.

눈썰미가 예리한 사람이라면 한눈에 이상한 점을 알아봤을 것이다. 단태붕은 그런 면에서 모자랐다. 승기를 거머쥐고 있을 때엔 그 누구라도 방심하게 된다.

쉬싱―!

진기를 머금지 않은 검날은 허공을 한 번 휘젓고는 검집으로 모습을 감췄다.

단태붕은 단여랑을 죽이지 못한 게 못내 아쉬웠지만 이 정도만으로도 충분히 만족스러웠다. 그동안 단여랑을 대하며 쌓여 있던 께름칙함이 일시에 썰물처럼 밀려 나갔다.

단태붕은 입가에 미소를 지었다.

"흥! 입만 살아 있는 놈. 감히 그따위 실력으로 날……?"

상체가 기우뚱했다.

"어?!"

가까스로 중심을 잡아 앞으로 고꾸라지는 볼썽사나운 모습은 면했지만 단태붕의 놀람은 그것으로 끝이 아니었다.

자기 자신의 몸은 스스로가 가장 잘 안다고 한다.

단태붕의 얼굴이 급속도로 하얗게 탈색되었다.

하반신이 말을 듣지 않는다. 마비라도 된 듯 전혀 움직여지지 않았다.

'뭐, 뭐야? 뭐야?!'

폭발의 여파인가?

아니다. 진기를 최고로 끌어내어 펼친 유리빙천검은 제 몫을 다했다. 단여랑이 달려드는 순간, 단태붕은 짐짓 놀랐지만 회심의 미소를 짓는 걸 잊지 않았다.

그리고 거대한 폭발음.

'……!'

기억이 난다. 폭발 직전에 충돌이 있었다.

허리를 낮게 수그린 단여랑의 손이 단태붕의 허벅지를 밀쳐 냈다. 그리고 뒤로 주르륵.

'설마!'

이해할 수 없다. 단여랑의 손속은 위력적이지 못했다.

그렇다면 무엇인가.

숙여진 고개를 드는 단여랑의 얼굴을 본 단태붕은 간담이 서늘해짐을 느꼈다. 한쪽 입꼬리가 슬슬 말려 올라가고 있는 얼굴…….

사람들은 곧 이상한 낌새를 눈치 챘다.

"이, 이놈! 무슨 짓을 한 거냐?!"

단여랑은 대답 대신 두 팔을 열며 몸을 가볍게 흔들었다.

투두둑!

산산이 부서진 얼음 조각이 가루가 되어 떨어져 내렸다.

두 눈은 활활 타올랐고 입가엔 아직도 미소가 머금어져 있었다. 하지만 이마에 송골송골 맺힌 땀방울.

유리빙천검의 위력은 가공할 정도로 대단했다.

무작정 달려든 것은 아니었다. 전신을 향해 쏟아지는 유리빙천검을 태음양화가 받아냈다. 두 손에 담겨진 진기는 단태붕의 허벅지를 정확히 가격한 보리마군이 말한 빙멸혼. 무슨 무공인지는 정확히 알 수 없다. 그것은 도박이었다.

그리고 도박은 성공적으로 보였다. 단태붕은 단여랑이 그랬던 것처럼 하반신이 마비된 채 꼼짝을 하지 못하고 있으니 성공한 셈 아닌가.

얼굴은 일그러지고 있지만 승리의 미소는 멈추지 않았다. 갑자기 일으킨 진기. 폭발의 여파는 단여랑에게 더욱 큰 타격이었다.

곧 쓰러질 것 같은 몸을 간신히 지탱하고 있을 때 누군가가 벌떡 일어서며 외쳤다.

"비, 빙백신공!"

"……!"

"뭣!"

'빙백신공?!'

느긋하게 앉아 비무를 관람하려고 했던 능가연은 엉덩이를 의자에 붙이기가 무섭게 벌떡 일어났다.

세 장로는 서로를 바라봤다. 야현과 단우인은 흠칫 놀랐다. 삼전, 삼각, 삼당 무인들의 얼굴에는 불신이 스쳤다.

능가연은 장내를 둘러봤다.

잘못 듣지 않았다면 누군가가 분명 빙백신공이라고 했다. 허투루 내뱉은 말은 아니리라. 수뇌부가 모인 자리에서 말을 한마디라도 잘못 놀리면 어떻게 되는지 잘 알고 있는 자들이지 않은가.

휙!

능가연은 눈 깜짝할 새 비무대 위에 올라가 있었다. 아무도 그녀의 기가 막힌 신법에 주력할 틈이 없었다.

그녀의 희고 가느다란 손이 단태붕의 다리를 만졌다.

'차다!'

능가연은 깜짝 놀랐다.

사람의 몸이 이렇게 차가워질 수 있는가? 이십 장 지하에 묻혀 있는 얼음 덩어리도 이보다는 나을 듯싶었다.

그녀는 빠른 손놀림으로 단태붕의 복부 기혈(氣穴)을 세게 짓눌렀다. 기혈을 누르게 되면 허리에 경련이 일어나는 것은 당연지사. 하지만,

"⋯⋯?"

능가연은 천천히 고개를 들어 단태붕의 표정을 살폈다. 단태붕의 고개가 좌우로 저어졌다.

아무런 감각이 없다?

'이게 무슨 무공이지?'

단여랑은 보리마군에게 무공을 전수받았다고 하지 않았나? 보리마군이 이런 무공을 지니고 있었단 말인가? 믿을 수 없었다.

'이건⋯ 빙공이야!'

빙공이다. 육신을 차갑게 만들 수 있는 무공은 오로지 빙공.

그녀는 오래 생각하지 않았다. 당황하는 모습을 겉으로 표현하기에는 보는 눈이 너무나도 많았기에 그냥 아무런 일도 없었던 듯 자리에서 일어섰다. 뒤늦게 달려온 귀령전주가 단태붕의 다리를 만지려 했다.

"만지지 마!"

빽 지른 고함 소리가 장내를 울렸다.

크게 들이마시는 숨은 그녀가 얼마나 격해 있는가를 여실히 증명해 주었다.

능가연은 단여랑에게 고개조차 돌리지 않은 채 좌중을 보며 외쳤다.

"누구냐, 방금 빙백신공을 함부로 입에 담은 자가?!"

"……."

앞으로 나서는 이는 없었다.

지금 나선다면 목숨을 부지하기 어려울 터. 하지만 그들도 똑똑히 들었다, 빙백신공이라는 단어를. 게다가 그들이 알고 있는 빙백신공은 오로지 궁주에게만 전수된다는 것을.

좀처럼 변하지 않던 능가연의 얼굴이 점점 빨갛게 물들어 갔다.

이곳에 모인 사람들 중에 빙백신공의 위력을 알고 있는 사람은 과연 몇 명이나 될까. 능가연 역시 알지 못했다.

그녀가 흥분한 이유.

누군가가 빙백신공을 알아보았기 때문에?

아니다. 단여랑이 그 무공을 익혔다는 것 자체가 믿을 수 없었기 때문이다.

'잘못 본 거야, 분명.'

그녀는 끓어오르는 분기를 안으로 삭이고 삭이고 또 삭였다.

단여랑에게 직접 확인해 볼 필요도 없었다. 확인하고 싶지도 않았다. 인정하기 싫으니까.

분위기는 싸늘하게 가라앉았다.

빙백신공이라는 단어가 튀어나왔다는 것은 모두를 놀라게 할 만큼 비중있는 것이었다.

하나 아무도, 그 누구의 놀람도 단여랑이 받은 충격에는 견줄 수가 없었다.

'이럴… 수가!'

단여랑은 자신의 두 귀를 의심했다.

빙백신공이라고?

빙멸혼이 그런 뜻이었던가? 보리마군이 전수한 무공이 빙백신공이었단 말인가?

의심을 하긴 했다. 보리마군이 북해무공을 알고 있다는 사실이 의아하기도 했다. 그런데 빙백신공이라니……

그토록 배우길 바라 마지않던 빙백신공을 보리마군을 통해 알게 되다니. 왜 직접 태상궁주가 알려주지 않았는가. 그 누구의 눈이 두려워서 나타나지 않고 있느냔 말이다.

빙백신공.

일인비전, 오로지 궁주만이 알고 있으며 다음 궁주에게 넘어간다. 그 외의 인물이 알아서는 안 된다.

'가만, 그렇다면 보리는……?'

심장이 빠르게 뛰었다. 아니라고, 머릿속은 아니라고 부정했지만 불길한 예감은 이미 희망을 소멸시키고 있었다.

그때 움직인 사람은 막부동이었다. 모두의 의심에 종지부를 찍는 역할을 그가 맡게 될 줄은 아무도 몰랐다.

그는 서 있던 자리에서 앞으로 두 발자국을 나왔다.

"대부인께서 왜 그리 흥분하시는지 이유를 알 수가 없군요."

"이유라니? 빙궁의 최고 무공을 함부로 입에 담는 자가 있는데 흥분하지 않을 이유가 있소?"

"빙백신공을 보신 적이 있습니까?"

"흥! 그렇다면 유령전주는 본 적이 있다는 말이오?"

"저도 물론 본 적은 없습니다. 하지만 여기 있는 많은 사람 중에 그것을 알고 있는 사람은 당연히 있겠지요."

"말도 안 되는 일이오. 아직 빙옥조가 시작도 하지 않았는데 빙백신공이라니! 그것도 단여랑, 저 새파란 녀석이……."

"그가 빙백신공을 익히면 안 되는 이유라도 있습니까?"

"……!"

능가연은 말문이 턱 막혔다.

"말씀해 보시지요. 그가 빙백신공을 익혀선 안 되는 이유가 무엇입니까?"

막부동의 눈매가 더욱 가늘어졌다. 원체 표정이 없는 얼굴이었지만 다른 때보다 사뭇 진지했다. 평소 같으면 대부인의 면전 앞에서 행할 수 없는 행동이었다.

능가연의 아랫입술이 부르르 떨리고 있었다.

“안 될 이유가 있습니까? 단여랑은 태상궁주께서 직접 정한 빙궁의 후계자.”

“그만! 그만 해! 태상궁주께서 잠적하신 지 오래인데 빙백신공이라니……! 당신 따위가 감히 날 상대로 농락을……!”

능가연은 뒷말을 잇지 못했다.

갑자기 좌중이 술렁이며 장내가 어수선해졌다.

‘뭐, 뭐지?’

능가연은 빠르게 주위를 살폈다.

그녀의 근처에 있던 자들이 들이마시는 숨소리가 너무도 크게 들려왔다. 삼전, 삼각, 삼당의 무인들은 물론 한쪽에 자리했던 장로들과 야현, 단우인의 얼굴이 딱딱하게 굳었다. 옆에 서 있던 귀령전주 역시 놀라 호목(虎目)을 부릅떴다.

소란은 잠시였다.

앉아 있던 사람들이 최면이라도 걸린 듯 스르르 일어섰다.

모두가 자세를 가다듬었다.

그리고 마침내 대연무장에 모인 백여 명의 사람들이 한곳을 향해 동시에 허리를 깊게 숙였다. 그들이 절을 하는 방향을 따라 시선을 옮기던 능가연은 심장이 멈추는 듯했다.

“…….”

사위가 조용해졌다.

언제 나타난 것인가?

눈치 채지도 못하는 사이, 비어 있던 상석 위에 두 사람이 올라섰다.

백발이 성성한 노인 두 명.

오른편에는 일장로 묵야흔(默惹昕)이, 왼쪽에는 사장로 도감태(到嵌太)가 위풍당당한 모습으로 서 있었다.

모두가 놀란 이유는 그 둘의 등장 때문이 아니었다.

북해빙궁의 불문율(不文律).

어느 때건 상석 위에는 아무도 올라설 수가 없다. 그 자리는 오직 한 사람을 위한 자리다.

궁주.

궁주 대신 나타나야 할 태상궁주.

하나 그는 없었다. 대신 두 노인이 그곳에 올랐다. 이는 다른 걸 의미하기도 한다. 태상궁주가 참석을 하지 못할 때, 그들이 그의 전언을 받았을 때만 가능하다.

상석에 오를 수 있는 자격을 갖춘 자가 말단 무인이라도 예를 취해야 한다. 그가 바로 태상궁주를 대변하기 위해 나타난 사람이니까.

두 노인의 등장은 순식간에 좌중을 압도시켰다. 북해도 위에 거대한 산이 떡하니 버티고 있는 듯했다.

능가연은 자신의 실책을 깨닫곤 재빨리 허리를 숙였다.

당당함이 하늘을 치솟던 그녀도 태상궁주의 전언 앞에서는 꼬리 만 강아지가 될 수밖에 없었다.

저들이 왜 나타났을까?

고개를 숙여 가려진 그녀의 얼굴은 의아함으로 가득했다. 왠지 모를 불안감이 전신에 엄습했다.

다리가 굳어버린 단태붕도 가까스로 허리를 숙였다.

오로지 한 사람, 단여랑만이 허리를 꼿꼿이 세운 채 두 노인을 응시했다.

두 노인 중 특히 일장로 묵야흔의 풍채는 대단했다. 그는 항상 태상궁주의 곁을 맴돌기에 태상궁주가 잠적한 현재, 그도 자주 모습을 드러내지 않았다.

먼발치에서 몇 번 보았을 뿐, 이토록 가까운 곳에서 본 것은 실로 오랜만이었다.

태음양화를 익히기 전엔 몰랐던 기운이 그에게서 보이기 시작했다.

말로 형용할 수 없을 정도로 묵야흔은 거대했다. 홍자경도 커 보였고, 보리마군 역시 감당할 수 없을 정도로 컸지만 그에게는 조족지혈(鳥足之血)로만 보인다.

하지만 저들이 왜 이곳에 지금 나타났는지는 관심도 가지 않았다. 단여랑의 시선은 묵야흔에게 향했지만 머릿속에는 온통 보리마군의 생각으로 가득 차 있었다.

자신이 익힌 무공은 빙백신공이고, 보리마군은 정말 죽은 것일까.

장로 묵야흔이 무어라 중얼거리는 모습이 보인다. 무어라 하는지는 모르겠다. 그저 귓가가 우웅, 하며 울렸다.

그 와중에서도 정확하게 들리는 단어는 있었다. 제발 아니길 바랐지만 그 단어는 정확히 빙백신공이라고 들려왔다.

'보리마군은… 제길!'

곁눈질로 단태붕을 바라보니 낯빛이 창백해지며 두 주먹이 벌벌 떨리는 모습이 보였다.

두 노인이 이곳에 나타난 이유는 곧 밝혀졌다. 그들은 쓸데없는 말을 일언반구 내뱉지 않았다.

묵야혼은 낮고 강한 음성으로 모두의 귀에 똑똑히 들릴 수 있도록 말했다.

"태상궁주께서 이르셨다. 빙옥조는 더 이상 존재치 않는다."

"아!"

"그런 일이!"

여기저기서 탄성이 터져 나왔다.

기쁨의 탄성이 아니라는 것은 세 살짜리 어린아이도 알 수 있으리라.

빙옥조는 북해빙궁의 영물이다.

세상에 딱 한 쌍밖에 존재치 않는다. 불사조(不死鳥)는 아니다.

암컷과 수컷이 교미를 가져 부화한 알에서 태어난 새끼 빙옥조가 만약 암컷이라면 어미는 아무것도 먹지 않다가 종래

에는 죽어버리고 만다. 새끼가 수컷이라면 아비가 죽어버린
다.

그래서 항상 한 쌍만이 존재하게 된다. 인간으로서는 감히
상상도 하기 힘든 근친상간. 짐승이기에, 영물이기에 가능한
일이다.

그것만으로는 영물이라 하기 힘들다.

빙옥조는 어떠한 기후에서도 생존 능력이 뛰어나다. 다만
다른 점이 있다면 깃털의 변화다. 따뜻한 지역에서는 보통 수
리와 분간할 수 없을 정도로 갈색의 깃털을 가진다.

그렇다면 북해에서는?

괜히 빙옥조란 이름이 붙어 있는 것이 아니다. 순백색의 빛
나는 깃털로 변하는 모습. 한 번도 보지 못한 사람들은 상상
조차 할 수 없다.

또 하나.

전설에는 일각수(一角獸:기린)가 한 시대를 풍미할 왕이나
현인을 알아본다고 한다.

북해를 제외한 세인들이 모르는 것이 하나 있으니 그것은
바로 빙옥조 역시 그러한 능력을 타고났다는 것이다.

궁주로 선택받기 위해선 빙옥조의 시험을 받는 것은 불변
의 법칙이나 마찬가지였다.

그런데 빙옥조가 더 이상 존재치 않는다고 한다.

그 의미는 두 가지로 나뉜다.

첫 번째는 말 그대로 빙옥조가 더 이상 이 세상에 없다는 것을 의미한다. 그리고 나머지 하나는 이례상 있을 수 없는 일이지만 태상궁주가 직접 궁주를 지목했다는 의미이기도 하다.

"태상궁주의 말씀을 전한다. 빙궁의 궁주를 확고히 정함이니……."

후자가 맞았다.

여기저기서 숨 들이키는 소리가 들렸다.

느낄 수 있다. 그 어느 때보다도 팽팽한 긴장감이 흐르고 있다는 것을.

난데없이 나타나서 궁주를 정한다니. 톱니바퀴가 맞물리는 것처럼 절묘하게 착착 맞아 들어가는 상황이 아닐 수 없었다.

'안 돼!'

능가연은 아랫입술을 꽉 깨물었다.

묵야혼의 입에서 어떠한 말이 튀어나올지는 듣지 않아도 뻔했다. 두 노인이 나타났을 때의 불안한 기분이 정말 들어맞을 줄이야. 보이진 않지만 야현도 같은 생각을 하고 있으리라.

태상궁주는 알고 있다.

빙궁 자체에 균열이 생기고 있음을 알고 있을 게다. 그렇지 않고서야 지금처럼 쐐기 박듯 전언을 보낼 리가 없다.

묵야흔이 말을 이었다.

"단영찬과 자옥련의 자(子), 빙궁의 세 번째 자(子) 단여랑을 북해빙궁의 제육대 궁주로 추대한다!"

…….

깊은 정적이 맴돌았다.

숨 한 올 흘리는 소리도, 옷깃 스치는 소리도 나지 않았다.

'이런 일이……!'

능가연의 핏기 잃은 얼굴이 단여랑에게 향했다. 그가 익힌 무공이, 보리마군에게 전수받은 무공이 정말 빙백신공이었단 말인가!

'누가 아니라고 제발 말 좀 해봐! 제발!'

입 안에서만 도는 외침이었다. 그런데,

"말도 안 되는 일입니다!"

여인의 날카로운 음성이 연무장을 때렸다.

야현이었다.

묵야흔의 무섭도록 차갑게 가라앉은 시선이 야현에게로 향했다.

"무엇이 말도 안 된다는 것인가?"

"빙옥조가 없어지다니요. 북해빙궁의 전통을 하루아침에 없애는 경우가 어디 있습니까?"

"태상궁주께서 차기 궁주를 직접 지명하셨다. 더 이유가 필요한가?"

“북해의 전통이……”

“전통 역시 인간이 만드는 것일 뿐. 태상궁주의 말씀은 곧 하늘의 말씀. 전통에 연연하는 사람들이 태상궁주의 말씀에 그 누구도 반박하지 못한다는 전통은 잊어버린 겐가?!”

“……”

야현은 더 이상 반박하지 못했다.

냉정함을 잃지 않겠노라 다짐했던 그녀였지만 지금 이 순간만큼은 냉정함을 유지하지 못했다. 금방이라도 울음이 터져 버릴 것 같은 얼굴은 보는 사람마저 안타깝게 했다.

뒤에서 살며시 그녀의 옷깃을 잡아당기는 단우인이 아니었다면 서 있는 것조차 버티지 못했을 그녀였다.

“또 할 말이 있는 자가 있는가!”

호통에 가까운 소리였다.

아무도 입을 벙긋할 수 없게끔 만드는 위력이 담긴 소리.

현 태상궁주는 북해빙궁의 절대적인 신이다. 그가 하는 말은 그 무엇이라도 믿어야 하며 따라야 한다. 그 누구에게도 반박할 권리는 주어지지 않았다.

“계승식은 앞으로 열흘 뒤 이곳 대연무장에서 거행한다. 북해도의 무인들은 한 사람도 빠짐없이 참석할 것. 모두에게 가서 전하라!”

묵야흔은 사람들의 술렁임도 무시하며 몸을 돌렸다. 그때,

“누구 마음대로!”

연무장이 쩌렁 울리는 고함 소리에 모두의 시선이 돌아갔
다.

"누가… 누가 궁주 따위를……."

그곳에는 비틀거리는 단여랑이 가슴을 쥐어짜 내며 말하
고 있었다.

"사람을 죽여놓고… 궁주를 하라고?"

단여랑은 핏발 선 눈으로 주위의 사람들을 하나하나 노려
보았다.

사 년 동안 자신을 무시했던 사람들의 눈빛을 마주했다. 경
멸에 가득 찬 눈빛들. 저런 눈빛을 받으면서까지 궁주가 되고
픈 마음은 추호도 없었다.

보리마군이라는 한 사람의 희생이 이런 결과를 낳았다니.

'보리, 당신은 쓸데없는 짓을 했어.'

사람들을 쏘아보던 단여랑의 시선이 묵야흔에게로 향했
다. 묵야흔은 등을 돌리지 않았다.

"조부한테… 전해. 아무리 당신의 지위가 높아도 날… 마
음대로 어찌할 생각은 …쿨럭! 안 하는 게… 신상에 좋을 거
야."

모두는 할 말을 잃었다.

감히 어느 누가 있어서 태상궁주에게 저런 말을 할 수가 있
는가. 가당치도 않은 소리!

사람들은 묵야흔의 반응을 기대했지만 그는 고개만 돌려

차가운 웃음을 던진 채 걸음을 옮겼다.

단여랑은 심한 현기증을 느꼈다. 심기를 너무도 소모한 탓인가. 가슴 깊은 곳에서 뜨거운 무언가가 솟구쳐 올랐다.

"쿨럭!"

기어이 단여랑의 입에서 검은 핏덩이가 튀어나왔다.

"내 말… 듣고 가… 제기랄……!"

단여랑의 의식은 멀어져만 갔다.

第九章

선택의 기로

1

해가 바뀌어도 달라진 건 없었다. 하늘이 일월의 북해에 내린 선물은 혹독한 추위뿐이었다.

천지가 흰 눈으로 뒤덮였다. 솜처럼 푹신푹신해 보이는 눈송이는 저들끼리 뭉쳐 딱딱한 얼음으로 굳어져 갔다. 평화로워 보이나 알고 보면 빙마라는 공포가 도사리고 있다.

뽀드득뽀드득.

무릎 높이까지 쌓인 눈이 행로를 방해했지만 단설리는 차분하게 걸음을 옮겼다.

"후……!"

뜨거운 입김이 뿜어져 나왔다.

몇 년 만에 돌아온 빙궁엔 온갖 암투와 끊이지 않는 경쟁만이 남아 있었다.

천지가 개벽한다 해도 빙궁만은 바뀌지 않을 줄 알았다. 그러고 보면 빙궁도 역시 사람이 사는 곳인가 보다.

자신도 어찌 보면 세력 다툼의 일원이라고 할 수 있었지만 그녀는 애초에 그런 일엔 관심이 없었다. 하지만 반드시 셋 중에 하나를 선택해야만 한다면, 아마도 단우인 쪽에 서지 않을까 싶다.

끝이 보이지 않을 것 같던 길이 끝나고 그녀의 눈앞에 송림이 펼쳐졌다. 단설리는 망설임없이 안으로 들어섰다.

이곳도 예전과 같았다. 달라진 게 있다면 얼음 조각상이 더욱 많아졌다는 것, 그리고 그 조각들이 더욱 적나라하게 표현되어 있다는 것.

잠시 조각들에 한눈을 팔고 있을 때 둥근 빙옥에서 한 사람이 어기적거리며 걸어나왔다.

“흐아암……?”

기지개를 켜고 하품을 하던 홍자경의 행동이 우뚝 멈췄다.

“많이 늙으셨네요.”

단설리는 웃으며 고개를 숙였다.

“쯧! 보자마자 한다는 소리가……. 누군가 했네. 어여 들어와.”

단설리는 홍자경을 따라 빙옥 안으로 들어갔다.

촤악!

바닥에 뿌린 물이 하얀 연기를 만들어냈다. 신기하게도 마치 불을 땐 것처럼 금방 빙옥 안이 훈훈해졌다.

"놀라운데요? 이런 방법은 또 언제 알아내신 건가요?"

단설리의 눈은 호기심으로 반짝였다.

"날 무시하는 게냐? 이래 봬도 지혜원주야. 뭘들 못하겠어?"

"그래도 이곳은… 냄새나요. 좀 치우고 사시지 그러셔요?"

"시끄럽다. 이것도 나름대로 내 생활 방식이야. 옛다! 대접할 건 없으니 이거나 마셔."

홍자경은 투박해 보이는 찻잔을 단설리에게 건넸다.

"보검(寶劍)도 백정 손에 들리면 그저 소, 돼지나 잡는 칼이 된다고 하더군요. 용정차(龍井茶)를 주시면서 그런 말씀을 하시다니… 이건 엄연히 차에 대한 모독이라고요."

"콩만 한 계집이 입만 살아가지고……. 난 그딴 거 몰라!"

"헤에? 당연히 입이 살아야죠. 저도 명색이 지혜원인데."

"흥! 머리가 살아야지 입이 살면 뭐 해?"

"입이 얼마나 중요한데요. 생각한 바를 전달해 주는 중요한 도구인걸요."

"말로 안 해도 얼마든지 생각을 전달할 수는 있어."

"그건 시간 낭비, 힘 낭비라고요."

"쯧! 한마디도 안 지지."

실로 오랜 조우의 기쁨을 두 사람은 그렇게 표현했다.

엄청난 나이 차. 피 한 방울 섞여 있지 않지만 친혈육보다도 두 사람의 관계는 돈독했다.

단설리가 처음 야현의 손에 이끌려 빙궁으로 왔을 때 그녀를 직접 지혜원에 거둔 이가 바로 홍자경이었다. 오랜 시간을 함께하진 않았지만 둘은 서로 통하는 부분이 많았고, 표정만으로도 상대가 어떠한 생각을 하고 있는지 알 수 있었다.

천천히 차를 음미하던 단설리의 입술이 조그맣게 열렸다.

"빙궁이 참 많이 변했더군요."

그녀의 한마디. 홍자경을 찾아온 목적이며 이유였다. 그리고 그의 생각을 묻고 싶기도 했다.

그녀의 의중을 알아차린 홍자경은 자신의 생각을 한마디로 일축시켰다.

"나와 적이 되고 싶지 않다면 일체 관여하지 마."

이보다 더 확실한 대답이 있을까.

"그게 제 마음대로 되나요, 뭐?"

단설리는 새치름한 표정을 지어 보였다.

홍자경도 알고 있다. 양녀이긴 하지만 단설리는 야현의 딸. 그와는 다른 길을 가고 있다는 것을.

"궁주는……."

단설리는 말을 하려다 말고 입을 닫았다. 앉아서 빙궁을 훤히 내다보고 있는 사람에게 그간의 일을 이야기한다는 것 자체가 우습지 않은가. 어쩌면 빙궁의 대소사를 논하기엔 태상궁주보다 홍자경의 힘이 더 클지도 모른다.

"어떠냐, 그 녀석?"

"네?"

"너와 많이 닮은 녀석이지?"

"피! 제가 어딜 봐서 그런 무뢰배랑 같아요?"

"말본새 하고는……. 너와 비슷하다는 소릴 들으면 그 녀석도 아마 기분 나빠할걸?"

"흥! 영광으로 생각하겠죠."

'나쁜 인간…….'

단설리는 고운 아미를 찡그렸다.

소비무가 있던 당시, 단여랑의 등장에 가장 큰 충격을 받은 사람은 그녀다.

해성폭에서 단여랑을 처음 만났을 때 알아봤어야 했다. 그의 행색이, 설마 그가 삼공자라는 생각은 추호도 하지 못했다.

명백한 실수다. 왜 그랬을까? 그 많고 많은 신분 중에 왜 하필이면 단여랑의 시비라고 속였을까?

그가 속으로 얼마나 웃었을지.

쥐구멍이라도 있다면 숨고 싶었다. 물론 자신의 잘못도 있지만 단여랑에게 놀아났다는 생각을 쉽게 떨칠 수가 없었다.

잠시 동안 침묵이 흘렀다. 홍자경도 단설리도 말이 없었다.

고민한다고 해서 해결될 문제라면 얼마든지 고민하겠다.

단여랑이 차기 궁주로 지목된 이상 아무 문제가 없을 것이라 생각한다면 큰 오산이다. 어쩌면 처절한 난투극이 벌어질지도 모른다. 이유는 단여랑이 너무 어리고 태상궁주 이외의 힘이 없다는 것이다. 게다가 그가 궁주라는 걸 인정하지 않는 사람이 너무 많았다.

'몹쓸 녀석! 그러기에 좀 잘하고 다닐 것이지.'

홍자경은 낮게 한숨을 내쉬었다.

"단태붕은 며칠째 식음 전폐. 우인 오라버니와 어머니는 아직 아무런 움직임이 없지만⋯⋯."

홍자경은 놀라 단설리를 바라봤다.

"곧 사단이 벌어지겠죠."

"너⋯ 지금 네가 하고 있는 말이 어떤 뜻인지나 알고 있는 게냐?"

"⋯⋯."

모르겠다. 누가 옳고 누가 그른가.

그녀가 서 있어야 할 곳은 정녕 어디인가.

"그냥 아무것도 묻지 마세요. 당분간은 제 마음이 하고자 하는 대로 행할 거니까."

“…빙궁의 진정한 계륵은 어쩌면 너일지도 모르겠구나. 위험한 계집 같으니라고.”

“먹이가 앞에 있는 데도 잠자코 있는 범은 반드시 가만히 있는 이유가 있어요. 확실한 기회를 잡기 위한 것이거나, 아니면 그보다 더욱 먹음직스러운 먹이가 있는 것을요. 저는 후자라고 생각해요.”

“빙백신공이 먹음직스럽긴 하겠지.”

“성검문을 우습게보면 안 돼요.”

“월영문이라고 해서 다를 건 없지 않아?”

“월영문은 확실한 기회를 잡기 위해 기다리는 범이라고 해 두죠.”

“영악한 계집. 더 이상 말하지 마라. 귀 더러워지겠다.”

홍자경은 손가락으로 귀를 후벼팠다.

“만약 제가 큰어머니라면… 태상궁주 쪽을 칠 거예요. 단여랑이 사라진다고 해서 태상궁주가 마음을 바꾸느냐? 생각해 보았는데 전혀 답이 나오지 않았어요.”

“옳게 보았다. 태상궁주는 부러질지언정 구부러지지는 않을 테니까.”

“하지만 노쇠하셨다는 점을 감안한다면… 후! 인간은 누구나 변하기 마련이에요.”

“태상궁주가 꽁꽁 숨어버린다면 누구도 찾지 못해.”

“그래 봤자 북해 안이죠. 월영문에는 천무심결이 있어요.”

"뛰는 놈 위에 나는 놈? 허허! 네 어미가 대부인을 도울 생각이로군. 미처 그 생각을 하지 못했어. 나도 나이가 들었군. 쩝!"

"문제는 단여랑인데……. 그가 무슨 생각을 하고 있는지 도통 모르겠어요."

단설리의 곤혹스러운 표정은 홍자경의 만면에 능글맞은 미소를 짓게 만들었다. 단여랑과 하루라도 더 같이 기거해 본 경험이 이럴 때에 유리하게 작용할 줄이야.

"녀석을 너무 과소평가하지 마라. 그 녀석은 네가 생각하는 것보다 훨씬 이상이다. 힘 센 놈이 무식하다고? 다 옛말이지. 녀석이 무공에 재능이 없었다면, 아니, 소궁주로 지목만 되지 않았더라면 난 당장에 그 녀석을 지혜원으로 데려왔을 거야."

단설리의 두 눈에 이채가 번뜩였다.

홍자경이 누구를 이토록 극찬한 적이 있었던가? 홍자경처럼 외골수의 성격을 가진 사람은 허튼소리를 하지 않는다.

그의 말을 믿어도 좋다. 항상 제삼자의 입장에서 모든 걸 관찰하기 때문에 사람 보는 눈 또한 정확하다.

단설리는 단여랑에 대해 내린 판단을 다시 정리해야겠다고 생각했다.

"빙백신공은 일인전수, 빙옥조는 와해되었고요. 원주님은 어떻게 생각하세요?"

"네 생각부터 말해봐."

"음… 화살은 아마도 단여랑에게 돌아갈 것 같아요. 빙옥조는 장로회에 의해 다시 부활하겠죠."

정답이라고 하기는 힘들다. 오랜 고민 끝에 내민 생각이라 더욱 불안하기만 하다. 한번도 자신의 확신에 대해 의심한 적이 없었거늘.

"역시 넌 녀석에 대해 아는 것이 없구나. 반은 맞고 반은 틀렸어."

"……?"

"빙옥조가 부활할 것이라는 건 맞는 소리. 하지만 녀석은 네가 말했듯 무뢰배가 아냐. 냉정한 듯 보이지만 속이 얼마나 깊은 줄이나 아냐? 제 자신을 희생하는 일이 있더라도 남한테 절대 피해는 안 줄 게다. 아마도 곧… 떠나겠지."

"그렇… 군요."

단설리는 속으로 자신을 질책했다. 이러고도 지혜원이라는 말을 스스럼없이 하다니.

"도우려면 확실히 해둬. 그렇지 않으면 죽도 밥도 안 돼."

아무래도 조금 더 생각이 필요할 것 같다. 그녀가 서야 할 곳을 확고하게 하려면.

"생각할 시간 동안 과제 하나 낼까?"

"주세요. 오랜만에 내주시는 과제니까."

"후후! 쉬운 과제는 아니다. 달포 안에 명단을 작성해 와.

녀석 편에 설 사람과 그렇지 않은 사람. 정확해야 할 거야. 네가 지혜원이라면 말이지.”

“그럴게요.”

밀당조차도 알아내지 못한 힘든 과제지만 단설리는 흔쾌히 승낙했다.

“편 가르기는 나에게 맞지 않지만 어쩔 수 없는 선택이지. 에잉! 이게 다 그 녀석 때문이야! 처신 하나 똑바로 못하고! 나쁜 놈 같으니라고.”

‘정말 좋은 사람일까?

단설리는 고개를 갸웃했다.

신경질을 부리고 있지만 홍자경의 말투에는 단여랑을 생각하는 정감이 잔뜩 묻어 나왔다.

“그럼 이만 가볼게요.”

단설리는 자리에서 일어섰다.

앞으로 빙궁에 재난이 불어닥칠 테지만 한 가지만은 명심하고 있다. 한번 뼈를 묻기로 작정한 빙궁이니 영원히 빙궁 사람이 되겠다고.

“아!”

빙옥에서 빠져나가려던 단설리는 무엇인가 생각난 듯 몸을 돌렸다.

“가장 중요한 것을 빼먹을 뻔했군요. 혹시 그거 아세요?”

“……?”

"해성폭이… 얼었어요."

＊　　　＊　　　＊

내원 뒤쪽으로 난 작은 오솔길을 따라가면 북해도에서 가장 높은 곳이 나온다.

천설봉(天雪峰).

당주 급 이상만 올라설 수 있으며 일반 궁도들에게는 금지구역으로, 일 년에 한두 번 있는 제(祭)를 지내는 성스러운 곳이다.

그곳에 삼 장 높이의 얼음 동상이 세워져 있다. 북해빙궁의 초대 북해빙왕의 동상이.

정상에 오르면 북해도가 한눈에 들어온다. 북해도에서 시선을 떼어 조금 더 내다보면 저 멀리 수평선이 보이기도 한다.

일호의 노을은 일품이다.

중원이나 북해나 해가 뜨고 짐에는 마찬가지지만 노을의 장관을 평가한다면 북해에 점수를 더 주고 싶다. 투명한 얼음이 반짝반짝 빛나는 광경은 잠시간 추위를 잊게 만들 정도로 아름다웠다.

차기 궁주로 지목받은 이래 항상 이 시간이면 천설봉에 올랐다. 붉게 물든 노을이 좋았다. 귓가를 스치는 차가운 바람도 좋았다.

그 바람 속에 사람의 살 냄새만 섞이지 않았더라면 더 좋았을 것을.

단여랑은 문득 치미는 짜증을 겉으로 표출해 냈다.

"혼자 있고 싶은데?"

살 냄새는 없어지지 않았다.

"뭐야, 이건? 달라진 게 하나도 없잖아? 이게 호위야, 감시지?"

사라지는 기척은 들리지 않았다.

다만 바람결에 묻어나던 체향이 더는 나지 않는다는 것.

빙귀(氷鬼)라고 했던가?

열 명으로 구성되어 있다고 한다. 무공 실력은 추측 불가. 삼전, 삼당, 삼각 어느 곳에도 소속되어 있지 않다.

그들은 태어날 때부터 죽을 때까지 오로지 빙궁주만을 호위하도록 되어 있다. 그들의 신상 내력은 밀당도 알지 못한다.

밥을 어떻게 먹는지, 잠을 어떻게 자는지도 모른다. 빙귀들은 궁주의 곁에서 한시도 떨어지지 않는다.

단여랑의 사정거리 안에서 벗어났다고 하나 분명 어딘가에서 기감을 잔뜩 곤두세우고 그를 지켜보고 있을 게다.

호위라고는 하지만 그들도 믿을 수 없다.

애석하게도 빙궁은 와해되기 직전이다.

하나의 집단 구성원들이 똘똘 뭉쳐도 건재할까 말까 한데 표면적으로만 해도 세 부류로 나뉘어져 있으니……

"왔으면 왔다고 이야기라도 하지. 귀신이 다 되었네, 전주도."

유령전주 막부동은 단여랑의 뒤에 조용히 시립했다.

"몸은 괜찮으십니까?"

단여랑은 고개를 돌려 막부동을 바라봤다.

"보시는 대로."

겉모습은 멀쩡했다.

단태붕과의 충돌 시 일어났던 내상은 치유하는 데 조금 시간이 걸렸다. 쓰러져 버린 이후의 기억은 없지만 눈을 떴을 땐 삼 일이라는 시간이 흘러가 버렸고, 단여랑은 바로 자리를 털고 일어섰다.

유리빙천검을 상대하던 생각을 하면 아직도 전신에 소름이 오싹 돋는다.

"따로 부르신 이유라도 있습니까?"

"풉! 하하하하!"

단여랑은 웃음을 참지 못했다.

허리까지 뒤로 젖혀가며 웃던 단여랑은 곧 웃음을 뚝 멈추곤 의미심장한 표정으로 막부동을 바라봤다.

"자고 일어나 보니 북해에서 가장 높은 지위를 얻었어. 물론 겉으로만 말이야. 속이 텅 빈 허수아비처럼. 이상하지? 나는 나일 뿐인데, 아무것도 달라진 것은 없는데… 못 잡아먹어 으르렁거리던 사람이 나에게 허리를 굽히고 존댓말까지 써. 이걸 어떻게 받아들여야 하나?"

"궁주가 되실 분이니 당연한 처사가 아니겠습니까?"

단여랑은 손을 휘휘 저었다.

"그러지 말라고, 닭살 돋으니까. 난 존대하라고 시킨 적이 없어. 진정 마음에서 우러나올 때, 그때 존대해도 늦지 않을까?"

막부동은 생각에 잠겼다.

확실히 단여랑은 변함이 없었다. 처음 만났을 때도, 소궁주로서 자리매김을 할 때에도, 궁주가 되어버린 지금도.

그는 가만히 있을 뿐인데 변한 것은 주위다. 주위에서 그를 미워하고, 그를 궁주로 추대하고, 그를 다른 시각으로만 본다.

"내가 지금 가장 미운 사람이 누구인지 알아?"

"……"

"조부? 아니야. 단태붕, 단우인? 아냐. 저들끼리 북 치고 장구 치는데 난 장단 맞춰줄 생각이 전혀 없거든. 가장 미운 사람은… 막 전주, 당신이야."

단여랑은 고개를 들어 막부동을 직시했다.

무언가를 갈망하는 눈동자가 부담스러워 막부동은 그의 시선을 외면하고 말았다.

"보리마군의 일, 좀 더 빨리 말해주지 그랬어."

눈빛과는 달리 단여랑의 목소리에는 힘이 없었다.

"전주는 처음부터 모든 걸 알고 있었어. 내가 보리마군에게서 빙백신공을 전수받을 거라는 것, 그리고 예정된 그의 죽음도."

막부동은 반박하지 않았다. 단여랑의 말이 모두 사실이었으므로.

"예서하는 떠났겠지?"

막부동의 눈에 놀람이 스쳤다.

단여랑은 모든 사실을 알고 있다. 그가 어디서 정보를 주워들었을까? 아니다. 그는 소궁주이지만 귀가 막혔고, 눈이 멀었다.

그런데도 알고 있다. 단지 상황을 추이한 결과일 뿐인데 정확하게 들어맞고 있다.

"원래 내가 탈출시켜 주기로 했었는데… 보리마군하고 함께. 정말 이러기야? 태어나서 이토록 후회된 적이 없어. 사내가 자신의 입으로 한 약속을 지키지도 못하게 하다니. 막 전주, 당신이 너무 미워."

"미안… 하다."

막부동은 예전처럼 말을 놓았다.

"조부의 바람대로 되었으니… 이제 그들이 움직이는 일만 지켜보게 생겼네. 어떨까? 빙백신공을 이대로 포기해 준다면

야 바랄 것이 없겠지만. 내 나이 이제 열일곱인데 빙궁에서 평생 썩게 만들어놓고… 참, 어이없이 당했네."

여태껏 제멋대로 살아왔다고 생각했는데, 겨우 우물 안 개구리에 불과한 인생이었다. 조부는 단여랑을 손바닥 위에 올려놓고 이리 휘둘리고 저리 휘둘다가 결국엔 자기 마음대로 해버렸으니 얼마나 분통 터지는 일이겠는가.

"아마도 조부가 위험해지겠지? 나에게서 빙백신공을 얻기는 쉬워도 그에게서는 얻지 못할 테니까. 인정도 못 받을 거고."

더 이상 놀랄 것도 없었다.

단여랑은 겉으로는 모르는 척하지만 모든 걸 이미 알고 있다.

"어떻게 할까? 지금이라도 늦지 않았으니 그냥 확 도망가 버릴까?"

"보리마군의 희생을……."

막부동은 보리마군의 희생을 생각하라는 말이 목구멍까지 치솟아올랐다.

한때는 빙궁의 적이었으나 그를 진정한 무인이라고 생각했다. 그런 관계만 아니었더라면 좋은 벗이 되었을지도 모른다.

하지만 이미 죽은 사람은 죽은 사람일 뿐. 태상궁주를 대신하여 단여랑에게 빙백신공을 전수해 주었으니 얼마나 고마운가.

단여랑이 제발 그의 희생을 물거품으로 만들지 않기만을 바랄 뿐이었다.

"지금 든 생각인데, 이곳 정말 높긴 하군."

단여랑은 아슬아슬한 절벽 위에서 아래를 내려다보았다.

까마득한 이십오 장 높이의 절벽 아래 호수는 무엇이든 삼켜 버릴 듯 어두운 빛을 띠었다. 겨울이 한창이니 호수는 적어도 삼 척 두께의 얼음으로 뒤덮여 있을 게다.

"여기서 떨어지면 죽겠지?"

그냥 죽으면 그나마 낫겠지. 두꺼운 얼음에 곤두박질치는 순간 온몸이 산산이 분해되지는 않을까?

"엇!"

단여랑이 한 발을 떼어 빈 허공으로 들어올리자 막부동은 흠칫 놀랐다.

"하하! 놀래긴. 설마하니 내가 이곳에서 투신이라도 할 줄 알았어? 나도 내 목숨 귀한 줄은 알고 있다고."

"장난은 이제 그만 해라."

막부동의 음성이 낮게 가라앉았다.

"장난? 장난은 전주가 그만 해야지. 아직도 내가 코흘리개 어린아인 줄 아나 봐. 왜, 봤잖아? 물망에 오른 북해빙궁의 차기 궁주. 차기 궁주한테 그런 식으로 말해도 되는 거야?"

농담 삼아 한 말이기도 하고, 비꼬는 말이기도 했다.

막부동은 한동안 말을 않았다.

생각하고 또 생각하고, 그가 이제 해야 할 말은 하나밖에 없었다.

"일전에 이런 말을 한 적이 있었다. 난 강한 궁주를 원한다고. 그 말은 예전이나 지금이나 변하지 않았다. 너의 그 얄팍한 생각을 바꾸지 않는 한 너는 강한 궁주가 될 수 없다."

"마치 내가 엄청나게 약한 녀석이라고 말하는 것 같네."

"책임을 떠맡지 않으려 하니 약한 녀석으로 분류할 수밖에."

단여랑은 잠시 침묵 후 입을 열었다.

"일전에 나도 이런 말을 한 적이 있지. 나는 전혀 궁주가 될 생각이 없다고. 누가 시키면 오히려 더 하기 싫은 거 있잖아. 하지만 약한 녀석 운운하니까 오히려 그 자리가 탐나는데?"

"그렇다면 궁주에 올라라."

"농담도 못해."

"난 농담이 아니다. 진심이다."

단여랑은 고개를 들어 막부동을 바라봤다, 저 무표정한 얼굴 뒤에는 어떠한 감정이 숨겨져 있을지.

막부동의 마음을 알고 있다. 그는 진정으로 자신이 궁주의 자리에 오르길 바란다. 약하다고 타박하지만 그의 바람대로 강해질 것이라고 생각하는 듯하다.

문득 장난기가 치밀었다.

“내가 궁주가 되면 나에게 무얼 줄 수 있어?”

“원하는 것은 뭐든지.”

생각할 틈도 없이 나온 막부동의 대답에 단여랑은 잠시 당황했다.

“원하는 것이라……. 유령전을 원해. 줄 거야?”

유령전은 막부동의 모든 것이다.

“주마.”

대답은 술술 잘도 흘러나왔다.

“전주의 목숨을 달라고 한다면?”

“주마.”

“……”

격정이 치밀어 올랐다.

누군가를 위해 목숨을 바치겠다는 말은 아무나 할 수 있다. 하나 정작 위기가 닥쳤을 때 그 말을 지키는 사람이 과연 몇 명이나 될까. 자기 목숨 아까워하는 건 모든 인간의 공통점이다. 생판 남을 위해 목숨을 바치겠다는 말은 반 이상은 흘려 들어도 좋다.

하지만 아닌 사람도 있다.

막부동이 그러하다.

그는 결코 헛된 말을 하지 않는다. 그가 목숨을 주겠다고 순순히 말한 것은 모두 진심일 게다.

“몇 년, 혹은 몇십 년이 걸리더라도?”

“그래.”

“내가 부탁하는 것은 뭐든지 들어주겠다는 거지?”

막부동은 두 눈을 지그시 감고 고개를 끄덕였다.

“하하! 전주는 날 너무 좋아한다니까. 그렇지만 남자의 애정 표현은 별로 달갑지 않은걸?”

단여랑은 웃었다.

티끌 한 점 없는 미소 속에선 차기 궁주에 대한 부담감이나 압박감 따위는 찾을 수가 없었다.

“기대에 미치지 못할지도 몰라.”

“……!”

막부동의 고개가 쳐올려졌다.

이 말은 무엇인가. 단여랑이 궁주가 되겠다는 말이 아닌가.

하지만 놀람도 잠시, 그는 곧 두 눈을 가늘게 좁혔다.

단여랑의 말을 곧이곧대로 믿어선 안 된다. 모든 상황은 그때 가봐야 안다. 어디로 튈지 모르는 인간이 단여랑이라는 사실을 잊지 않고 있으니까.

“전주, 보리마군에 대한 당신의 처벌은 나중에 하도록 하겠어. 아주 나중에……. 그전에 날 도와줘.”

단여랑은 막부동에게서 시선을 떼고 먼 하늘을 응시했다.

궁주 계승식은 앞으로 삼 일 남았다.

단여랑은 무슨 생각을 하고 있을까. 그는 선택의 기로에 놓였다.

2

공소명은 선천적으로 말더듬이이다. 어릴 적부터 온갖 교육에, 시술에, 약에 말더듬이를 고치기 위해 안 해본 것이 없었다. 하지만 선천적인 것은 어찌할 방도가 없는 모양이다. 그의 아버지가 공소명에게 온갖 정성을 기울인 까닭은 네 자식 중 자신의 대를 이을 능력을 타고난 아이였기 때문이다.

공소명의 아버지인 공문덕(恭聞德)은 북해빙궁 회계당의 부당주다. 하나 운이 없게도 능력은 뛰어났지만 만년 부당주의 위치에서 벗어나지 못했다.

빙궁의 모든 재산을 총괄하는 책임이 막대한 부담을 갖는 직이기도 하지만, 공문덕은 딱 부러지게 결단력이 좋은 성격은 아니었다.

그는 사람이 좋았다. 그의 아들들 역시 온순하고 남에게 싫은 소리 하나 못하는 사람들이다. 막내로 태어난 공소명도 그런 성격을 타고났다.

늦둥이인 공소명은 형들과 나이 차이가 너무 많이 나 외롭게 자랐다. 친구도 하나 없었다. 착한 데다 말까지 더듬어 오래전부터 단태붕 일행에게 툭하면 괴롭힘을 당하곤 했다.

지옥의 나날에서 공소명을 구해준 것은 단여랑이었다. 단여랑이 공소명과 친해지자 어느 순간부터 단태붕이 그를 멀리하기 시작했다.

단여랑의 입장에서 보면 또 달랐다.

공소명은 단여랑이 제일 싫어하는 인간 부류 중 하나였다.

매일 당하면서 반격할 용기도 없는 인간. 속으로는 병신이라며 욕도 했었다. 공소명이 가장 아끼고 숨기려 했던 서책을 몰래 보기 전까지는.

처음엔 낙서를 해놓은 것인 줄 알았다. 서책의 한쪽 면을 가만히 보던 단여랑은 곧 그것이 낙서가 아니란 것을 깨달았다.

서책엔 글자가 아닌 숫자가 빼곡했다. 처음 접하는 산술(算術).

체력이 좋은 것도 아니고, 머리도 좋은 편은 아니다.

하지만 공소명에게도 한 가지 재능이 있었으니 그것은 산술에 관련된 두뇌가 굉장히 발달했다는 것이다.

눈이 반짝 빛났다. 산술에 대한 이야기를 나눌 때는 누구보다 열정적이었다. 매일 맞고 살던 그 멍청한 공소명이 맞던가.

그때부터였을 게다, 그 두 사람이 친구가 된 때는.

"저, 정말 괘, 괜찮겠어?"

단여랑은 공소명을 바라보며 피식 웃었다.

공소명의 끝이 아래로 처진 두 눈을 바라보고 있으면 슬퍼진다. 또 웃기기도 하다. 착해 보이기도 하고 멍청해 보이기도 하다. 그는 단여랑을 진심으로 걱정해 주고 있었다.

가슴을 갑갑하게 누르던 불안감이 일시에 해소되었다.

빙궁도 변한 마당에 공소명이 변하지 않으리란 보장이 있으랴. 하지만 그건 어디까지나 단여랑의 생각일 뿐, 보이지 않는 벽이 생겼을 것이라는 단여랑의 생각을 무참히 짓밟아 놓은 게 바로 친구라는 존재들이었다.

"정말 궁주가 될 생각이야? 네가 드디어 미쳤구나?"

그런 면에서는 구화용 역시 마찬가지였다. 그녀도 변하지 않았다. 괜한 걱정은 단여랑만 하고 있었던 건 아닌지.

"어허! 차기 궁주한테 미쳤다니. 내가 궁주로 등극하고 나서 그런 말을 한다면 바로 하극상(下剋上)이야. 엄벌에 처해 주지."

"웃기고 있네."

"웃고 나서 그런 말이라도 하든가. 그렇게 인상을 팍 쓰고 있으면 못생긴 얼굴 더 못생겨질라. 시집은 어떻게 가려고?"

구화용은 단여랑을 노려봤다.

그녀도 공소명도 알고 있다. 이렇게 셋이서 편하게 지내는 날이 앞으로 얼마 남지 않았다는 것을.

단여랑은 다르다. 그는 앞으로 북해를 이끄는 지도자가 될 사람이다. 근본적으로 타고난 피도 구화용과 공소명과는 같은 우리 안에 있지만 너무 다른 배경을 지닌 사람이다.

친구였지만 이제는 숭배해야 할 사람.

"단여랑, 너답지 않아. 우리를 부른 이유가 뭐야?"

구화용은 팔짱을 낀 채 진지하게 물었다.

"친구가 친구 좀 만나겠다는 데 굳이 이유가 필요한가?"

"……."

"……."

"어디… 가려고 하니?"

구화용의 목소리가 조금씩 떨려왔다.

"응, 조금 멀리. 오랫동안."

단여랑은 생각도 하지 않고 바로 대답했다.

"다, 단여랑!"

공소명이 화들짝 놀라며 단여랑의 어깨를 잡았다.

단여랑은 키가 머리통 하나만큼이나 작은 공소명의 머리를 커다란 손으로 비볐다.

"너, 내가 없을 때 태붕이가 괴롭히면 구화용한테 일러. 저 계집애도 성격이 만만치 않게 더럽거든."

"왜? 떠나려는 이유가 뭔데?"

다른 때 같으면 발끈하며 소리라도 쳐야 정상이건만 구화용의 음성은 착 가라앉아 있었다.

"언제 내 행동에 이유가 있었나? 그냥 그러려니 해."

"이유야 항상 있었지. 말을 안 해줘서 그렇지만."

"그럼 맞혀보든가."

구화용은 잠시 고민하는 듯하더니 조심스럽게 입을 열었다.

"뭘… 어떻게 도와주면 돼?"

"뭐? 하하하! 도와줄 능력이나 되고?"

구화용의 얼굴이 빨갛게 달아올랐다.

그녀가 하는 일은 무기를 만드는 일이다. 좋은 무기는 만들어주지 못해도 어느 정도 수준의 무기는 만들 수 있다. 검을 달라고 하면 검을 주려고 했고, 활을 만들어 달라 하면 활을 주려고 했다.

하지만 단여랑이 원하는 것은 좋은, 그녀의 수준을 한참 벗어난 무기다. 이래서야 당장 도움을 줄 수도 없지 않은가.

"요즘 말이 많아지는 것 같아서 마음에 들지 않았는데, 역시 친구는 통하는 모양이지? 말만이라도 고맙다."

구화용은 가슴이 아파왔다. 능력 밖의 일이라 도움을 주지 못하는 설움이 이런 것이라니.

"나, 나는 무엇을 도, 도와줄 수 있어?"

"넌… 네 꿈을 이루기만 하면 돼. 회계당주가 되기로 약속했잖아?"

공소명은 고개를 마구 끄덕였다. 그도 단여랑을 돕고 싶었지만 막상 할 수 있는 게 없었다. 오히려 짐이 안 되면 다행이려나.

"어디로 갈 거야? 언제 올 거야?"

"글쎄…… 지하 깊은 곳으로 갈 것이고, 영영 못 돌아올지도 모르니까……"

"장난하지 말고 제대로 말해!"

"정말이야. 영영 돌아오지 않을 수도 있어. 하지만 만약에 내가 돌아오게 된다면 그때는……"

"……?"

"…아마 귀신이 되어서 돌아오겠지."

*　　　*　　　*

단설리가 오도를 떠나고 난 뒤 만 하루도 되지 않아 홍자경은 또 다른 손님을 맞이했다.

반가운 손님이었다. 안 본 지 한 달이 조금 넘었을 뿐인 데도 오래 못 본 사람처럼 그립기도 했다. 껄렁껄렁한 자세와 장난기 가득한 얼굴.

"영감님, 오랜만이야?"

목소리만 들어도 픽 하고 웃음이 새어 나왔다.

"웬일이냐, 애송이?"

홍자경은 평소와 다름없이 얼음을 조각하고 있었다.

"영감님, 이런 변태적인 것 말고 좀… 왜 있잖아. 좀 예술적인 조각을 해보는 것은 어때?"

“눈깔이 달려 있으면 똑똑히 봐. 이게 어디가 변태 같은 작품이냐?”

“변태 맞지. 허구한 날 조각들하고만 놀고, 정작 영감님한테는 여자가 없잖아?”

“…….”

홍자경은 단여랑의 말을 무시한 채 열심히 조각칼을 놀렸다.

스슥!

느낌이 달랐다. 얼음은 딱딱했고, 홍자경의 손놀림은 투박했다.

단여랑이 찾아온 이유가 무엇인지 으레 짐작하고 있는 홍자경은 스스로 마음의 준비를 하고 있었다고 생각했는데…….

조각이 잘 되지 않는다. 빈 허공에 칼을 쉭쉭 젓고 있는 느낌이다. 실제로도 그랬다. 얼음의 귀퉁이가 서걱 베어져 바닥에 뚝 떨어졌다.

홍자경 자신도 당황했지만 단여랑도 그 모습을 똑똑히 지켜보고 있었다.

“어디 아프셔?”

“아프긴!”

“에이, 아픈 것 같은데?”

“확! 눈알을 뽑아버릴까 보다. 아프긴 누가 아파!”

“아님 말지 왜 신경질을 부리고 그래?”

홍자경은 바닥에 떨어진 얼음 조각을 발로 툭 차버리곤 또다시 손을 놀렸다.

단여랑은 아까보다 더 가까이 고개를 들이밀고 홍자경의 얼굴을 뜯어보기 시작했다.

“그동안 살이 좀 빠지신 것 같기도 하고.”

“남의 얼굴 그만 뜯어봐. 늙은이 낯짝을 쳐다봐서 뭐 하게?”

“봐둬야지. 이래 봬도 영감님한테 노잣돈 받으러 왔는데.”

홍자경의 칼질이 뚝 멈췄다.

“흥! 앞으로 살 날이 오래 남은 녀석이 노잣돈 타령은! 내가 너한테 노잣돈을 받아야겠다. 두둑이 내놔.”

“내가 돈이 어디 있어. 영감님은 지혜원주잖아? 숨겨둔 돈도 많으면서 없는 척하시기는.”

“겨우 노잣돈 받으러 찾아온 게냐?”

“고맙다는 말을 하려고 왔어.”

“……?”

“일전에 말했잖아. 태음양화에 대한 감사의 말은 다른 무공을 익히고 난 뒤에 와서 하겠다고.”

“빙백신공을 제대로 익히긴 했나 보군.”

홍자경은 별반 놀라는 기색을 비추지 않았다.

“빙백신공이 어디 하늘에서 뚝 떨어지는 무공인 줄 아쇼? 익힌 지 얼마나 되었다고. 아직 반도 못 익혔지.”

“무공에 욕심이 많던 네가 웬일이냐. 한 달 동안 제대로 익히지 못할 무공이 너에게도 존재하고 있었단 말이냐?”

단여랑의 무공 성취는 다른 사람보다 월등히 뛰어나다. 빙백신공에 대해서는 아무것도 모른다. 하지만 그 어떤 무공을 막론하고서라도 단여랑이 노력만 한다면 금세 익히지 못할 무공이 어디 있겠는가.

“일단 고마워, 영감님.”

“허! 거, 희한한 말이군. 일단은 고맙다니.”

“보리마군의 일에 자꾸 영감님이 개입되어 있을 듯한 냄새가 나서 말이지.”

“능구렁이 같은 녀석.”

“어차피 죽을 사람이었다는 건 알고 있어. 하지만 꼭 나 때문에 죽은 것 같잖아? 그렇게 만든 사람도 영감님이고.”

“이 기회에 멍석 깔고 길바닥에 나가 앉아.”

“농담이 아냐. 예서하는 어디 있어?”

순식간에 단여랑의 표정이 확 변했다.

“무사히 북해를 벗어났을 게다.”

농을 좋아하는 홍자경이었지만 단여랑의 진지한 얼굴을 보자 장난칠 기분이 나지 않았다.

그런데 단여랑의 표정이 묘했다. 아니, 이런 표정은 익숙하지 않았다. 항상 두 눈이 초롱초롱하다거나 입술 한쪽이 말려 올라가 있다거나 했는데 지금은 무표정이다. 깊게 가라앉은 두 눈에서는 무슨 생각을 하고 있는지 전혀 모를 정도다.

홍자경은 두 눈을 좁히며 단여랑을 주시했다.

혹시 예서하에게 마음이 있는가? 그럴 리 없을 게다. 예서하는 보리마군의 딸. 게다가 빙궁을 증오하고 있지 않은가.

그렇다면 벙어리이기 때문에 동정심이 생긴 것인가? 냉정보다 무서운 게 동정이라던데⋯⋯. 아니다. 단여랑은 누구를 동정할 성격을 지니지 않았다.

그렇다면 저 표정의 의미는 무엇일까.

"궁주 계승식에 나가도 상관없을 것 같지 않느냐?"

단여랑이 고개를 들어 홍자경을 바라봤다.

"영감님, 다 알고 있으면서 모르는 척하지 말라고."

홍자경의 눈에서 광망이 터져 나왔다.

"많이 변했어, 애송이. 그것도 너무 많이. 후후후! 네 자신은 느끼지 못하겠지만 확실히 변했어."

"⋯⋯."

"설마 네 녀석이 누군가를 위해 목숨을 던지겠다는 생각을 할 줄이야."

"내가 누군가를 위한다고? 하하! 영감님의 착각이야. 나는 단지 내가 편해지고 싶을 뿐이라고."

"해성폭이 얼었다."

알고 있다. 빙궁 내에서도 해성폭 때문에 시끌벅적하다.

"무슨 의미인지 알고 있느냐?"

"어설픈 전설 따위를 나와 연관 짓지 말라고 말하고 싶어."

해성폭이 얼면 빙궁에 재난이 불어닥친다는 전설. 전설일 뿐이지만 모두 불안해하고 있다.

'폭포가 얼 수도 있지 않은가' 라고 하기엔 이유가 불분명하다. 해성폭은 인공 폭포. 얼지 않게끔 만들어졌다. 다만 예전, 아주 오래전에 딱 한 번 얼었었다. 초대 궁주인 북해빙왕이 세상을 떠났을 때. 그리고 지금이 두 번째다.

게다가 내분이 한창 생겨나는 지금 해성폭이 얼어버린 것에 대해 빙궁에선 술렁임이 끊이지 않고 있다.

"당분간은 나가줘야지. 빙옥조가 다시 부활하려면 앞으로 삼 년. 내가 고작 빙백신공 따위에 만족할 줄 알았다면 큰 오산이라고."

고작 빙백신공이라니…….

북해의 모든 걸 보여주는 무공이다. 보리마군이라는 대마두의 목숨을 담보로 전수받은 무공이다.

하지만 홍자경은 웃었다. 단여랑에게는 충분히 그럴 자격이 있다고 생각했기 때문이다.

"후후후! 세는 구축해 두었나?"

"힘을 얻고, 무기를 얻고, 자금을 얻고, 그리고 영감님의 지혜를 얻었어. 이제 눈과 귀만 얻으면 될 것 같은데……."

"보아둔 사람이 있지. 밀당 부주 탁산. 성격이 너만큼이나 더럽지만 한번 옳다고 생각한 일에는 목숨까지 바칠 사람이다."

"한번 믿어볼게."

단여랑은 볼일이 끝난 듯 몸을 일으켰다.

"아직도 궁주는 관심이 없는 게냐?"

홍자경은 툭 던지듯 질문했다. 단여랑이 찾아온 이유, 뻔히 보이는 결과지만 자신의 두 귀로 다시 한 번 확인하고 싶은 모양이다.

단여랑은 그의 앞에 놓인 처음으로 보는 얼음 조각의 실패작을 보며 생각에 잠겼다. 잠시 동안 그러고 있던 단여랑의 꽉 다문 입술이 열리며 부드러운 음성이 새어 나왔다.

"처음부터 너무 완벽을 바란지도 몰라. 조금만 상처 입으면 이렇게 부서져 나가는 얼음 덩어리 같은 마음으로 무슨 궁주를 하겠다고 생각했는지……."

단여랑은 짧게 한숨을 쉬며 계속 말을 이어나갔다.

"내가 짊어야 할 짐. 내가 돌봐야 할 땅. 내가 다스려야 할 사람들."

"……."

"어디서 많이 들어본 말 같지 않아?"

"예전에 내가 너에게 했던 말인가?"

"후후! 맞아. 선택권은 나에게 있어. 아직 삼 년이라는 시간이 나에게 주어졌고, 그 안에 마음이 바뀌면 돌아오도록 하지."

"귀신이 되어 돌아오지나 마라."

막 발걸음을 떼려던 단여랑은 홍자경의 마지막 말에 무엇이라도 생각난 듯 몸을 휙 돌렸다.

"잊고 그냥 갈 뻔했네. 노잣돈 내놔. 난 영감님한테 노잣돈 받으러 온 사람이야."

"…끈질기긴. 옛다! 가져가!"

홍자경은 품에서 무언가를 꺼내 단여랑에게 던졌다.

단여랑에게 주어진 것은 홍자경이 가장 아끼던 조각칼 한 자루였다.

＊　　　＊　　　＊

궁주의 계승식.

하지만 대연무장에는 개미새끼 한 마리도 보이지 않았다.

계승식을 위해 모여 있어야 할 사람들. 많은 이들이 모여 있긴 했다. 대연무장이 아닌 천설봉 부근에.

사장로 도감태는 빠르게 발을 놀렸다.

계승식 준비로 아침부터 분주히 움직이던 그가 수하의 보고를 받았을 땐 아무런 생각도 들지 않았다. 아니, 무수히 많은 생각이 실타래처럼 엉켜 머릿속을 복잡하게 했다.

'도대체 왜? 무슨 이유로?'

자격이 주어지지 않아 천설봉에 오를 수 없는 빙궁도들이 절벽 주위에 모여 있는 것을 본 도감태는 망설임없이 그쪽으로 다가갔다.

그가 도착한 것을 발견한 빙령전주가 재빨리 다가와 읍을 취했다.

"그는 어디 있는가!"

"저곳에……."

빙령전주가 가리킨 곳, 그리고 모든 궁도들이 술렁임을 멈추지 않으며 바라보고 있는 그곳.

"……!"

도감태는 육십이 넘는 세월을 살아오면서 지금과 같이 심장이 빠르게 뛴 적이 없었다.

북해도에서 제일 높은 천설봉. 아슬아슬한 절벽 모서리에 한 사람이 두 팔을 벌린 채 서 있었다. 도감태는 더 이상 생각을 이을 수 없었다.

빙령전주가 다시 고개를 돌렸을 땐 도감태는 이미 그 자리에서 사라진 후였다.

오늘은 바람이 많이 불었다.

하늘도 그의 마음을 아는지 우중충한 빛을 띠는 게 금방이라도 폭설을 퍼부을 듯했다.

단여랑은 두 눈을 감았다.

절벽 아래에서 불어오는 차디찬 한기가 옷섶을 파고들며

온몸을 시리게 했다. 천천히 숨을 들이킬 때마다 콧속으로 찬 바람이 들어왔다.

춥기보다는 시원했다.

바람은 지난 사 년 동안 북해에서 그가 지내온 세월들을 말끔히 씻어줄 테니까.

한 발만 내디디면 삼십 장 낭떠러지. 눈을 감고 있으니 자칫 몸의 중심이라도 잃게 되면 밑으로 추락할지도 몰랐다.

말이 삼십 장이다. 절벽 아래는 까마득해서 보이지도 않는다. 아래로는 깊은 호수가 시커먼 아가리를 벌리며 그를 부르고 있었다.

단여랑은 몸을 돌려 절벽을 등지고 섰다. 그리곤 감고 있던 두 눈을 천천히 떴다.

많은 사람들이 보였다.

절벽 아래에서 자신을 올려다보는 사람들, 그리고 천설봉에 오른 장로들과 수뇌부의 모습이……. 함부로 다가오지 못해 안절부절못하는 그들의 모습을 하나하나 똑똑히 보았다.

"지금 무얼 하고 있는 게냐!"

선두에 선 묵야흔 장로의 노한 음성이 귓가에 울렸다.

보면서도 모르는가.

"바쁜데 뭐 하러 나오셨어? 하긴, 흔치 않은 구경거리이긴 하지. 절벽에서 떨어져 자살하는 차기 궁주. 하하하!"

쉬이잉—!

거센 바람이 몰아쳤다. 단여랑의 몸이 살짝 기우뚱했다.

"엇!"

"끼악!"

절벽 아래에서 비명 소리가 들려왔다.

위험한 순간이었다. 바람은 단여랑의 몸 주위를 맴돌며 자꾸만 그를 나락으로 유혹했다.

"오늘이 어떠한 날인지는 알고 있느냐! 어리석은 짓 그만하고 이쪽으로 와!"

"난 편안해. 건드리지 말아줘."

단여랑은 정말 편안한 음성으로 말했다.

바람결에 살 내음이 느껴졌다. 열흘 동안 익히 맡았던 빙귀들의 살 냄새다.

그들의 은신술은 뛰어나 육안으로 찾아내기는 힘들었다. 그러나 단여랑을 향해 조심스럽게 서서히 폭을 좁혀오고 있다는 사실은 알 수 있었다.

"가까이 다가오면 어떻게 되는지 직접 보여주지."

단여랑은 한 발을 뒤로 빼 허공에 들었다.

다가오던 빙귀들의 기척이 우뚝 멈춰졌다.

"단여랑, 장난은 그만 해라. 넌 이제 장난할 군번이 아니다."

"사람 목숨 가지고 장난했던 사람들이라서 그런가? 내가 지금 하고 있는 짓도 장난으로 보여?"

묵야혼의 얼굴에 어두운 그림자가 드리워졌다. 그는 옆에 서 있는 귀령전주에게 재빨리 말을 건넸다.

"유령전주는 어디에 있나? 어서 그를 불러오도록 하게!"

단여랑이 재빨리 그 말을 가로챘다.

"유령전주를 부른다고 해서 뭐가 달라질 거란 생각은 하지 마시길."

"단여랑!"

북해빙궁의 제일장로로서 언제나 냉정함을 잃지 않던 묵야혼이 언성을 높였다. 그는 진정 분노했다.

태상궁주가 직접 지목한 차기 궁주. 묵야혼은 알지 못했다. 하나 태상궁주가 지목한 데에도 다 이유가 있기 마련. 평생을 신처럼 모셔온 태상궁주의 선택이었기에 그를 따랐다.

설사 단여랑이 망나니 궁주가 된다 하더라도 따를 생각이었다.

하지만 이건 아니다.

오만의 무리를 이끄는 궁주로서 무거운 책임을 지니고 있는 자가 어떻게 절벽 위에서 저리도 책임감없는 짓을 하고 있단 말인가.

불안했다.

단여랑의 얼굴을 보니 결코 장난이 아니었다.

묵야혼은 지금의 단여랑과 비슷한 사람을 보았었다. 삶을 포기했기에 편안해 마지않던 그 얼굴. 태상궁주에게 죽는 순간까지 웃던 보리마군의 얼굴을 어떻게 잊을 수가 있으랴.

단여랑이 그랬다. 그래서 불안했다.

저 높이에서 떨어져 내린다면 경공으로 뒤따라갈 수는 있지만 놓칠 가능성이 더 많았다.

단여랑은 딱 그 정도의 거리를 벌리고 다가오는 것을 극구 거부하고 있었다.

묵야혼이 머리를 굴리고 있을 때, 단여랑은 사람들의 표정을 살폈다.

표정은 두 가지로 나뉘었다.

얼굴이 하얗게 탈색된 사람들은 지금 막 천설봉에 오른 사장로 도감태와 밀당 부주, 회계당 부주, 집법당주, 그리고 삼각주들.

'그래도 헛살지는 않았네.'

그들은 중립 혹은 단여랑 쪽으로 마음이 기운 사람들이다.

다른 이들도 있었다.

두 눈을 좁히며 바라보고 있는 야현의 무리, 입가에 번지는 미소를 억지로 참고 있는 능가연과 그녀의 추종자들.

그래, 웃어라. 사 년 동안 무시당했던 빙궁에서의 삶은 끝이다.

'하지만 이게 끝이라고는 생각하지 마.'

단여랑도 그들에게 미소로 화답해 주었다.

묵야혼의 손이 움직였다. 빙귀의 무력으로라도 단여랑을

제압시킬 목적이었다. 한데,

"어엇!"

"아, 안 돼!"

단여랑은 뒤로 힘차게 몸을 띄웠다.

타닷!

묵야흔의 신형이 빛처럼 빠르게 쏘아졌다.

차앗―!

절벽 끝에 다다른 묵야흔은 발로 땅을 밀며 두 팔을 뻗었다.

허공에 몸을 띄운 단여랑과 절벽 끝에서 팔을 뻗은 묵야흔의 얼굴이 마주쳤다.

"……."

단여랑의 무의미한 표정, 죽어버린 눈동자를 목격한 묵야흔은 등골이 서늘할 정도의 섬뜩함을 느꼈다.

'안 돼!'

부웅―!

단여랑과의 일 촌 거리가 모자란 팔은 애꿎은 허공만을 움켜쥐었다. 단여랑의 한쪽 입꼬리가 살짝 말려 올라간다 생각되는 순간, 그의 신형은 묵야흔의 시야에서 사라졌다.

슈아아악!

바람을 맞받은 몸뚱이 하나가 전속력으로 절벽 밑으로 떨어져 내리기 시작했다.

"단여랑! 안 돼에!"

단여랑은 극심한 추위를 느꼈다.

아래에서 불어닥치는 바람은 상상을 초월한 추위를 동반했다.

'정말 추워 미치겠네.'

몸은 빠른 속도로 떨어져 내리고 있었다.

태음양화의 진기를 끌어올린다면 이 정도는 버틸 수 있을 것 같지만 일부러 진기를 끌어올리지 않았다.

'그냥 죽어버릴까?

만약 이대로 죽어버린다면… 차디찬 호수에 떨어지는 순간의 고통은 장담할 수 없지만 마음은 편하리라.

선택의 시간은 그리 많지 않았다.

빠르게 떨어지는 몸뚱이.

절벽 위에서 경악으로 물든 묵야혼의 얼굴이 이제는 점처럼 작게 보였다.

단여랑은 눈을 감았다.

사 년간의 빙궁 생활이 주마등처럼 뇌리를 스쳤다.

아무 데도 의지할 곳 없던 외롭던 나날들. 무시와 경멸의 반복 속에서 꿋꿋이 버텨왔던 지난날은 아마 죽어서도 잊혀지지 않을 게다.

무엇 때문에 살고 있는가.

단지 모친의 복수를 위해 살아가는가.

무공을 배웠다. 누구에게도 지지 않기 위해. 아무도 무시 못할 정도로 성장하고 싶었다. 불만을 토로하고 싶었다. 조롱하는 자들의 목을 잡아 짓눌러 버리고도 싶었다.

이렇게 죽을 수도 있는 것, 왜 진작 그러지 못했는지 후회가 밀려들었다.

번뇌. 머리를 뒤흔드는 충동과 욕구들.

죽어버리면 다 지워지지 않을까. 아무런 생각도 하지 않고 자신이 살아가고픈 삶을 살 수 있을까.

이렇게 두 팔을 벌리고 있으면 새처럼 자유롭게 날아갈 수도 있을 텐데…….

"정말 죽으려는 게냐!"

"……!"

막부동의 목소리! 그의 전음이 귓속을 파고들었다.

단여랑은 두 눈을 부릅떴다.

믿을 수가 없었다. 방금 전까지 죽으려고 했는데 이제는 살고 싶다. 살고 싶다는 욕망이 물밀 듯 솟구쳤다.

"한풍신비!"

축축한 습기가 등을 적셨다. 슬쩍 아래를 내려다보니 그와 호수와의 거리가 얼마 남지 않았다. 이대로라면 촌각 만에 곤두박질치리라는 것은 기정사실.

단여랑은 급히 진기를 끌어올렸다.

파앙!

발바닥 용천혈(湧泉穴)에서 피어난 진기가 아무것도 없는 허공을 때렸다. 잠시 몸이 기우뚱했지만 떨어지는 속도는 변함이 없었다.

'위험해!'

무리였다. 조금 더 일찍 깨어났어야 한다. 떨어지는 속도가 너무 빨라 한풍신비를 펼치기에 무리가 따랐다.

하지만 단여랑은 포기하지 않았다.

파앙! 파아앙!

작은 파공성이 터져 나왔다.

그의 발바닥에서 피어난 진기는 연속적으로 허공을 때렸다.

'이십 장! 얼마 안 남았어!'

손도 같이 움직였다.

태음양화의 기운을 빌어 노궁혈(勞宮穴)로도 공기를 부딪쳐 나갔다.

'십 장!'

마음은 점점 급해지고 속도는 줄어들지 않았다.

'오 장!'

단여랑은 온몸에서 기운을 뿜어냈다.

너무 늦었다. 살고자 하는 욕망이 너무 늦게 꿈틀거렸다.

조금만 더 일찍이었다면…….

그는 두 눈을 질끈 감았다. 온몸은 곧 산산조각이 나리라.

'아! 이제는!'

그때 기적이 일어났다.

뚜둑!

찰나였지만 공기가 순식간에 얼며 그의 몸을 지탱했다. 호수면과의 차이 불과 반 장이 채 되지 않는 지점이었다.

급속으로 떨어지던 단여랑의 신형이 잠시 멈췄다. 하나 한 풍신비의 효험은 그리 오래가지 못했다.

풍덩!

그의 육신은 일호의 검은 아가리 속으로 깊숙이 침몰했다.

"쿨럭!"

입에서 한 바가지 양의 물이 뿜어져 나왔다.

"쉿!"

물을 다 토하기도 전에 두툼한 손이 입을 막았다.

"죽은 줄 알았다. 괜한 송장 치를 뻔했군."

속삭이듯 작은 목소리였다. 사위는 쥐 죽은 듯 조용했고, 어두컴컴했다.

"막 전주……."

단여랑은 힘없는 목소리로 막부동을 불렀다.

"목숨 하나는 끈질기군."

"후후! 아무렴. 괜히 북해빙궁의 차기 궁주겠어?"

"너 같은 녀석에게 유령전의 모든 걸 걸어야 하다니, 다시 생각해 봐야겠다."

"다시 생각하면 아마 후회할걸?"

단여랑은 누운 채로 꿈쩍도 하지 않았다. 아니, 하지 못했다. 위에서 짓누르는 막부동의 손이 그가 몸을 일으키는 것을 허락하지 않았다.

작은 소선에 몸을 뉘인 단여랑은 주위에 막부동 말고도 두 사람이 더 있다는 사실을 알아차렸다. 아마도 유령전 무인들이리라.

"벌써 밤이야? 참, 시간도 빨리 가네."

단여랑이 추락한 지점에서 그리 멀지 않은 동굴. 아래로는 호수 물이 넘실거렸다.

몇 시진이나 지난 것일까.

분명한 것은 꽤나 오랜 시간이 흘렀다는 점이다. 막부동은 한바탕 소란으로부터 몸을 피했다. 물에 빠진 단여랑을 건져 배에 실은 뒤 그가 깨어나기만을 기다렸다.

빙궁으로 돌아가면 추궁을 받게 될 게다.

막부동을 포함한 유령전 무인들은 숨소리라도 새어 나갈까 봐 극히 조심스러웠다. 주위를 살피는 그들의 눈빛은 맹수의 그것과도 같았다.

네 사람은 한참이나 말을 하지 않았다.

단여랑은 누워서 동굴 천장만을 바라봤다.

편안했다. 만약 죽었다면 이런 편안함조차 느끼지 못했을 테지. 그런 생각을 하니 잠시였지만 죽으려 마음먹었던 자신이 우스웠다.

죽음의 문턱까지 다녀왔지만 두 번 다시는 겪고 싶지 않은 경험이었다.

"휘이익!"

막부동의 입에서 가늘고 긴 휘파람 소리가 새어 나왔다. 언뜻 들으면 바람 소리와도 같았다.

그것이 신호인 모양인지 배가 움직이기 시작했다.

아주 천천히, 조심스럽게.

단여랑을 도우는 사람은 그들 셋이 아니었다.

유령전은 만반의 준비를 갖췄다.

동굴과 동굴 사이가 연결되었고, 그때마다 소선이 하나씩 튀어나왔다. 북해의 밑바닥을 미처 확인하지 못한 단여랑으로서는 놀랄 일이었다. 지상만 천험의 요새인 줄로만 알았는데 밑바닥까지 이러할 줄이야.

단여랑은 막부동의 손에 의해서 다른 소선으로 옮겨지는 것을 반복했다.

그리고 그들이 마침내 동굴에서 빠져나왔을 때는 온통 어둠뿐이었다.

구름이 잔뜩 낀 하늘은 달조차 삼켜 버렸다.

소선은 부드럽게 수면을 밀쳤다.

'이런 곳도 있었군.'

소선이 나아가는 방향은 북해도의 어느 각도에서도 보이

지 않는 희귀한 수로였다.

"얼마나 추웠는지 모를 거야."

북해도에서 어느 정도 멀어지고 나서야 단여랑의 입이 열렸다.

"네 몸은 꽁꽁 얼어 있었다. 넌 나에게 빚을 졌어."

"옷 갈아입힌 것?"

"추궁과혈."

"뭐야? 전주의 기운이 내 몸 안에 들어와 있다는 말이야? 에잉! 전주의 그 무뚝뚝한 병이 옮았으면 어떻게 책임질 거야?"

막부동은 품안을 뒤져 누런 양피지 한 장을 단여랑에게 건넸다.

"지혜원주가 주셨다. 빙백신공의 난제를 푸는 데 도움이 될 거라면서. 예서하의 종적은 찾아낼 수 없었지만……. 밀당이라도 개입된다면 한시름 놓아도 될 텐데."

단여랑은 진심으로 고마웠다.

오랜 기간을 떨어져 지내게 되겠지만 항상 곁에 막부동이 있다는 생각은 마음을 든든하게 만들어주었다.

"삼 년만 죽은 듯이 지내라. 밀당의 힘만 얻을 수 있다면 빙옥조는 승산이 있다."

"이거야 원. 꼭 궁주가 되어야 한다는 소리네. 난 아직 확실하게 마음을 정하지 않았다고. 괜히 기대하지 마."

“빙옥조가 시작되면 대놓고 널 도울 수 있다. 지금은 비록 힘이 되지 못하더라도 앞으로 중원에 나가서……”

“아, 괜찮아, 괜찮다고. 무슨 말을 하는 거야? 나, 단여랑이야. 악의 무리들이 득실거리는 빙궁에서 혼자 사 년을 버텨온 사람이라고.”

막부동은 입술을 굳게 닫았다.

걱정하지 않는다면 거짓말이다. 그와 단여랑은 소궁주와 수하이기 전에 형과 동생이나 마찬가지였으니까.

잠시 동안 생각에 잠기던 막부동이 천천히 입술을 떼었다.

“중원에 가서 할 일이 무언지 물어도 되겠나?”

단여랑은 막부동을 바라봤다, 일호만큼이나 차갑고 깊은 두 눈동자로. 맑은 눈동자는 금세 눈웃음으로 가려졌다.

“묻지 마, 아직은.”

단여랑은 고개를 돌리고 숨을 깊이 들이마셨다. 한동안 마셔보지 못하게 될 북해의 차가운 공기를.

‘나중에… 귀신이 되어 돌아올게.’

어둠 속에서 귀기스러움을 풍기는 북해빙궁은 점점 멀어져 갔다.

『북해빙궁』 2권에 계속…

무한 상상 · 공상 세계, 청어람 신무협&판타지

설봉 新무협 판타지 소설!
절대로 놓칠 수 없는 2006년 최고의 걸작!!

마야(魔爺) / 설봉 지음

강렬하다……!
절대적 무협 지존!

『마야』
(魔爺)

소사(小事)로 시작되어 천하대란(天下大亂)으로 이어지는 끝없는 피의 역사…

북검문(北劍門)과 남도문(南刀門)의 탄생이었다.

두 세력은 장강을 경계 삼아 전쟁을 방불케 하는 싸움을 벌이고 있다.
삼십 년…… 삼십 년 동안이나…….

그리고 절대 죽을 것 같지 않던 그가 죽었다.

"나를 죽인 건…… 큰 실수야.
나보다 훨씬 무서운… 곧… 곧 너희를……."

무한 상상 · 공상 세계, 청어람 신무협&판타지

『한백무림서』 11가지 중 『무당마검』, 『화산질풍검』을
잇는 세 번째 이야기 『천잠비룡포』의 등장!!

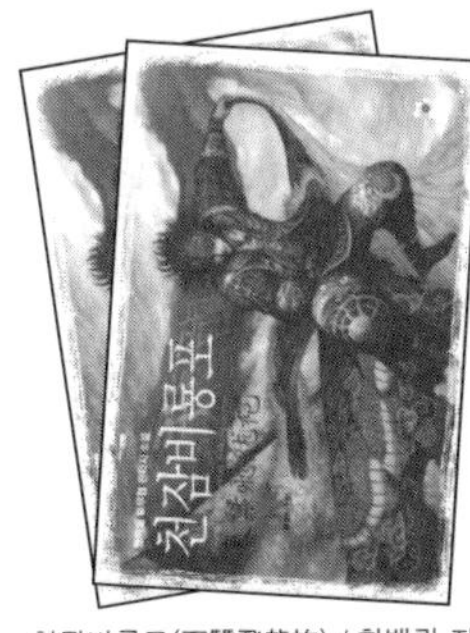

천상천하 유아독존!!
새로운 무림 최강 전설의 탄생!!

『천잠비룡포』
(天蠶飛龍袍)

천잠비룡포(天蠶飛龍袍) / 한백림 지음

천잠비룡황, 달리 비룡제라 불리는 남자.

그는 누군가의 명령을 받고 움직이는 남자가 아니다.
그는 자신의 적을 앞에 두고 물러나는 남자가 아니다.
그는 자신의 이름 안에 있는 자들의 원한을 결코 잊는 남자가 아니다.

그 누구보다도 결정적이고 파괴력있는 면모를 지닌 남자.
황(皇)이며, 제(帝). 그것은 아무나 지닐 수 있는 칭호가 아니다.
그는 제천의 이름으로도 제어할 수가 없는 남자였다.

무적의 갑주를 몸에 두르고
가로막은 자에게 광극의 진가를 보여준다.

지금 유전자가 말하는 사랑과 성의 관한 솔직 대담한 진실이 펼쳐집니다!

남편의 후광을 등에 업는 것은 까마귀와 인간뿐…

모두에게 바보 취급받던 독신 암컷이 단번에 인생대역전을 해서
서열 1위인 수컷의 아내 자리를 차지하게 될 수도 있다는 말입니다.
모든 여성이 이상형의 남자와 결혼할 수 있는 것은 아닙니다.
적당한 선에서 타협하여 적당한 사람과 결혼하지요.
하지만 솔직히 말해서 당연히 멋진 남자가 더 좋지 않겠습니까?
따라서 여성은 생각합니다.
'그럼 어떻게 하지? 유전자만이라면 가질 수 있어!'
그리하여 장기계획형이나 단기승부형과 같은 여러 가지 방법의
외도가 생겨나는 것입니다.
물론 모든 여성이 이를 실행에 옮기지는 않습니다.

하지만 기회가 있다면 어떨까요?
다른 조건과 이미 타협을 봤다면?
남편이 사소한 일은 눈치 못 채는 둔한 남자라면?
뭔가 유전자의 음모가 느껴지지 않습니까?

실패를 모르는 남자 선택법!
「내 남자친구는 왼손잡이」 법칙

어째서 여성은 왼손잡이 남성에게 마음이 끌리는 걸까요?

여기서 기억해야 할 것은 몸의 좌우와 뇌의 좌우는 원칙적으로 반대 관계라는 점입니다.
따라서 왼손잡이 남성은 우뇌가 발달했습니다.
발달했다는 사실이 왼손잡이를 통해 반영된 것입니다.

그리고 두 번째로 생각해야 할 것은 우뇌는 남성 호르몬의 일종인 테스토스테론에 의해 발달한다는 점입니다.
요약하자면 왼손잡이 남성은 우뇌가 발달했는데, 그것은 테스토스테론 수치가 높기 때문입니다.
그것은 다름 아닌 생식 능력이 높다는 것을 의미하지요.

「내 남자 친구는 왼손잡이」에 감춰진 의미는… 내 남자 친구는 생식 능력이 높아… 인 것입니다.

초등학생이 반드시 읽어야 할 좋은 책 49권

각 학년별로 초등학생이 반드시 읽어야할 좋은 책을 선정하여 통합논술의 기본이 되는 '올바른 독서법'을 일깨워 줍니다.

교과서와 함께하는 초등학교 통합논술

초등1학년 | 값 12,000원 | 초등2학년 | 값 9,500원 | 초등3학년 | 값 11,000원 | 초등4학년 | 값 9,500원 | 초등5학년 | 값 9,500원 | 초등6학년 | 값 11,000원

♣ 혼자 할 수 있어요.

엄마가 책 읽는 방법을 가르쳐 주어도 좋아요.
독서지도하는 선생님이 가르쳐 주어도 좋답니다.
"초등 교과서와 함께하는 **통합논술 시리즈**"는
아이 스스로 독서할 수 있도록 꾸며진 책이에요.
엄마와 선생님은 요령만 가르쳐 주시면 된답니다.

♣ 교과서의 중요한 내용이 총정리되어 있어요.

각 학년별로 중요한 교과 내용이 함께 수록되어 있어요.
초등학생은 교과서 내용을 충실하게 공부해야합니다.
아울러 그와 병행한 독서가 대단히 중요하지요.
"초등 교과서와 함께하는 **통합논술 시리즈**"는
두가지 방법 모두 알려준답니다.

♣ 이 책은 훌륭하신 선생님들이 함께 쓰신 책이랍니다.

동화작가 선생님들이 쓰셨어요. 소설가 선생님도 쓰셨답니다.
국어 논술독서지도 선생님들도 함께 쓰셨지요.
"초등 교과서와 함께하는 **통합논술 시리즈**"는
엄마의 마음으로 모든 선생님들이 함께 꾸민 책이랍니다.

입소문을 통해 아는 분은 다 알고 계십니다!
올 한해 공인중개사 최고의 화제작!

1~2권 합본 | 이용훈 지음
3~4권 합본 | 이용훈 지음
5~6권 합본 | 이용훈 지음
용어해설 | 이용훈 지음

수험생 기본 필독서
만화 공인중개사

제목 : 만화공인중개사 쓰신 분에게 감사드립니다.

학원을 두 달 다녔어요. 근데 과연 그 숫자 외우기 그런 게 몇 문제나 나올까 생각을 했어요.
아니라는 생각이 드네요. 학원강의를 뒤로하고 서점을 갔어요. 내 머리에 가장 이해될 수 있는
책이 없나 하구요. 거기서 만화를 발견했어요. 무조건 세 번 봤어요. 3개월 걸렸어요. 문제집을 보라고
했는데 그건 시행을 못했어요. 근데 합격을 했네요.
어떻게 감사의 말을 해야 될지…….
도서관에서 만화책 들고 다니니까 사람들이 비웃더라구요. 만화책으로 공인중개사를 공부한다고
미친 사람처럼 보더라구요. 근데 그거 다 감수하고 했던 내가 자랑스럽습니다.
어떻게 감사의 말을 해야 할지… 정말 감사합니다.
부디 행복하세요. 제 나이 41살에 좋은 스승을 만난 것 같습니다.
엎드려 감사드립니다.

―본사 홈페이지에 독자분이 올린 메일 中 에서 발췌―